Une vie volée

METSY HINGLE

Une vie volée

Jade

Titre original :
THE WAGER
publié par MIRA®

Traduction française de JOËLLE TOUATI

Photos de couverture
Enveloppe au cachet de cire : © DORLING KINDERSLEY / GETTY IMAGES
Propriété : © KARL-HEINZ HAENEL / CORBIS
Lettre : © CORBIS
Réalisation graphique couverture : G. CHILOSI

83-85, boulevard Vincent-Auriol, 75646 PARIS CEDEX 13.
www.harlequin.fr
ISBN 978-2-2808-5137-4 — ISSN 1773-7192

Prologue

Lorsque les crissements de pneus, les cris et le terrible fracas de la tôle froissée cessèrent enfin, Laura Harte ouvrit les yeux. Etendue près de la voiture accidentée, elle n'entendait plus que le bruit régulier de la pluie d'été et, au loin, la circulation sur la route de San Francisco. Chaque inspiration lui provoquait de vifs élancements dans les côtes.

En percevant l'odeur ferreuse du sang, elle se redressa, prise de panique. Une douleur lancinante dans l'épaule gauche lui arracha un gémissement. Son estomac se révulsa et sa vision se brouilla quand elle vit l'angle de son bras. Néanmoins, en serrant les dents, elle se remit sur pied et parvint, tant bien que mal, en s'appuyant contre la carrosserie, à contourner la voiture. Sa mère gisait dans l'herbe. Avec la même terreur qu'elle avait éprouvée en voyant les phares du camion arriver à toute allure en face d'elle, elle s'agenouilla et se pencha au-dessus de son visage livide.

— Maman ? Tu m'entends ?

Juliet battit faiblement des paupières et murmura :

— Tu vas louper ta soirée à cause de moi !

— Ce n'est pas grave, lui dit Laura sur un ton apaisant.

Que lui importait cette ridicule cérémonie de remise des trophées, à présent ? Que lui importait sa réussite professionnelle alors que sa mère pouvait à peine respirer ?

— Ne t'inquiète pas, maman, ajouta-t-elle. Ça va aller. Je vais appeler les secours.

— Non, ma petite fille. Il est trop tard.

Laura saisit la main qu'elle lui tendait.

— Il faut que je te dise… des choses…, continua sa mère. Des choses que j'aurais dû te confier il y a longtemps. A propos de moi… et de ton père.

— Chut, maman. Ne parle pas. Economise tes forces.

En dépit de son effroi, Laura s'efforçait de paraître aussi calme que possible.

— Tu me parleras de ton grand amour une autre fois, murmura-t-elle. Pour l'instant, ne bouge pas, essaye de te détendre. Je vais remonter jusqu'à la route et essayer d'arrêter une voiture. Il faut qu'on t'emmène à l'hôpital.

— Ce n'est pas la peine… Il est trop tard…

— Mais non, voyons ! Ne dis pas de bêtises !

Sa mère avait beau être infirmière, elle ne pouvait que se tromper. Non, il n'était pas trop tard. Ce n'était pas possible.

Des sirènes se firent entendre dans le lointain.

— Ecoute ! cria Laura dans un sanglot de soulagement. Tu entends ? L'ambulance arrive ! Tiens bon, maman !

Juliet lui pressa les doigts faiblement.

— Pardonne-moi, ma chérie, souffla-t-elle. J'aurais dû te le dire plus tôt… Il faut que je t'explique… Ton père…

— Je sais, l'interrompit doucement Laura. Votre histoire, je la connais.

Mêlées à la pluie, les larmes ruisselaient sur ses joues. Pourquoi sa mère tenait-elle tant à parler de son défunt mari ? Etait-elle réellement dans un état grave ? Ne dit-on pas qu'à l'article de la mort les pensées se focalisent sur le passé ? Non ! Sa mère n'était pas mourante. Ce n'était pas possible.

Afin de se rassurer, elle se lança elle-même dans le récit qu'elle avait si souvent entendu :

— Papa était aviateur dans la marine, et toi, tu étais infirmière à la base aérienne. C'était le plus beau garçon que tu aies jamais vu. Il avait des yeux bleus magnifiques et un sourire d'ange. Entre vous, ça a été le coup de foudre au premier regard et, en moins de temps qu'il n'en faut pour le dire, vous étiez mariés !

La belle histoire d'amour de ses parents, tragiquement écourtée par la mort de son père au Viêt-nam, faisait partie intégrante de la vie de Laura. Son père était décédé avant qu'elle ne vienne au monde ; néanmoins, elle avait grandi en le chérissant.

— On s'aimait si fort…

— Je sais, dit Laura, de plus en plus angoissée par la respiration difficile et le visage exsangue de sa mère.

Heureusement, des pas et des voix approchaient déjà.

— Par ici ! cria-t-elle. Vite !

— Laura... Je t'aime.

— Arrête de parler, maman, ne te fatigue pas, je t'en supplie !

— Promets-moi d'aller voir Paul. Dis-lui...

— Ne parle pas, maman ! ordonna Laura, alarmée par les râles de sa mère et la douleur qu'elle lisait dans ses yeux.

La main qu'elle tenait dans la sienne se refroidissait de seconde en seconde.

— Tu demanderas à Paul de te donner la clé du deuxième coffre... Pardonne-moi, ma chérie... J'espère que tu me comprendras.

— Maman..., bredouilla Laura. Quelle clé ? Quel coffre ?

Quand Juliet ferma les yeux et que sa main devint flasque, un cri animal déchira la nuit.

Laura prit conscience bien plus tard que ce hurlement, c'était elle qui l'avait poussé.

1

— Tu n'es pas obligée, tu sais ?

Laura leva les yeux du coffre-fort qu'elle s'apprêtait à ouvrir. Elle était reconnaissante envers Paul Shaw, le notaire et le meilleur ami de sa mère, qu'elle avait toujours appelé oncle Paul, de l'avoir épaulée tout au long des démarches relatives aux funérailles.

— Si ! répliqua-t-elle. C'était sa dernière volonté.

Oncle Paul posa une main sur les siennes.

— L'accident est encore récent. Tu es à peine remise physiquement. Et, sur le plan émotionnel, je ne suis pas sûr que ce soit le bon moment pour faire ça. Tu devrais attendre quelques semaines, t'accorder un peu de répit.

Attendre ne servirait à rien, songea Laura. Elle aurait beau la repousser, cette épreuve serait toujours aussi difficile. De surcroît, elle avait hâte de découvrir ce que renfermait ce coffre. Au fait, pourquoi sa mère avait-elle jugé utile d'en avoir deux ? Comment se faisait-il que Paul fût en possession d'une procuration lui donnant accès à ce second coffre alors que Laura en ignorait l'existence ? Juliet devait avoir de bonnes raisons, Laura n'en doutait pas, et quelles qu'elles aient été, il ne servait plus à rien de s'interroger sur leur bien-fondé. La seule chose qui comptait, c'était d'accomplir sa dernière volonté. Ensuite, le travail de deuil pourrait commencer. C'était, du moins, ce que la jeune femme espérait.

— Je préfère le faire maintenant, dit-elle à Paul.

Il la considéra longuement, d'un air sombre.

— Comme tu veux, dit-il enfin en lui lâchant les mains.

Laura souleva le couvercle du coffret de métal, s'attendant à y trouver divers titres, actions et documents juridiques. Or, le coffre ne contenait qu'une grande enveloppe marron, d'où elle retira une chemise en carton qu'elle ouvrit fébrilement. En découvrant une photo de son père découpée dans un journal, jaunie par le temps, elle fronça les sourcils.

Richard Harte étant décédé peu de temps après son mariage, Juliet ne possédait que quelques rares photos de lui, et, sur toutes celles que Laura connaissait, il était vêtu de l'uniforme de la marine. Sur ce cliché en noir et blanc, il était en smoking. Au côté d'une jeune femme en robe de mariée… Une jeune femme qui n'était pas Juliet.

Stupéfaite, Laura leva un regard perplexe vers oncle Paul.

— Je ne savais pas que papa avait été marié une première fois.

Paul ne répondit pas. Laura posa la photo à côté d'elle pour examiner un faire-part qui remontait à vingt-huit ans, annonçant la naissance du fils d'un certain M. Andrew Jardine et de son épouse. Trois ans plus tard, selon un second faire-part, ce même couple avait eu des jumelles. Pourquoi diable sa mère avait-elle placé ces documents dans un coffre-fort ? se demandait Laura.

— Je n'ai pas le souvenir que maman m'ait jamais parlé de quelqu'un du nom de Jardine, dit-elle à Paul. Ça te dit quelque chose, à toi ?

— Il s'agissait de… d'un vieil ami.

L'hésitation dans la voix de Paul n'échappa pas à Laura, mais, pensant qu'elle se faisait des idées, elle passa à la coupure de presse suivante. Celle-ci paraissait plus récente. Son père n'était plus un tout jeune homme, comme sur la première photo. Il était encore en smoking, en compagnie de l'autre femme. Les doigts tremblants, Laura lissa la photo et lut la légende à haute voix :

— Mardi gras à La Nouvelle-Orléans. M. et Mme Andrew Jardine au grand bal du Rex.

La pièce autour d'elle se mit soudain à tourner.

— Ce n'est pas possible ! balbutia-t-elle d'une voix à peine audible. Il doit y avoir un malentendu quelque part…

— Laura…

Fébrilement, elle passa en revue le reste du dossier : d'autres faire-part, d'autres photos découpées dans des journaux ou des magazines, toutes représentant son père, cet homme dont le portrait trônait dans son salon, le père soi-disant mort avant sa naissance… Non, cet homme ne pouvait pas être son père, se répétait-elle en s'efforçant de ne pas céder à l'hystérie. Richard Harte, son père à elle, était mort depuis vingt-neuf ans.

Laura réprima un sanglot en examinant une photo datée de seulement douze ans auparavant, sur laquelle cet homme souriant qui ressemblait étrangement à son père enlaçait tendrement deux fillettes. « Andrew Jardine au gala de charité organisé par l'école de ses filles jumelles », indiquait la légende.

Submergée par une vague de chagrin, Laura ferma les yeux et serra les poings. Combien de fois, durant son enfance, avait-elle souhaité que son père ait survécu à ce stupide accident d'avion ? Qu'il ait été présent pour la voir grandir, pour la porter sur ses épaules, lui apprendre à danser, l'accompagner à l'école ? Et combien de fois s'était-elle consolée en se disant que, s'il avait été en vie, il aurait eu pour elle une affection sans bornes et aurait été fier de l'adulte qu'elle était devenue ?

Elle rouvrit les yeux et se força à regarder une nouvelle fois les photos. Non, cet homme n'était pas son père. Il lui ressemblait, il lui ressemblait énormément, voilà tout. Sa mère ne lui aurait pas menti, pas sur un sujet aussi important. Il y avait forcément une explication. Cet homme devait être un sosie de son père.

— Oncle Paul, qui est cet Andrew Jardine ? Et pourquoi… pourquoi ressemble-t-il tant à mon père ?

— Laura, répondit Paul d'une voix gênée, Andrew Jardine était ton père.

— Ce n'est pas vrai ! riposta Laura sur un ton accusateur. Mon père s'appelait Richard Harte. Il était pilote d'avion et il est mort au Viêt-nam, quand maman était enceinte de moi.

Elle connaissait cette histoire par cœur. Sa mère la lui avait racontée des dizaines et des dizaines de fois.

— Laura, Richard Harte n'a jamais existé. C'est ta mère qui a inventé ce nom. Ton père s'appelait Andrew Jardine. Il n'est pas mort au Viêt-nam. Il est décédé il y a un peu plus de cinq ans, à La Nouvelle-Orléans.

— Tu mens ! lança Laura en dévisageant Paul à travers ses larmes. Pourquoi tu me fais ça, oncle Paul ? Pourquoi ces horribles mensonges ?

— Ce ne sont pas des mensonges, Laura. C'est la vérité, je te le jure sur la tombe de ta mère.

Si Paul était sincère — et Laura sentait qu'il l'était —, sa mère lui avait donc dissimulé la vérité pendant toutes ces années. Sa vie ne reposait que sur un énorme mensonge. Elle n'était pas la fille de Richard Harte. Il n'y avait pas de Richard Harte. Il n'y avait jamais eu de Richard Harte. Ce nom dont elle était si fière, la mémoire de son père qu'elle avait tant chérie, tout cela n'était que du vent, des mensonges, une tromperie.

Combien de décisions avait-elle prises en se basant sur l'identité qu'elle pensait être la sienne ? songea-t-elle en sentant la colère monter en elle. Combien d'hommes avait-elle rejetés parce qu'elle ne les estimait pas à la hauteur de l'image de son père ? Alors que, pendant ce temps-là, son père était… Les sanglots la secouèrent.

Comment as-tu pu me faire une chose pareille, maman ?

— Je suis désolé, murmura Paul. Je comprends ce que tu ressens. Le choc…

— Tu crois vraiment que tu comprends ? le coupa Laura en posant sur lui un regard douloureux. Non, Paul, tu ne peux pas comprendre…

Tout s'écroulait autour d'elle. Sa mère lui avait menti. Son oncle Paul lui avait menti. Les deux seules personnes en qui elle avait une confiance inébranlable.

— Je croyais que tu m'aimais ! lança-t-elle d'une voix brisée.

— Laura, j'ai toujours eu énormément d'affection pour toi, dit Paul en se levant et en s'approchant d'elle. Je t'ai toujours considérée comme ma fille.

Il l'attira contre lui et lui caressa le dos, comme il l'avait fait si souvent lorsqu'elle était enfant et qu'elle s'écorchait les genoux en tombant.

Pendant un instant, elle puisa un certain réconfort contre cette épaule forte, dans cette odeur familière de menthe et de tabac de pipe qu'elle associait depuis toujours à son oncle Paul. Et elle laissa libre cours à ses larmes, en se remémorant comment, petite fille, elle se pelotonnait sur ses genoux pour écouter le récit de ses aventures dans la marine et de son étroite amitié avec son père, Richard Harte.

Des mensonges. Tout ça n'était que mensonges.

A cette pensée, Laura sentit comme un poignard s'enfoncer dans son cœur. Brusquement, elle s'écarta de Paul et posa sur lui un regard froid.

— Comment avez-vous pu me faire ça, maman et toi ? Comment…

— Nous voulions te protéger, Laura. Nous ne pensions qu'à ton bien. Crois-moi, je t'en supplie !

Elle prit le mouchoir qu'il lui tendait et s'en tamponna les yeux, puis elle le roula en boule et le serra au creux de son poing.

— Pendant toutes ces années, j'ai cru que mon père était un héros, que maman et lui avaient vécu la plus belle histoire d'amour du monde.

Elle tourna les yeux vers les photos d'Andrew Jardine. Son sourire semblait la narguer. Durant toute son enfance, chaque soir, elle s'était agenouillée au pied de son lit pour adresser des prières à cet homme dont elle était persuadée qu'il était au ciel et veillait sur elle. Alors qu'il était bien vivant et qu'il élevait d'autres enfants à La Nouvelle-Orléans…

Le cliché sur lequel on le voyait enlacer ses deux petites filles provoqua en elle une nouvelle onde de chagrin. Elle pressa une main contre sa poitrine dans l'espoir de faire taire la douleur. Lorsque sa mère avait rendu son dernier soupir en lui tenant la main, elle avait cru atteindre le paroxysme de la détresse. Elle était persuadée que jamais rien ne pourrait la faire souffrir davantage. Ce qu'elle venait d'apprendre lui faisait pourtant beaucoup plus mal. Sa mère l'avait trompée. Le souvenir de son père adoré venait de lui être arraché. C'était comme si elle les perdait tous les deux une deuxième fois.

— Je suis désolé, Laura… Je n'ai jamais voulu que ton bien, répéta Paul.

Elle serra les bras autour d'elle, ignorant les élancements dans son épaule gauche, rappel tangible mais ô combien dérisoire de l'accident qui avait coûté la vie à sa mère.

Seigneur ! Elle revit Juliet à l'agonie, implorant son pardon. Voilà donc ce qu'elle voulait lui avouer avant de mourir.

— Je t'en prie, essaye de comprendre ! insista Paul.

— Non, je ne peux pas comprendre, rétorqua tristement Laura en regardant les coupures de journaux étalées devant elle. Je ne sais plus où j'en suis.

— Je serai toujours là pour toi, affirma Paul d'une voix douce. Et n'oublie pas que ta mère t'a aimée plus que tout, depuis l'instant où elle a appris qu'elle était enceinte de toi jusqu'au jour de sa mort.

— C'est pour ça qu'elle m'a menti ? s'emporta Laura. C'est pour ça que toi aussi tu m'as menti ?

Paul lui caressa la joue, en évitant de poser la main sur les ecchymoses dues à l'accident qui commençaient tout juste à s'estomper.

— Ce n'était pas à moi de te dire la vérité, murmura-t-il. Seule ta mère pouvait le faire.

Laura repoussa sa main.

— Et elle a choisi de me la cacher.

— Elle voulait seulement te protéger, expliqua Paul en soupirant. Crois-moi.

— Pourquoi devrais-je te croire ?

— Parce que c'est vrai. Tu étais une enfant si intelligente. Dès que tu as su parler, tu as commencé à poser des questions à propos de ton père. Où était-il ? Pourquoi ne venait-il jamais te chercher à l'école, comme les autres papas ? Tu voulais tellement avoir un père qu'un jour tu m'as même demandé de t'adopter.

Une expression affligée passa brièvement sur le visage de Paul.

— Juliet se sentait coupable de te voir grandir sans père, reprit-il. Alors, elle s'est mise à te raconter des histoires.

— Des histoires ? Des mensonges, tu veux dire !

— Je te le répète, Laura, elle ne pensait pas à mal. Elle ne voulait pas que tu te mettes en tête que ton père t'avait abandonnée, c'est tout.

Et pourtant, c'était ça la vérité : son père l'avait bel et bien abandonnée, songea Laura amèrement.

— Elle aurait dû me dire la vérité ! lança-t-elle.

— Elle avait l'intention de le faire, un jour, poursuivit Paul. Mais elle n'a cessé de repousser l'échéance parce qu'elle redoutait que tu lui en veuilles, que tu te mettes à la détester.

— Alors, elle a préféré me laisser vénérer un père fictif ! riposta Laura, furieuse.

En cet instant précis, elle haïssait sa mère. Et ce sentiment la remplissait de honte et de colère. De désespoir, aussi. D'une incommensurable peine. Elle avait envie de hurler, d'appeler sa mère pour lui réclamer des explications. Et, d'un autre côté, elle aurait donné n'importe quoi pour pouvoir encore se blottir dans ses bras.

Les larmes jaillirent de ses yeux et ruisselèrent le long de ses joues.

— Comment avez-vous pu me faire ça, oncle Paul ? répéta-t-elle. Pourquoi avoir inventé ces histoires ? Pourquoi m'avoir laissée aimer quelqu'un qui n'existait pas ?

Oncle Paul se passa une main sur le visage. Il paraissait vieux, soudain. Laura ne l'avait jamais vu aussi las. Il prit l'un des articles jaunis et en lissa les bords du bout de l'index.

— Il existait, Laura. Il y a vingt-neuf ans, ton père était vraiment mon meilleur ami. Nous faisions partie du même escadron. Et ta mère a réellement été infirmière volontaire à l'hôpital de la base aérienne de San Diego. C'est là qu'elle a rencontré Drew.

Drew. Entendre son père appelé par ce prénom avait quelque chose d'irréel. Il s'appelait donc Andrew Jardine, et non pas Richard Harte. Il faudrait qu'elle s'y fasse. Un détail parmi tant d'autres qu'elle devrait assimiler, un problème de plus à régler. Mais n'avait-elle pas l'habitude de régler les problèmes, en sa qualité de directrice adjointe de l'Ambassador Grand Hotel ?

Elle inspira profondément afin de lutter contre la nausée. Oui, elle résoudrait ce problème comme n'importe quel autre, en écoutant, en rassemblant les données et en les analysant. Ensuite, elle opterait pour la meilleure façon de procéder, pour la meilleure façon de vivre avec le fait qu'elle n'était pas la personne qu'elle pensait être.

— J'étais avec lui, poursuivit Paul en regardant fixement les photos. Il était en convalescence après une opération du genou. Il ne pouvait pas conduire, alors je l'ai accompagné à sa première séance de rééducation. Je m'en souviens comme si c'était hier. On était assis tous les deux dans la salle d'attente. J'étais juste en train de lui dire qu'il fallait absolument qu'il soit en forme d'ici l'été pour pouvoir danser à son mariage quand Juliet est venue lui annoncer que le médecin allait le recevoir. Elle avait une voix de sirène. Je crois que Drew est tombé amoureux d'elle sur-le-champ. Elle était si belle, avec ses longs cheveux noirs et ses yeux pétillants. Juliet a eu un coup de foudre, elle aussi.

— Est-ce que… Est-ce qu'elle savait qu'il était sur le point de se marier ?

— Oui. Drew a été honnête. Dès le début, il lui a dit qu'il était fiancé.

Laura sentit son cœur se serrer. Sa mère avait agi en connaissance de cause. L'homme dont elle s'était éprise n'était pas libre, mais ça ne les avait pas empêchés d'avoir une aventure. Ils étaient inexcusables…

— Ne les juge pas trop sévèrement, lui dit Paul comme s'il devinait ses pensées. Ils ont essayé de lutter contre leurs sentiments. Mais, pendant deux mois, Drew a dû se rendre trois fois par semaine à ses séances de kiné. Juliet ne pouvait pas refuser de faire son travail sous prétexte qu'elle était amoureuse de l'un de ses patients.

— Ils auraient pu garder leurs distances.

— Tu ne sais pas ce que c'est que d'être amoureux, *vraiment amoureux*, comme ils l'étaient. Cet amour fou n'est pas donné à tout le monde. Et ceux qui ont la chance de le connaître ne le vivent qu'une fois. C'est quelque chose qui te prend à la gorge, au cœur, aux tripes, et qui ne te lâche plus.

Un sourire triste passa sur les lèvres de Paul.

— Même si tu es assez fort pour le fuir, continua-t-il, tu ne peux pas nier ce que tu éprouves pour l'être aimé. Juliet et Drew ne pouvaient rien contre leur amour, pas plus que toi ou moi ne pourrions empêcher un tremblement de terre. Ta mère aimait Drew passionnément, et il l'aimait passionnément.

— S'ils s'aimaient tant, pourquoi n'a-t-il pas rompu ses fiançailles pour épouser ma mère ? demanda Laura.

Paul se massa le front comme pour chasser une migraine.

— La situation était compliquée. Drew appartenait à une vieille famille de La Nouvelle-Orléans : les Jardine. Dans le Sud, surtout à l'époque, les mentalités étaient extrêmement rigides. Drew ne pouvait pas rompre ses fiançailles simplement parce qu'il avait eu le coup de foudre pour ta mère. Les intérêts de sa famille et de celle de sa future épouse, Adrienne, dépendaient de son mariage.

— Les intérêts ? s'indigna Laura. On dirait que tu parles d'une association commerciale !

— En quelque sorte, c'en était une. La famille de Drew

possède plusieurs grands hôtels depuis des générations. Et c'est également le cas de la famille d'Adrienne — les Dubois.

Laura fut parcourue d'un frisson. Etait-ce un hasard si elle avait choisi de faire carrière dans l'hôtellerie ? Etait-ce sa mère qui l'y avait encouragée ? Ou bien cette orientation professionnelle n'avait-elle été pour Juliet qu'un douloureux rappel de ses amours perdues ? En tout cas, il y avait là quelque chose de troublant.

— Drew était fils unique, reprit Paul. Sa mère était veuve. Il avait des responsabilités envers elle, envers les autres membres de sa famille et les gens qui travaillaient pour eux. Il ne pouvait pas se soustraire à ses obligations.

— Alors, il s'est soustrait à son devoir envers maman.

Paul secoua la tête.

— Non. Il a écrit à sa mère pour lui dire qu'il était tombé amoureux de Juliet et qu'il souhaitait rompre son engagement avec Adrienne. Ce qui, naturellement, a été très mal reçu. Andrew et Adrienne avaient grandi ensemble, leurs parents étaient de vieux amis, et Olivia Jardine, ta grand-mère…

Ce terme fit sourciller Laura. Elle n'avait jamais eu de grand-mère, et bien qu'elle eût toujours rêvé d'une famille, elle ne voulait pas de ces liens-là.

— Olivia considérait Adrienne comme sa fille, poursuivit Paul, tandis que Juliet n'était qu'une étrangère. Elle n'était même pas originaire du Sud, rends-toi compte…

Olivia a insisté pour que Drew rentre à la maison discuter de la situation avant de prendre une décision. Il a obéi à sa mère, il est retourné à La Nouvelle-Orléans, et puis il a fait venir Juliet.

— Qu'est-ce qui s'est passé ensuite ? demanda Laura, gagnée par la curiosité.

— Je ne sais pas exactement. Ni Drew ni Juliet ne m'ont jamais raconté cet épisode dans les détails.

Laura pouvait néanmoins se faire une idée de la scène. Olivia Jardine n'avait pas voulu entendre parler de l'enfant naturel de son fils, et lui s'était plié à la volonté de sa mère. Laura n'était qu'un incident de parcours, le résultat non désiré d'une idylle passagère.

Soudain, elle se sentait envahie d'un grand vide en contemplant les photos de son père et de ses enfants légitimes. Ils avaient eu une famille, eux, une vraie, alors qu'elle aurait donné n'importe quoi pour connaître l'amour de son père…

— En tout cas, reprit Paul, Juliet a quitté La Nouvelle-Orléans et elle est rentrée seule.

— Et ils ne sont plus là ni l'un ni l'autre pour me raconter ce qui s'est passé, murmura Laura d'une voix sourde, en s'efforçant de ne pas fondre en larmes. Moi, par contre, je suis là. L'enfant de la honte…

— Ta mère n'a jamais eu honte de toi, Laura, je peux te l'assurer.

— Ma mère, peut-être, mais mon père n'aurait sans doute pas pu en dire autant…

2

La Nouvelle-Orléans, Louisiane

— Il était temps... Je commençais à perdre patience ! lança Olivia Jardine tandis que Josh Logan se débarrassait de son pardessus et le remettait au majordome.

— Bonjour, Duchesse.

En dépit de la concurrence que les Logan et les Jardine se livraient depuis plus d'un demi-siècle, Josh vouait une certaine admiration à la vieille dame.

— Ne m'appelle pas par ce surnom ridicule, s'il te plaît ! lança-t-elle en le fustigeant de son regard bleu clair. Je le déteste. Et je déteste que l'on me fasse attendre. Il y a plus d'une heure que je t'ai appelé.

— Je suis venu le plus vite possible, répondit Josh en traversant l'élégant petit salon.

Même à quatre-vingt-un ans, dans son fauteuil roulant, Olivia Jardine inspirait le respect et la crainte. Josh l'avait toujours connue à la tête du Royal Princess Hotel, droite comme un i, dans cette posture de reine qui avait inspiré à l'adolescent qu'il était alors ce surnom de « Duchesse ». Il devinait sans peine ce qui en elle avait ensorcelé son grand-père. En revanche, il n'avait jamais compris comment les sentiments de Simon Logan avaient pu lui coûter le Princess Hotel.

— Compte tenu de l'intérêt que tu portes au Princess, je pensais que tu serais plus pressé de venir me voir.

Josh sentit son cœur s'emballer. C'était justement parce que Olivia souhaitait lui parler du Princess Hotel qu'il l'avait fait attendre. Exprès.

— C'est toujours un plaisir de vous voir, répondit-il d'une voix suave. Comme je vous l'ai dit, je me suis libéré le plus rapidement possible.

— Aussi beau parleur que ton grand-père ! répliqua la vieille dame en se penchant légèrement pour scruter le visage de Josh. Dis-moi, as-tu également hérité de l'amour du risque de Simon ?

Il sourit.

— Je crois que je suis plutôt du genre aventurier, en effet, répondit-il posément. Mais, bien sûr, il faut que le jeu en vaille la chandelle.

— Le Princess constitue un enjeu pour lequel tu serais prêt à te mouiller, n'est-ce pas ?

« Oh ! oui », aurait-il pu crier. Mais il sut se maîtriser, et ne laissa rien paraître de son excitation. Voilà : le moment qu'il attendait depuis près de vingt ans était enfin venu. A treize ans, il avait juré à son grand-père qu'il récupérerait le Princess Hotel. Il allait enfin pouvoir honorer sa promesse. Il se revoyait encore avec le vieil homme dans le hall du grand hôtel…

— *Josh, mon garçon, si tu savais ce que le Princess*

représente pour moi… Je l'ai vu sortir de terre, j'ai vu mon rêve se matérialiser. Ma Princesse, ma beauté… Elle était magnifique avant que Livvy n'en fasse ce palace tape-à-l'œil. Dès qu'on en franchissait le seuil, on avait le souffle coupé : des marbres, des chandeliers de cristal, d'énormes bouquets de fleurs fraîches. On se serait cru dans un palais. C'est pour ça que je l'ai appelé le Princess.

— Pourquoi tu ne le rachètes pas ? avait demandé Josh.

— J'aimerais bien, fiston. Crois-moi, c'est mon désir le plus cher. Mais Livvy ne veut pas s'en défaire. Je lui ai fait plusieurs offres. Elle les a toutes déclinées. Elle aime cet hôtel autant que moi. Malheureusement, je crains que nous n'ayons perdu le Princess à tout jamais…

— Mais il est à toi ! C'est toi qui l'as construit !

— Certes, mais je l'ai joué et je l'ai perdu. Désormais, il appartient à Olivia.

— Un jour, il appartiendra de nouveau aux Logan, avait déclaré Josh farouchement. Tu verras, grand-père : je ferai tout pour ça, je te le promets.

Selon les rumeurs qui circulaient depuis quelques mois dans le monde de l'hôtellerie de luxe, le Princess avait du mal à faire face à la concurrence. Or, Olivia refusait d'en céder la direction. Josh en déduisait qu'elle avait l'intention de le vendre. Et, en femme d'affaires avisée qu'elle avait toujours été, à qui le vendrait-elle, sinon au plus offrant ?

— Dois-je interpréter ton silence comme une réponse affirmative ? demanda-t-elle.

— Vous savez que le Princess m'intéresse, répondit Josh. Seriez-vous enfin disposée à considérer mes offres ?

— J'ai jeté un coup d'œil à ta dernière proposition, déclara Olivia en manœuvrant son fauteuil en direction du bureau ouvragé qui trônait au centre de la pièce. Assieds-toi, Joshua. Je vais finir par attraper un torticolis à force de me dévisser le cou pour te regarder dans les yeux.

— C'est un bon prix que je vous ai offert, dit-il en s'asseyant.

— Un prix correct, rectifia Olivia. Dis-moi, Joshua, jusqu'où serais-tu prêt à aller pour acquérir le Princess ?

— Jusqu'à un montant largement supérieur à sa valeur — mais pas jusqu'à vous éliminer.

Un semblant de sourire se dessina sur les traits de la vieille dame.

— J'apprécie ton honnêteté, dit-elle. C'est une qualité que j'ai toujours aimée chez toi.

— Merci, marmonna Josh, que ces manières détournées commençaient à irriter.

— Je serai donc aussi honnête que toi, poursuivit Olivia. Je n'ai pas l'intention de vendre le Princess.

Josh se mordit la langue pour ne pas lâcher un juron. Et, malgré sa déception, il parvint à conserver une expression insondable. A trente-trois ans, depuis huit ans qu'il était responsable du service Acquisitions des Hôtels Logan, il était passé maître dans l'art de masquer ses émotions — un atout indispensable dans le monde impitoyable des affaires. Il avait traité avec des partenaires autrement plus coriaces qu'Olivia Jardine, et négocié des marchés dont la valeur dépassait largement celle du Princess. Cependant, le tout premier établissement de la chaîne Logan, le premier hôtel bâti par Simon Logan, revêtait à ses yeux une importance sentimentale. Il en était tombé amoureux alors qu'il n'était encore qu'un gamin, en écoutant les anecdotes de son grand-père. Voir la bannière des Hôtels Logan flotter de nouveau au-dessus du Princess faisait partie de ses rêves d'enfance. Et voilà que le rêve lui échappait de nouveau, alors qu'il se croyait si proche du but…

La voix d'Olivia le ramena à la réalité.

— Visage impassible. Tu dois être bon au poker.

— Sommes-nous en train de jouer au poker, Duchesse ?

— En quelque sorte. Mais avant que je ne t'expose les règles de cette partie un peu particulière, je boirais bien un brandy. Veux-tu nous servir deux verres, s'il te plaît ?

Josh s'exécuta, tout en s'exhortant à faire preuve de self-control, quelle que soit la proposition qu'Olivia allait lui faire.

Il lui tendit un verre de cristal, puis se réinstalla en face d'elle et garda le silence.

— J'imagine que les rumeurs à propos du Princess sont parvenues jusqu'à toi, reprit-elle.

Par bien des aspects, La Nouvelle-Orléans avait

conservé le caractère d'une petite ville. Notamment, la vie des gens *en vue* n'avait de secret pour personne. Et les Jardine avaient toujours fait parler d'eux.

— Il paraît que le Princess pâtit quelque peu de la concurrence, répondit Josh.

— *Quelque peu*, c'est un euphémisme, tu le sais aussi bien que moi. J'ai perdu une petite fortune, cette année. Et tu sais également que ma famille et mes conseillers financiers estiment que je devrais vendre.

— Ils ont raison, Duchesse. Je vous en ai offert une coquette somme. Pourquoi continuer à perdre du temps à ce jeu du chat et de la souris ? Dites-moi combien vous en voulez. Votre prix sera le mien.

Le visage d'Olivia se durcit.

— Ce n'est pas une question de prix, rétorqua-t-elle. Le Princess n'est pas à vendre. Du moins, pas pour l'instant.

— Mais…

— Ecoute-moi.

Josh hocha la tête et se cala contre le dossier de son siège.

— Lorsque ton grand-père a fait construire le Princess, il espérait en faire le plus bel hôtel de La Nouvelle-Orléans. Il l'a perdu, bêtement, mais j'ai tout fait pour que son bébé soit à la hauteur de ses rêves. Aujourd'hui, poursuivit la vieille dame avec une étincelle dans les yeux, je veux que la Princesse remonte sur son trône. Quand elle aura retrouvé sa grandeur d'antan, alors je passerai les rênes.

— Si vous avez besoin d'aide, je peux vous recommander une bonne société de gestion, déclara Joshua, de nouveau plein d'espoir. Je peux même recruter une équipe qui redressera la barre.

Olivia secoua la tête.

— Je ne veux pas d'un étranger à la tête du Princess. Depuis le jour où ton grand-père m'a fait don de cet hôtel, c'est un Jardine qui en a assuré la bonne marche.

— Katie m'a dit qu'elle voulait bien en prendre la direction, avança Josh, faisant référence à l'une des petites-filles d'Olivia.

— Katherine a suffisamment de pain sur la planche avec le Regent ! répliqua la vieille dame. Quant à Alison, il est hors de question que je lui confie la gestion du Princess : sa fille et sa sœur lui causent déjà bien assez de tracas.

— Mitch, alors ? suggéra Josh.

Alison et Mitch étaient la sœur et le frère de Katherine.

— Mitchell nous a clairement laissé entendre, il y a déjà plusieurs années, qu'il ne voulait pas faire carrière dans l'hôtellerie. Et il a d'ailleurs très bien réussi avec son entreprise de surveillance.

— Adrienne ?

— Ma bru serait la première à te dire qu'elle a beaucoup trop à faire avec ses œuvres de charité pour diriger un hôtel.

— Il ne reste donc que vous.

— Il m'en coûte de l'admettre, soupira Olivia, mais je

commence à me faire vieille. Très bientôt, malheureusement, je ne pourrai plus faire face aux tracas quotidiens qu'implique la gestion d'un grand hôtel.

— Ce qui nous ramène à ma suggestion. Prenez un gérant pour vous aider à remonter la pente et, ensuite, vous pourrez me vendre le Princess. C'est votre seule option.

— Non, il y en a une autre, qui permettrait que le Princess reste aux mains des Jardine.

— Qui est ce mystérieux membre de la famille ? demanda Josh, à la fois intrigué et inquiet.

— Ma petite-fille. Ou, plus exactement, mon *autre* petite-fille.

— Vous avez piqué ma curiosité, Duchesse. Auriez-vous la bonté de vous expliquer ? Ou comptez-vous me laisser sur des charbons ardents ?

— C'est très simple. Katherine, Alison et Mitchell ont une demi-sœur, et moi un quatrième petit-enfant.

Ne laissant pas à Josh le temps d'exprimer sa surprise, Olivia poursuivit :

— J'ai appris récemment qu'Andrew avait eu un autre enfant. Une fille, fruit d'une... d'une liaison qu'il a eue avec une infirmière de San Diego avant d'épouser Adrienne.

Josh demeura sans voix. Andrew Jardine avait eu un enfant illégitime ? Le reste du monde était peut-être entré dans un nouveau millénaire, mais les mentalités de La Nouvelle-Orléans étaient restées engluées dans un fatras de traditions archaïques qui rendaient tout bonnement inconcevable l'idée qu'un fils de bonne famille pût avoir un enfant en dehors du mariage.

Pour sa part, Josh n'avait que faire de ce que les mauvaises langues et les grenouilles de bénitier pouvaient raconter sur lui dans leurs journaux à scandale. Olivia Jardine, en revanche, avait une image de marque à préserver.

— Je ne sais pas quoi dire, avoua-t-il.

— Ne dis rien. Pour le moment, je te demande seulement de m'écouter.

Josh comprenait mal pourquoi Olivia l'avait mis dans une telle confidence, et il lui était très difficile de croire qu'elle envisageât sérieusement d'intégrer cette « autre » petite-fille dans le cercle des Jardine.

— Elle s'appelle Laura Harte, elle a vingt-huit ans et elle habite San Francisco. Elle est directrice adjointe d'un grand hôtel.

— Elle travaille dans l'hôtellerie ? s'étonna Josh.

Sans doute avait-elle été poussée dans cette voie par une mère qui briguait la fortune des Jardine, songea-t-il. Ou alors il s'agissait d'une drôle de coïncidence. Mais il ne croyait pas aux coïncidences.

— J'ai eu la même réaction que toi, déclara Olivia en percevant son scepticisme. C'est pourquoi j'ai engagé un détective privé. Voici son rapport.

De plus en plus perplexe, il ouvrit le dossier qu'elle avait poussé vers lui. Rapidement, il parcourut le certificat de naissance, les diplômes, les attestations d'emploi, et s'attarda sur une photo. La jeune femme était ravissante. Et pourtant Josh était difficile, même s'il accumulait les conquêtes.

C'étaient ses cheveux qui faisaient tout son charme, se dit-il. Une chevelure flamboyante, de la couleur d'un coucher de soleil par un beau soir d'été, qui détonnait avec son style général, plutôt strict. Par ailleurs, elle avait un petit quelque chose d'Olivia, dans son menton volontaire et son regard assuré. Sa bouche était un peu trop grande pour son visage étroit, mais son sourire… son sourire était irrésistible.

Josh referma le dossier. Cette femme était superbe, mais pas son genre. Il aimait les blondes pulpeuses — pas les rousses grandes et minces.

— Elle a perdu sa mère il y a deux ou trois mois, poursuivit Olivia. D'après le détective, c'est à ce moment-là qu'elle a appris qui était son père.

— Intéressant. Et je suis flatté que vous m'ayez jugé digne de partager ce secret. Je ne l'ébruiterai pas, je vous en donne ma parole.

— Je te fais confiance, mais, tôt ou tard, ça se saura : je ne me fais pas d'illusions.

— Pas à cause de moi, je vous l'assure. Cela dit, je ne comprends pas pourquoi vous m'avez fait cette révélation. Visiblement, votre décision est déjà prise. Vous voulez confier la direction du Princess à cette Laura Harte.

— Je t'ai parlé d'elle parce que j'ai besoin de toi, avoua la vieille dame, légèrement mal à l'aise. En fait, tout mon plan repose sur toi.

— Sur moi ?

— Oui. Je veux que tu prennes l'avion pour San Francisco et que tu invites ma petite-fille à venir à La Nouvelle-Orléans faire connaissance avec la famille de son père.

— Pourquoi moi ? demanda Josh, décontenancé par cette requête. Ne vaudrait-il pas mieux envoyer un membre de la famille ? Mitch, ou Katie... Ou pourquoi pas Alison ? Après tout, cette femme est leur sœur.

— Leur *demi-sœur*, rectifia Olivia. Pour l'instant, ils ne savent pas encore qu'elle existe. Je compte le leur apprendre, évidemment, mais je ne sais pas comment ils vont réagir.

D'un point de vue purement matériel, en effet, il y avait de fortes chances pour que les petits-enfants d'Olivia ne soient pas ravis de voir ainsi la famille s'élargir. Au décès de leur grand-mère, ils hériteraient chacun d'une fortune colossale. Etaient-ils prêts à la partager avec une inconnue ?

En buvant une gorgée de cognac qui lui brûla l'œsophage, Josh essaya de se mettre à la place de Mitch, de Katie et d'Alison. Que ressentirait-il si on l'informait brusquement qu'il avait une cinquième sœur, née d'une aventure entre son père et une autre femme que sa mère ? La situation était tout simplement inimaginable. Peut-être parce qu'il avait encore ses deux parents, et qu'ils étaient toujours amoureux comme au premier jour. Les petits-enfants d'Olivia, eux, avaient perdu leur père depuis plusieurs années. Mais, d'un autre côté, ils lui avaient été tellement attachés que Josh doutait que la nouvelle fût mal accueillie. Surtout par Katie. Des trois enfants d'Andrew, Katie avait toujours été la plus proche de son père.

— Quand allez-vous le leur dire ? demanda-t-il à Olivia.

— En temps voulu. Dans l'immédiat, j'aimerais que tu ailles à San Francisco et que tu décides Laura à venir à La Nouvelle-Orléans.

Josh secoua la tête.

— Je ne crois pas que ce soit utile, Duchesse. Selon la loi en vigueur dans notre Etat, si cette Laura est vraiment votre petite-fille, elle héritera un jour. Passez-lui un coup de fil pour l'en informer. A mon avis, il n'en faudra pas plus pour la convaincre de venir.

— Je lui ai téléphoné. Elle m'a dit que sa mère lui avait laissé des biens et qu'elle ne voulait pas de la fortune des Jardine. Elle ne veut pas non plus me rencontrer ni établir la moindre relation avec les autres enfants de son père.

— Manifestement, elle n'est pas aussi intelligente que votre détective privé semble le penser.

— Ou bien elle a compris que l'argent ne fait pas le bonheur.

L'espace d'un bref instant, Josh crut lire de la tristesse dans le regard d'Olivia et, en dépit de l'irritation que lui causait la vieille dame en refusant de lui céder le Princess, il éprouva pour elle une certaine compassion, et posa instinctivement une main sur la sienne.

— Quels que soient les motifs de son refus, Duchesse, elle a eu tort. Elle aurait eu beaucoup à apprendre de vous.

— Merci, murmura Olivia en retirant sa main et en redressant le buste. Mais je n'ai pas l'intention d'accepter son refus. C'est pour ça que je t'envoie à San Francisco.

— Ne comptez pas sur moi, Duchesse. Je ne veux pas me mêler de vos histoires de famille. Faites appel à l'un de vos avocats. Un homme de loi sera mieux à même que moi d'expliquer à cette Laura Harte qu'elle a tout intérêt à accepter de vous rencontrer.

— Je veux que ce soit toi qui y ailles, Joshua.

— Duchesse...

— Je veux ton opinion sur cette fille.

— Pourquoi ? L'enquête que vous avez fait faire ne vous suffit pas ?

— Le bla-bla d'un détective ou d'un avocat hors de prix ne m'intéresse pas. Pour justifier leurs honoraires, ils me racontent ce qui a le plus de chances de me faire plaisir. Je les connais.

Olivia se pencha par-dessus la table avant de répéter :

— Je veux *ton* opinion.

— Je suis touché de la confiance que vous me portez, répondit Josh sincèrement. Mais je ne vois pas ce que je pourrais vous dire d'autre que vous ne sachiez déjà.

— La modestie te va mal, Joshua. Sur ce plan-là aussi, tu tiens de ton grand-père. Tout le monde dit que tu n'as pas ton pareil pour analyser les gens. Je veux savoir si ma petite-fille a hérité de la famille autre chose que ses yeux bleus. Je veux savoir si elle a les tripes d'un Jardine et si elle est capable de diriger le Princess.

Ne sachant que répondre, Josh garda le silence.

— Tu iras à San Francisco ? insista Olivia.

— Je vais être franc avec vous, répondit-il. Pourquoi ramènerais-je cette fille ici ? Ce n'est pas dans mon intérêt. Au contraire, quand vous aurez perdu trop d'argent, vous serez obligée de vendre, à n'importe quel prix, pour sauver les meubles. Et moi, à ce moment-là, je serai le plus offrant, et je rachèterai le Princess.

— C'est là que tu te trompes, riposta Olivia. Je te l'ai dit : le Princess n'est pas à vendre et, crois-moi, je ne suis pas près de changer d'avis.

— Alors, nous perdons tous les deux notre temps, répliqua Josh, frustré, en repoussant sa chaise.

— Rassieds-toi ! lui ordonna Olivia. Je ne te vendrai pas le Princess, mais si tu m'aides, si tu parviens à convaincre ma petite-fille de venir en prendre la direction, je te donnerai une chance de le gagner.

— De le gagner ? répéta Josh en fronçant les sourcils. Comment ça ?

— Comme je l'ai gagné à ton grand-père.

— Je vous écoute.

— Si j'estime que Laura Harte est à la hauteur, je vous confierai la direction de l'hôtel à tous les deux. Vous aurez six mois pour redresser le bilan. Au bout de cette période, si vous avez fait des profits, si minimes soient-ils, je léguerai le Princess à Laura et…

— Hors de question, Duchesse ! Je ne veux pas travailler pour vous ni avec cette Laura Harte. Je ne marche pas dans votre combine. Je vous achète le Princess maintenant. Je vous l'ai dit, votre prix sera le mien.

— Aussi borné que ton grand-père ! maugréa Olivia. Pour Simon, c'était tout ou rien. Et c'est ce qui l'a amené à faire ce stupide pari avec mon père. Si Simon gagnait, je rompais mes fiançailles avec Henry Jardine et je l'épousais. Si c'était moi qui gagnais, Simon me donnait le Princess et disparaissait de ma vie à tout jamais.

— Et vous avez gagné.

— Oui, murmura Olivia en faisant rouler son fauteuil jusqu'à un secrétaire situé dans un coin de la pièce.

D'un tiroir, elle retira un petit paquet, puis revint déposer devant Josh une pile de cartes à jouer retenues par un ruban doré.

— Josh, si tu veux récupérer le Princess, je te propose un pari similaire. Ramène Laura à La Nouvelle-Orléans et débrouille-toi pour qu'elle accepte de travailler avec toi. Si tu y parviens, dans six mois, vous tirerez chacun une carte, comme ton grand-père et moi l'avons fait il y a cinquante-six ans.

— Quels sont les enjeux ? demanda Josh, incrédule.

— Le Princess.

Olivia dénoua le ruban défraîchi, et plongea son regard dans celui de Josh.

— La carte la plus forte gagne, lui dit-elle. Le gagnant remporte la mise.

— Ça me paraît trop beau pour être vrai.

— Je t'ai demandé si tu aimais le risque. Tu m'as répondu qu'il fallait que le jeu en vaille la chandelle.

Le jeu en valait la chandelle, ça ne faisait aucun doute… Josh se passa une main dans les cheveux.

— Joshua ?

— Six mois, ça me paraît un peu court pour faire du chiffre. Et si nous n'y arrivons pas ?

— Je garde le Princess.

— Et si nous y arrivons et que Laura tire la carte la plus forte…

— C'est une éventualité à prendre en compte, mais je suis sûre qu'il te sera plus facile de lui racheter l'hôtel à elle qu'à moi.

« Certainement », songea Josh. Néanmoins, il n'arrivait pas à croire à la chance qu'Olivia lui offrait. Il n'avait rien à perdre. Dans le pire des cas, sa situation restait inchangée. S'il gagnait, en revanche, le Princess était à lui — pour rien, ou quasi-rien : pour un peu de son temps et quelques efforts somme toute modérés. Il repensa à la photo de la jeune femme, à son regard bleu décidé, à son menton qui semblait défier le monde.

— Je m'attendais à plus d'enthousiasme de ta part ! lui lança Olivia.

Elle le provoquait…

— Contrairement à mon grand-père, je réfléchis avant de sauter dans le vide, dit-il en se frottant le menton.

— Réfléchis bien, répliqua la vieille dame avec un sourire narquois. Soit tu acceptes mon plan, soit tu attends ma mort.

Puis, voyant qu'il hésitait encore, elle ajouta :

— Pour ta gouverne, sache que j'ai passé mon bilan de santé annuel pas plus tard que la semaine dernière. En dépit de tous les potins que tu as pu entendre et du fait que je sois parfois obligée de me déplacer avec cette charrette, mon médecin affirme que je suis partie pour vivre encore vingt ans. Ne t'imagine pas que je suis incapable de remettre moi-même le Princess sur les rails. Les investissements des Jardine se portent encore mieux que moi.

— Vous êtes une sacrée joueuse, Duchesse.

— Il paraît.

Josh se remémora l'étincelle qui s'était allumée dans les yeux de son grand-père lorsqu'il lui avait promis qu'il récupérerait le Princess, de la fierté du vieil homme quand il parlait de la première pierre qu'il avait apportée à l'édifice.

— Alors ? dit Olivia.

Ce pari relevait de la pure folie, songea encore Josh. Simon était mort depuis plus de cinq ans. Etait-il encore tenu par la promesse qu'il lui avait faite ? Oui. N'était-ce pas son grand-père qui lui avait inculqué qu'un homme ne manque jamais à sa parole ?

Josh leva les yeux vers Olivia, et ne put s'empêcher de penser qu'il était sur le point de conclure un pacte avec le diable, de commettre une bêtise qu'il allait regretter.

— Marché conclu ?

— Marché conclu, Duchesse.

Tout en faisant tinter son verre contre celui d'Olivia, Josh jeta un nouveau coup d'œil sur la photo de Laura Harte. Elle était décidément attirante… Quant à lui, il avait bel et bien hérité du côté impulsif de son grand-père.

3

— Tu n'avais pas le droit de la contacter, oncle Paul !

Laura avait été ébranlée par le coup de fil qu'Olivia Jardine lui avait passé trois jours plus tôt. Les yeux baissés sur la salade César qu'elle avait commandée au bar de l'hôtel, elle entendait encore les paroles de la vieille dame, qui lui avait presque ordonné de venir à La Nouvelle-Orléans.

— Je suis désolé. Je ne pensais pas que ça te contrarierait à ce point.

Devant la mine consternée de Paul, Laura regretta aussitôt de s'être exprimée sur un ton aussi agressif.

— Je sais que tu voulais bien faire, lui dit-elle, mais tu n'aurais pas dû l'appeler.

— Je me faisais du souci pour toi, Laura. Et je m'en fais toujours, d'ailleurs. Tu as maigri. Tu as des poches sous les yeux. Je n'aime pas te voir comme ça.

— Ne t'inquiète pas, oncle Paul. Tout va bien, je t'assure.

Deux mois après l'accident, si ses blessures étaient

guéries, Laura avait néanmoins conscience d'être encore très fragile.

— Comment se fait-il, alors, que tu ne mettes le nez dehors que pour aller travailler ? Et que je ne me souvienne même pas de la dernière fois où je t'ai vue sourire ?

— Perdre sa mère et apprendre qu'elle vous a menti pendant toute votre vie, ce n'est pas exactement le genre de choses qui donnent envie de faire la fête, rétorqua la jeune femme.

Puis, voyant qu'elle avait encore peiné oncle Paul, elle ajouta :

— Pardonne-moi. Je ne devrais pas me venger sur toi.

Et elle lui prit la main.

— Ce n'est pas grave, dit-il. Je sais que tu traverses une période difficile.

Une période difficile ? Un véritable cauchemar, oui ! Laura avait beau se répéter que rien n'avait changé depuis qu'elle connaissait la vérité, elle avait quand même l'impression d'être une autre. Elle se sentait différente, dépossédée de son identité... Elle ne savait plus très bien qui elle était.

— Si j'ai appelé Olivia Jardine, poursuivit Paul, c'est parce que je pensais qu'en rencontrant ta famille tu pourrais peut-être...

— Je n'ai rien à voir avec ces gens-là ! répliqua Laura en lâchant la main de Paul. Je m'appelle Laura Harte. Les Jardine ne sont pas ma famille.

Les doigts tremblants, elle porta son verre de thé glacé à ses lèvres. Non, elle se refusait à considérer Andrew Jardine comme son père et les membres de sa famille comme des parents à elle.

— Laura, si seulement…

— Excuse-moi, oncle Paul, il faut que je retourne travailler.

Sur ces mots, elle posa sa serviette sur la table et se leva, soudain pressée de clore cette discussion et de se réfugier dans son bureau.

— On se voit dimanche pour le brunch ?

Laura sentit son cœur se serrer au souvenir des brunchs du dimanche matin partagés avec sa mère et oncle Paul durant toute son enfance et même au-delà. Mais, désormais, ce rituel appartenait au passé.

— Je crains de ne pas pouvoir me libérer, répondit-elle. J'ai promis à l'agent immobilier qui va mettre la maison en vente de finir de la débarrasser pendant le week-end. Il voudrait commencer à la faire visiter la semaine prochaine.

— Tu vends la maison de ta mère ? s'exclama oncle Paul avec un air désolé.

Laura savait bien qu'il avait été très amoureux de Juliet, et elle se doutait qu'il traversait, lui aussi, une rude épreuve…

— Je crois que c'est ce que j'ai de mieux à faire, dit-elle en lui posant une main sur l'épaule. Une maison doit être habitée.

— Mais c'est aussi ta maison.

Laura secoua la tête.

— Je n'y vivais plus depuis longtemps. C'était trop loin de l'hôtel. Tu sais que je finis à des heures impossibles et que je travaille souvent le week-end. Maintenant que maman n'est plus là, la maison est à l'abandon. Je n'ai pas le temps de m'en occuper. Elle commence déjà à se détériorer. Maman n'aurait pas aimé la voir dans cet état… Non, je préfère la vendre à quelqu'un qui en prendra soin.

— Juliet adorait sa maison. Et surtout son jardin.

Laura savait tout cela, mais depuis le décès de sa mère, chaque fois qu'elle s'était rendue dans le petit pavillon de banlieue, elle en avait été profondément ébranlée.

— Elle n'est plus là, maintenant, répondit-elle. Et je dois la laisser partir. Nous devons tous les deux la laisser partir, oncle Paul. La vie continue…

— C'est vrai, tu as raison, acquiesça Paul d'une voix triste et résignée.

— Excuse-moi, Paul, dit Laura en lui déposant une bise sur la joue, il faut vraiment que je remonte, maintenant. J'ai du boulot.

Il la retint par le bras.

— Laura… je suis navré… sincèrement, pour… pour tout.

— Je sais, murmura la jeune femme en lui effleurant affectueusement la joue.

Elle était navrée, elle aussi, sincèrement navrée que l'image de ses parents ait volé en éclats…

— Tu devrais peut-être consulter quelqu'un… un psy, suggéra Paul, comme s'il lisait dans ses pensées.

— Non, ça ne servirait à rien.

Et surtout, songea-t-elle en s'écartant de lui, elle refusait de confier son sentiment de honte à un étranger. Comment pourrait-elle raconter à quiconque que le père qu'elle avait vénéré comme un dieu n'était en réalité qu'un coureur de jupons ? Qu'il avait abandonné sa maîtresse enceinte pour épouser une femme de son rang et lui donner trois enfants légitimes ? Laura en voulait terriblement à sa mère, et encore plus à ce salaud… Elle aurait préféré ne jamais connaître la vérité… Si seulement sa mère avait pu emporter ses horribles secrets dans la tombe…

— Laura…

— Merci pour tout, oncle Paul. A bientôt ! Et ne t'inquiète pas pour moi.

Le conseil de Paul n'était peut-être pas idiot, après tout… Plus Laura y pensait, plus elle se disait qu'un psychologue pourrait peut-être lui apporter de l'aide.

Ses doigts se figèrent lorsqu'elle trouva le cadre qui contenait la photo de ses parents, au fond du tiroir. Cette photo qui était restée si longtemps sur son bureau et qu'elle avait rejetée violemment dans l'espoir de se débarrasser en même temps du chagrin que lui causait la double trahison dont elle avait été victime… Deux mois plus tard, le visage jeune et radieux de sa mère éveillait toujours en elle des sentiments contradictoires.

— Oh, maman, tu me manques tellement ! chuchota-t-elle, les yeux noyés de larmes.

Du bout des doigts, elle caressa le verre du petit cadre en étain, en pensant à toutes ces années de solitude que sa mère avait vécues. Des années gâchées, à fuir tous les hommes qui la courtisaient, sous prétexte qu'elle ne pourrait jamais s'attacher à quelqu'un d'autre que l'amour de sa vie, le seul et unique.

Laura ferma les yeux et se remémora la voix de sa mère, son regard rêveur chaque fois qu'elle évoquait son grand amour, le conte de fées au dénouement dramatique.

Tout ça n'était que mensonges. L'enfance de Laura avait été bercée de mensonges.

Elle rouvrit les yeux et contempla le visage de son père, fringant officier de marine, le bras passé autour du cou de sa mère.

Son père. Andrew Jardine.

Et non pas Richard Harte. Non pas le valeureux héros qu'elle avait sacralisé et qui lui avait tant manqué. Son père était un homme riche et irresponsable, qui avait lâchement abandonné sa mère pour retrouver son milieu mondain et raffiné. Ce n'était pas juste ! Il avait eu la belle vie, avec une femme et des enfants… Tandis que sa mère était restée seule à élever sa fille dans le mensonge.

La sonnerie du téléphone fit sursauter Laura. Elle rangea la photo en toute hâte.

— Oui ?

— Bonjour, ma belle.

Laura sourit en reconnaissant la voix de Nick Baldwin, le propriétaire et directeur général de l'Ambassador Grand Hotel, dont elle était l'adjointe depuis un an — un homme parmi les plus attentionnés et les plus intelligents qu'elle eût jamais côtoyés. Parmi les plus beaux, aussi. Et, sur ce point, il faisait l'unanimité au sein du personnel féminin de l'hôtel.

— Comment va mon adjointe préférée, cet après-midi ?

— Ça va, répondit Laura en riant. Mais au cas où tu ne serais pas au courant, je suis ta *seule* adjointe.

— C'est vrai ! Comment ai-je pu l'oublier ?

— On se le demande…

— Suis-je pardonné pour cette maladresse si je l'impute au fait que tu travailles autant que *deux* adjointes ?

— Je t'en prie, Nick, n'exagère pas ! Tes compliments ne me disent rien qui vaille…

— Je n'exagère pas : c'est vrai.

Laura se sentit pleine de gratitude pour Nick, qui ne loupait jamais une occasion de lui faire savoir combien il l'appréciait. Jamais elle n'avait travaillé avec un chef aussi humain. Peu à peu, d'ailleurs, il était devenu son ami. Et, au cours des deux mois qui venaient de s'écouler, il lui avait prouvé qu'elle pouvait réellement compter sur lui. Non seulement il avait insisté pour qu'elle prenne au moins une semaine de congé après le décès de sa mère, mais il se préoccupait sincèrement de son moral, à présent. Elle avait beaucoup de sympathie et de respect pour lui ; néanmoins, elle n'avait pu se résoudre à lui confier la vérité. Le ferait-elle un jour ? Parviendrait-elle jamais à se décharger de son fardeau ? Elle n'en était pas sûre.

— Laura, tu es là ?

— Oui, oui, répondit-elle en s'efforçant de chasser ses pensées moroses et de s'imprégner de la bonne humeur communicative de son boss. Quelle nouvelle calamité es-tu venu m'annoncer ?

— Vous êtes une cynique, mademoiselle Harte.

— Je me rappelle fort bien la dernière fois que tu m'as fait ce compliment, Nick. C'était au moment où nous étions surbookés : il fallait que je trouve cinquante chambres dans la minute.

— Je n'y étais pour rien, lui fit remarquer Nick. Enfin, pas vraiment… En tout cas, ce n'était pas moi qui avais oublié d'enregistrer les réservations dans le système informatique.

— Je sais qui était responsable de cette boulette. Je m'en souviens parfaitement.

Laura était certaine que Nick s'en souvenait, lui aussi. La faute incombait à la ravissante réceptionniste qui était si occupée à faire du gringue au grand patron qu'elle en avait oublié de saisir une cinquantaine de réservations.

— L'important, c'est que nous ayons trouvé une solution, finalement, conclut Nick.

Laura s'était démenée comme une folle pour caser leurs clients en surnombre dans des hôtels voisins, aux frais de l'Ambassador, bien entendu, ce qui avait semé une pagaille monstre dans son budget.

— Tu as quelques minutes ?

Laura jeta un coup d'œil au dossier ouvert devant elle.

— Je m'apprêtais à vérifier que tout est en ordre pour la convention des cardiologues qui débute demain. Après ça, je suis libre.

— Parfait. Peux-tu passer à mon bureau quand tu auras terminé ?

— D'accord. Tu as quelque chose de particulier à me dire ? demanda-t-elle, redoutant soudain que Nick ne remette sur le tapis la conversation qu'ils avaient eue récemment à propos des symptômes avant-coureurs de dépression qu'il croyait déceler chez elle.

— Je suis en ce moment avec quelqu'un qui désire te rencontrer.

Un gros client potentiel, sans doute, songea Laura avec soulagement. Voilà qui lui ferait du bien. Un nouveau challenge à relever : rien de tel pour lui changer les idées.

— Accorde-moi dix minutes et je suis à toi.

*
* *

Josh écoutait avec attention son vieux copain, Nick Baldwin, lui résumer son parcours professionnel. Ils avaient décidément de nombreux points communs. Tous deux étaient issus de familles qui avaient fait fortune en gérant des hôtels de luxe. Tous deux avaient grandi en sachant qu'un jour ils seraient amenés à prendre la suite de leurs parents. Et tous deux appartenaient à une espèce en voie de disparition : celle des hôteliers qui se battent pour conserver leur indépendance. La plupart des entreprises hôtelières familiales avaient vendu des parts à des princes saoudiens ou à des grands groupes hôteliers. Les Logan, eux, avaient toujours résisté à la pression. De même que les Jardine et les Baldwin, qui avaient néanmoins essuyé quelques revers de fortune.

A l'époque où ils étaient étudiants, Nick avait raconté à Josh que son père, Big Jack Baldwin, avait réussi, avant que son fils n'eût atteint sa majorité, à perdre au jeu les quatre hôtels de la famille. Aujourd'hui, Nick avait repris possession de tous les établissements perdus par son père et, d'après ce que Josh avait entendu dire, il était sur le point d'en acquérir de nouveaux. Certes, la chaîne Logan était de loin plus prospère que les établissements Baldwin ou Jardine, mais les trois familles faisaient partie de l'élite des hôteliers dont les noms étaient synonymes de grand luxe. D'après ce que Josh savait de l'Ambassador, Nick mettait un point d'honneur à perpétuer la tradition.

Un sourire se forma sur les lèvres de Josh, tandis que

lui revenait à l'esprit l'époque où il avait fait la connaissance de Nick, douze ans auparavant. Ils étaient dans la même école supérieure de commerce et travaillaient tous deux de nuit dans l'un des hôtels Logan. D'emblée, Josh s'était dit qu'il n'avait rien à voir avec ce fils à papa de la côte Ouest qui s'était fait pistonner pour obtenir un job. De son côté, Nick considérait Josh comme un garçon du Sud pas très futé qui ne réussirait jamais dans l'hôtellerie. Après quelques prises de bec, cependant, ils étaient devenus les meilleurs amis du monde. Puis, avec le temps et la distance, les liens s'étaient distendus, jusqu'à ce que la liaison de Nick avec la sœur de Josh n'eût définitivement raison de leur amitié. Néanmoins, puisque le hasard avait voulu que Laura Harte travaille pour Nick, Josh avait décidé de raviver leur vieille camaraderie.

— Elle sera là dans un petit quart d'heure, lui dit Nick en raccrochant.

— Je te remercie, dit Josh en revenant au présent et à la raison qui l'amenait à San Francisco.

Trop nerveux pour rester assis, il arpenta le spacieux bureau dans un sens, puis dans l'autre, et s'arrêta enfin devant l'immense fenêtre qui surplombait la baie.

— Serait-il indiscret de te demander quelle est cette affaire personnelle dont tu souhaites t'entretenir avec Laura ? demanda Nick.

Josh se retourna et soutint le regard méfiant de son ancien copain.

— Je suis désolé, vieux, mais je ne peux rien te dire,

si ce n'est que je suis là pour rendre service à une vieille amie, et qu'il s'agit réellement d'une affaire d'ordre privé, tu peux me faire confiance sur ce point.

Une vieille amie... Le terme était-il bien choisi ? Pour la énième fois, Josh se maudit d'avoir accepté la proposition d'Olivia Jardine. Pourquoi diable s'était-il laissé entraîner dans cette histoire insensée ? Tout simplement parce que, pour le Princess, il était prêt à tout.

Non, il ne devait pas regretter sa décision.

— Donne-moi au moins un indice, insista Nick. Tu ne veux vraiment pas me dire qui est cette vieille amie ?

— Je t'en prie, Nick, soupira Josh en se remettant à faire les cent pas dans la pièce. Ecoute, une fois que j'aurai parlé à Laura Harte, tu pourras lui poser toutes les questions que tu voudras. Libre à elle de te répondre ou non, mais ce sera *sa* décision. Et en attendant, s'il te plaît, cesse de me harceler.

Nick fronça les sourcils, et ses doigts se crispèrent autour du stylo qu'il triturait depuis qu'il avait posé le téléphone.

— Bien, dit-il, je cesse de te harceler. Mais n'oublie pas ce que je t'ai dit : Laura Harte vient de perdre sa mère, et elle est encore fragile.

— Je comprends, et je te promets qu'il n'est pas dans mon intention de l'ennuyer.

Là, il s'avançait peut-être un peu trop. D'après Olivia, Laura Harte avait eu une réaction plutôt virulente lorsque la vieille dame lui avait téléphoné. Selon toute probabilité, elle ne serait pas enchantée de la visite de son émissaire…

— Je l'espère ! lança Nick. Parce que je te préviens, Logan : si tu es venu pour importuner Laura, tu auras affaire à moi.

— Ah, ah ! fit Josh en riant. Il y aurait donc quelque chose entre toi et Mlle Harte ?

Josh avait un peu de mal à se l'avouer, mais il s'était surpris à espérer que la jeune femme dont il étudiait chaque soir le portrait fût libre de tout engagement sentimental.

— Tu me connais, répliqua Nick. Tu sais que j'ai pour règle numéro un de ne jamais mélanger boulot et plaisir.

— En effet, mais je crois me souvenir que tu as enfreint cette règle en flirtant avec ma petite sœur.

Les yeux de Nick s'embrasèrent. Repoussant sa chaise, il se dirigea vers la baie vitrée. Quand il se retourna, il arborait de nouveau une expression impassible.

— C'est une vieille histoire, dit-il. Il n'y avait rien de sérieux.

— Tu diras ça à Faith ! rétorqua Josh. Elle m'en a voulu à mort quand les parents l'ont envoyée travailler dans notre hôtel de Londres. Elle ne m'a pas adressé la parole pendant des mois.

— Elle n'était qu'une gamine, à l'époque.

— Ouais…

Lorsque Josh avait appris que Nick fréquentait la plus jeune de ses sœurs, il était entré dans une rage folle, persuadé que Nick allait briser le cœur de Faith. Il le connaissait, et pour ce qui était des filles, ils se ressemblaient comme deux gouttes d'eau. Ils ne demandaient pas mieux que de s'amuser, mais il était hors de question pour eux de s'impliquer. Voilà pourquoi il était allé jusqu'à se battre avec Nick. Après quoi, il avait cafté auprès de son père.

— Faith était amoureuse de toi, et elle ne m'a pas pardonné d'avoir dit à notre père qu'elle sortait avec toi.

Une expression de tristesse passa brièvement sur le visage de Nick, qui se retourna face à la fenêtre.

— Tu n'as rien à te reprocher, dit-il. De toute façon, j'ai appris que Faith s'était mariée, depuis.

— Malheureusement, cette fois, je n'étais pas là pour me mêler de ses affaires de cœur. Une fois qu'elle a été mariée avec ce couillon, il était trop tard. En revanche, j'ai été présent pour l'aider à reprendre le dessus après son divorce.

— Elle est divorcée ? dit Nick en pivotant sur ses talons.

Et, pour la première fois, Josh se demanda si Nick n'avait pas eu pour sa sœur des sentiments plus profonds qu'il ne l'aurait cru.

— Depuis un peu plus d'un an, précisa-t-il.

— Je l'ignorais. Je suis désolé pour elle.

Décontenancé par la réaction de son ancien ami, Josh ne sut que répondre.

— Ecoute… à propos de Laura, enchaîna Nick, je ne

veux pas que tu te méprennes. C'est une fille formidable : jolie, intelligente, pleine de vie. Elle est hypercompétente et elle a vraiment le feeling pour faire tourner cet hôtel. Mais il n'y a rien entre elle et moi. Nous sommes amis. Bons amis. C'est tout.

— Elle est célibataire ?

Josh se mordit aussitôt la langue.

— Oui, répondit Nick. Actuellement, sa carrière passe avant tout le reste. Pourquoi tu me demandes ça ?

— Pure curiosité, marmonna Josh en haussant les épaules.

Nick hésita longuement.

— N'oublie pas ce que je t'ai dit, lâcha-t-il enfin. Laura est vulnérable, en ce moment. Le décès de sa mère lui a porté un sacré coup, d'autant plus qu'elle n'avait qu'elle comme famille.

« Oh, non… », songea Josh. Aujourd'hui, elle ne voulait peut-être pas entendre parler des Jardine, mais, tôt ou tard, elle n'aurait d'autre choix que de se rendre à l'évidence : elle avait une grand-mère, un frère, deux sœurs — et, pour Josh, elle était le sésame du Princess.

4

Devant le miroir de l'ascenseur, Laura ajusta son écharpe carmin et lissa le devant de sa robe noire. Puis, lorsque les portes s'ouvrirent, elle se força à sourire.

— Salut, Jen ! lança-t-elle à la secrétaire de Nick.

La jeune femme avait presque le même âge qu'elle, mais sa vie était radicalement différente. Jennifer Simmons avait épousé son petit copain d'adolescence et elle attendait maintenant son premier enfant. Quant à Laura… elle n'avait encore jamais rencontré d'homme avec qui imaginer une relation à long terme, encore moins le mariage.

— Salut, Laura ! répondit la secrétaire en levant un visage rayonnant de son ordinateur. Tu tombes à pic : j'envisageais justement de faire une pause. Tu me fournis une parfaite excuse !

— A entendre le boss, tu te passes généralement d'excuses…

Jennifer plissa le nez.

— Et tu crois qui ? Moi ou cet esclavagiste ?

— Toi, bien sûr ! répondit Laura en riant. Alors, comment se porte la future maman, cet après-midi ?

— J'ai l'impression d'être un sac sur pattes, mais le petit bonhomme a une pêche d'enfer, lui ! déclara Jennifer en palpant son ventre rebondi. Ça ne m'étonnerait pas qu'il devienne champion de foot, celui-là.

— Il donne toujours autant de coups de pied ?

— Il n'arrête pas. Ouille…

Jennifer grimaça et se plia en deux.

— Ça va ? s'inquiéta Laura. Tu veux que j'appelle…

Sa collègue éclata de rire.

— Ne t'affole pas, ce n'est rien !

— Tu m'as fait une de ces frayeurs. J'ai cru que tu avais des contractions, répliqua Laura sur un ton à la fois réprobateur et amusé.

— Pardon, je suis désolée, dit Jennifer en s'essuyant les yeux et en réprimant un nouvel éclat de rire. Si tu avais vu ta tête ! En tout cas, vivement que j'accouche !

— Attends un peu, s'il te plaît. Avec moi pour sage-femme, tu serais encore plus mal lotie que Scarlett O'Hara.

— Oh, je suis sûre que, dans l'urgence, tu te débrouillerais comme une pro ! dit Jennifer en riant toujours.

— Je préfère ne pas avoir à faire mes preuves, surtout deux mois avant le terme.

— Je t'en prie, grogna Jennifer, ne me rappelle pas qu'il me reste encore deux mois à tirer…

— Je suis sûre que ça passera vite et que le bébé sera là avant que tu aies eu le temps de dire ouf.

— Je le souhaite. J'ai tellement hâte de le tenir dans

mes bras ! Et Bob est hyperimpatient, lui aussi. Je sais que ça peut sembler bébête, mais on est déjà fous de lui.

— Ce n'est pas bébête du tout. Au contraire, je trouve ça merveilleux.

— C'est vrai, acquiesça Jennifer. Tu verras : c'est magique d'être enceinte.

Laura sentit une boule se former dans sa gorge. Connaîtrait-elle seulement l'amour, un jour ? Connaîtrait-elle le bonheur de porter un enfant ? A vingt-huit ans, elle avait eu de nombreuses aventures — qui étaient toutes restées au stade de *l'aventure*, précisément. « Pour l'instant, je dois me consacrer à ma carrière », se disait-elle à chaque rupture. Mais, en son for intérieur, elle redoutait de ne jamais trouver un homme à la hauteur de son père. Ou, du moins, à la hauteur de l'homme qu'elle avait cru être son père…

— Laura, ça va ?

— Hein ? Oui, oui. Je suis lessivée. J'ai eu un boulot monstre, aujourd'hui.

— Ne m'en parle pas ! soupira Jennifer. Mon téléphone n'a pas arrêté de sonner.

— A propos, enchaîna Laura, Nick vient de m'appeler. Il dit qu'il a quelqu'un à me présenter. Tu sais qui c'est ?

— Ouahou ! s'exclama Jennifer avec un sourire malicieux. Tu ne vas pas être déçue.

Laura lui décocha un regard interrogateur.

— Je ne sais pas du tout qui c'est, mais je l'ai entrevu, tout à l'heure. Un beau brun, grand et svelte. Nick est revenu avec lui après le déjeuner. Les filles de la réception en sont encore toutes retournées.

— Sûrement un client potentiel, dit Laura.

— En tout cas, il est canon. Et c'est un cœur à prendre, pour ne rien gâcher.

— Comment sais-tu tout ça ?

Jennifer leva la main gauche et remua son annulaire.

— Pas d'alliance. J'ai regardé, tu penses bien !

— Dois-je te rappeler que tu as déjà un mari ?

— Certes, mais je ne suis pas de glace, et ce n'est pas parce que je suis mariée que je dois m'interdire d'admirer les beaux gosses.

— Je ne suis pas sûre que Bob serait très heureux d'apprendre que son épouse regarde si les hommes portent des alliances, rétorqua Laura en fronçant les sourcils.

— Eh ! C'est pour toi que j'ai regardé ! répliqua Jennifer en riant. Enfin... Si c'est toi qu'il est venu voir, ne le fais pas attendre.

Et elle appuya sur le bouton de l'intercom pour annoncer Laura.

Jennifer n'avait pas menti. Laura ne pouvait nier que le visiteur de Nick entrait dans la catégorie des « beaux gosses ». Grand — au moins un mètre quatre-vingt-cinq —, bien bâti, brun aux yeux verts, bronzé... et elle aurait parié sa paye que son hâle n'était pas dû aux U.V. Elle aurait également mis sa tête à couper que ce n'était pas en s'escrimant sur des machines de musculation qu'il avait acquis les épaules carrées qui se dessinaient sous son élégante veste anthracite. Des pommettes saillantes, une mâchoire volontaire et un sourire envoûtant complétaient le tableau... Oui, en effet, ce type avait un charme fou.

— Ah, la voilà ! dit Nick en se levant et en allant passer un bras autour des épaules de son adjointe. Josh, je te présente Laura Harte, ma collaboratrice la plus compétente et aussi la plus jolie. Laura, voici Josh Logan, un vieux copain de passage à San Francisco.

— Enchantée, monsieur Logan. Vous savez sans doute que Nick ne peut pas s'empêcher de dire des bêtises ?

— Dans le cas présent, ce ne sont pas des bêtises, répliqua Josh d'une voix suave, teintée d'un léger accent du Sud. Vous êtes encore plus belle que ne le laissait supposer le portrait qu'il m'a dépeint de vous. Et je vous en prie, appelez-moi Josh.

Sous le compliment et le regard pénétrant de son interlocuteur, Laura sentit le rose lui monter aux joues. Au diable ce teint trop pâle !...

— Merci, murmura-t-elle.

— Vous permettez que je vous appelle Laura ?

— Bien sûr ! répondit-elle en retirant sa main de celle de Josh.

— Josh et moi avons travaillé ensemble, quand nous étions étudiants, intervint Nick en les entraînant vers le petit salon aménagé à côté de son bureau.

Laura s'installa dans l'un des confortables fauteuils disposés en demi-cercle autour d'une table basse.

— En Floride ? demanda-t-elle, sachant que son supérieur était originaire de cet Etat.

— En Louisiane, répondit Josh. Nous avons fait la plonge, garé des voitures… tout le sale boulot de l'hôtellerie, quoi.

— Vous êtes aussi dans l'hôtellerie, monsieur Lo…

— Josh, rectifia-t-il en la gratifiant d'un sourire enjôleur qui l'enveloppa comme une caresse.

— Excusez-moi, Josh, bredouilla-t-elle, surprise de son propre trouble.

— Je m'occupe principalement d'acquisitions immobilières, expliqua-t-il.

— La famille de Josh est propriétaire des Hôtels Logan, précisa Nick.

— Ah, je vois…, dit Laura, pensant deviner le motif de la visite de Josh Logan.

Les Hôtels Logan, des établissements cinq étoiles disséminés dans tout le pays, comptaient parmi les principaux concurrents de l'Ambassador. La chaîne était en outre connue pour racheter toutes les entreprises qui lui faisaient de l'ombre. Au cours des dix dernières années, elle s'était ainsi considérablement développée.

— Je crains que non, répondit Josh d'une voix traînante, légèrement amusée. L'Ambassador est certes un établissement fabuleux, mais la société Logan n'a pas de vues sur lui.

— Tant mieux, dit Nick, parce qu'il n'est pas à vendre.

— Je prends note, répliqua Josh avec son sourire de séducteur. De toute façon, je ne suis pas ici pour affaires, mais pour un motif strictement personnel.

— Vous me rassurez…, commença Laura.

Josh éclata de rire. Elle se serait giflée de sa maladresse.

— Excusez-moi, ajouta-t-elle. Je me suis mal exprimée. Je n'ai rien contre les Hôtels Logan, évidemment.

— Heureux de l'entendre.

— J'ai séjourné au Logan de San Diego, il y a quelques années, poursuivit-elle en riant. J'en garde un souvenir impérissable. C'est un hôtel magnifique, qui mérite amplement son excellente réputation.

— Mais ? lança Nick.

— Mais je serais terriblement peinée que l'Ambassador soit vendu, à qui que ce soit.

— Parce que vous aimez travailler pour Nick ?

— Oui. Et aussi parce que j'aime cet endroit tel qu'il est. S'il changeait de mains, il serait très certainement transformé, et je suis sûre qu'il ne me plairait plus autant. Ce lieu est tellement chargé d'histoire, et Nick l'a si merveilleusement restauré. Vous l'a-t-il fait visiter ?

— Nous n'avons pas encore eu le temps, répondit Nick.

— Vous allez être agréablement surpris, Josh.

— Oh, je n'en doute pas ! Accepterez-vous d'être mon guide ?

— Ce serait avec plaisir, mais je pense que Nick tiendra à vous faire faire lui-même le tour du propriétaire.

— Je crois qu'il a déjà un planning bien chargé pour cet après-midi…

Laura se tourna vers son patron, et fronça les sourcils en surprenant le regard réprobateur qu'il posait sur son vieil ami. Se faisait-elle des idées ? Ou existait-il une réelle tension entre les deux hommes ?

— Si tu as des rendez-vous, Nick, je peux les assurer à ta place, lui proposa-t-elle.

— Je te remercie, mais j'ai une réunion du conseil d'administration, à l'autre bout de la ville. Je suis obligé d'y assister en personne.

— Alors, Laura, acceptez-vous de me faire visiter l'Ambassador ?

— Si Nick n'y voit pas d'inconvénient…

Pendant un instant, un silence de plomb pesa dans la pièce.

— Non, bien sûr que non ! répondit finalement Nick en se levant. Il faut d'ailleurs que je vous quitte, si je ne veux pas arriver en retard.

— A demain matin ? lui dit Laura en se levant à son tour.

— A demain, oui. Mais si tu as besoin de moi pour quoi que ce soit, n'hésite pas à m'appeler.

— D'accord.

— Ça m'a fait plaisir de te revoir, Nick, intervint Josh en serrant la main de son ami. Et merci pour ton aide. Je te revaudrai ça.

— Tâche de ne pas me faire regretter de t'avoir rendu ce service. Je serais furieux d'avoir commis une erreur à cause d'une amitié qui remonte à des années.

Pour ce qui était de commettre des erreurs, il en avait commis une belle, songeait Josh en attendant Laura, adossé contre un pilier du hall d'entrée de l'Ambassador. Elle avait été bipée à la réception, où elle s'entretenait avec une jeune femme du personnel et un couple d'un certain âge.

Oui, il s'était totalement mépris sur le compte de cette Laura Harte. Certes, il n'en était pas à sa première bévue, en matière de femmes. S'il pouvait se féliciter de n'avoir pris que très rarement une mauvaise décision dans le domaine professionnel, il n'était en revanche pas très fier de certains de ses exploits sur le plan sentimental.

En grimaçant, il se remémora la honte la plus cuisante de sa vie. Quelques jours après son dix-septième anniversaire, en cherchant à épater Sarah Beth Whitney par sa conduite sportive, il avait littéralement enroulé sa Mustang 65 autour d'un poteau téléphonique. Aujourd'hui encore, il se maudissait d'avoir embouti cette belle voiture. Quel idiot… Il n'était pas près non plus d'oublier la bouteille de scotch qu'il avait vidée en quelques heures parce qu'une fille l'avait plaqué. Il avait vomi pendant deux jours… Et il ne se pardonnerait jamais d'avoir dédaigné un tango horizontal avec une future Miss Univers, deux ans plus tôt.

Un soupir lui échappa. L'expérience ne lui avait malheureusement pas mis de plomb dans la cervelle. S'il avait été un tant soit peu raisonnable, il aurait pris ses jambes à son cou à la minute où Olivia Jardine lui avait exposé sa machination diabolique. Mais la vieille dame était rusée… Elle avait su l'appâter. Elle ne savait que trop bien qu'il ne laisserait pas passer une chance de reconquérir le Princess. A l'entendre, tout paraissait si simple. Josh n'avait pas douté une seconde qu'il sortirait vainqueur de ce petit jeu.

Or, c'était compter sans Laura. Là résidait son erreur. La jeune femme ne correspondait en rien à l'image qu'il s'en était faite. Il ne s'attendait absolument pas qu'elle lui fasse autant d'effet. Bien sûr, il l'avait vue en photo ; il savait d'avance qu'il la trouverait attirante. Mais il ne s'attendait pas à voir briller une telle intelligence dans son regard bleu clair, ni à une telle force dans sa poignée de main. Et il n'aurait jamais cru que le simple fait de se trouver à côté d'une femme pourrait éveiller en lui un désir aussi violent.

En outre, Laura Harte l'intriguait, et il ne parvenait pas à déterminer pourquoi elle exerçait sur lui une telle fascination. Dans sa vie professionnelle aussi bien que dans la sphère privée, il côtoyait chaque jour des femmes belles et intelligentes. Sa mère et ses sœurs lui en avaient présenté un nombre incalculable dans les soirées et les dîners mondains, avec l'espoir qu'il finirait par en épouser une et se ranger. Aucune n'avait piqué sa curiosité ni suscité son intérêt comme Laura Harte. Visiter l'hôtel en sa compagnie avait été jusque-là un moment de pur plaisir. Elle était tout simplement délicieuse.

Tout en l'observant, il se répéta qu'il ne devait surtout pas succomber à son charme. Compte tenu du rôle qu'Olivia Jardine avait attribué à chacun d'eux, il ne pouvait en aucun cas se permettre de se laisser envoûter. C'eût été commettre une grossière erreur. Une erreur fatale, même, cette fois. L'enjeu était de taille : il devait impérativement garder la tête froide.

Mais tandis qu'elle revenait vers lui, il ne put s'empêcher de deviner la courbe de ses hanches sous sa robe noire, de savourer sa démarche féline et racée. Il imagina même un instant ses longues jambes chaussées de talons aiguilles, nouées autour de sa taille…

— Excusez-moi de vous avoir fait attendre, lui dit-elle en le rejoignant.

— Ne vous inquiétez pas pour ça. Tout va bien ?

— Oui, ce n'était qu'un petit malentendu concernant une réservation. Ces gens sont venus fêter ici leur anniversaire de mariage. Quand ils ont téléphoné pour réserver, ils ont demandé la chambre où ils avaient passé leur nuit de noces. Or, la secrétaire qui a pris leur réservation, le mois dernier, et qui ne travaille plus chez nous, a omis de noter ce détail dans le registre. Si bien que la chambre en question est déjà occupée.

— A voir leurs sourires, je présume que vous avez trouvé une solution de remplacement qui leur convient.

— On peut dire ça comme ça. Je leur ai donné une suite plus grande, je leur ai fait monter une bouteille de champagne avec les compliments de l'hôtel, et je leur ai offert un chèque-cadeau pour un prochain week-end dans la chambre de leur choix.

— Sympa. Et bien joué.

A sa place, c'est exactement ce qu'il aurait fait.

— Merci, dit-elle. Il m'a semblé que c'était le meilleur moyen de régler la situation.

— Tout à fait. Le client est roi. Non seulement vous avez évité le désastre, mais vous vous êtes assurée qu'ils reviendraient en leur offrant ce bon-cadeau, un geste qui n'aura guère d'impact sur vos profits, d'autant qu'ils auront tendance à dépenser davantage au restaurant et à la boutique de souvenirs puisqu'ils ne paieront pas la chambre.

— J'avoue que cette considération m'a traversé l'esprit, acquiesça Laura en souriant.

Et, cette fois, son sourire n'était plus crispé par la réserve et la politesse. Il était sincère. Josh était à peu près certain de lui plaire… Résistant à l'envie de la prendre dans ses bras et d'enfouir ses mains dans sa crinière rousse, il se contenta de remettre en place une mèche de ses cheveux.

Elle recula et consulta sa montre.

— Je ne pensais pas qu'il était si tard, dit-elle. J'ai

encore dû me perdre en anecdotes historiques. Il fallait m'arrêter.

— Sûrement pas ! C'était très intéressant.

— Merci, mais j'imagine que vous avez des tas d'autres choses à faire à San Francisco. En tout cas, l'Ambassador n'aura plus de secret pour vous. Vous aurez tout vu, à part les cuisines. Voulez-vous que nous allions y jeter un coup d'œil ?

— Volontiers. Je suis curieux de les comparer avec les nôtres.

— Eh bien, suivez-moi.

En marchant à côté de son guide, Josh dut lutter pour ne pas se laisser enivrer par son parfum capiteux qui évoquait les chaudes nuits du Sud et les magnolias en fleur, pour ne pas caresser du regard sa peau laiteuse, qui lui paraissait aussi délicate qu'un pétale de rose, pour feindre d'ignorer combien sa bouche était provocante, même maintenant que son rouge à lèvres s'était estompé.

Laura s'arrêta au pied du majestueux escalier qui menait à la mezzanine.

— Préférez-vous monter à pied ou prendre l'ascenseur ?

— Montons à pied, répondit-il en s'arrachant à ses fantasmes et en lui effleurant le dos pour l'engager à gravir les marches de marbre.

Le niveau supérieur était éclairé par d'imposants lustres en cristal et égayé d'énormes compositions florales.

— Vous avez déjeuné avec Nick au restaurant de l'hôtel ? s'enquit Laura.

— Non, nous nous étions donné rendez-vous en ville.

— Dans ce cas, il faudra absolument que vous preniez un repas au Redwood avant de quitter San Francisco. Le chef est excellent. Il a déjà reçu plusieurs prix.

Laura s'immobilisa devant l'entrée du restaurant et jeta un coup d'œil à travers les portes vitrées.

— Il y a un monde fou, ce soir, dit-elle. Je crains que ce ne soit pas le bon moment pour aller se balader dans les cuisines.

— Passons sur la visite des cuisines, suggéra Josh, conciliant.

— Je crois qu'il vaut mieux, en effet, approuva Laura. Les cuisiniers m'en voudraient de venir traîner dans leurs pattes.

— Pensez-vous qu'il reste une table pour ce soir ?

— Si c'est moi qui la demande, il y aura toujours un moyen de s'arranger. Allons voir.

— Bonsoir, mademoiselle Harte. Comment allez-vous ? lança le maître d'hôtel en venant à leur rencontre.

Josh trouva qu'avec ses cheveux gris et ses manières ampoulées il avait l'air d'un majordome anglais.

— Très bien, je vous remercie, Douglas. Vous avez beaucoup de monde, ce soir.

— La salle est pleine, confirma-t-il d'un air satisfait.

— Pourriez-vous quand même caser une réservation ?

— Pour vous, bien sûr, répondit le maître d'hôtel avec un clin d'œil. Une table pour deux ? ajouta-t-il en tournant la tête vers Josh.

— Oui, s'il vous plaît, répondit celui-ci. Josh Logan, se présenta-t-il en tendant la main au maître d'hôtel. Je vous suis infiniment reconnaissant, Douglas. Laura m'a tellement vanté la cuisine du chef que j'ai hâte d'y goûter. De plus, je meurs de faim.

— Je vous en prie, monsieur. Vous ne serez pas déçu, je vous le garantis. Si vous voulez bien m'excuser un instant, je vais vous faire dresser une table.

— Merci d'avoir usé de votre influence, dit Josh à Laura quand le vieil homme eut disparu.

— Il n'y a pas de quoi. Douglas va s'occuper de vous. Quant à moi, il ne me reste plus qu'à vous souhaiter un bon appétit. Ravie d'avoir fait votre connaissance, Josh.

Il prit la main qu'elle lui tendait.

— Vous êtes pressée, Laura ?

— Non, pas vraiment, mais... j'ai cru comprendre que vous attendiez quelqu'un.

— Pas du tout. J'ai demandé une table pour deux dans l'espoir que vous accepteriez de dîner avec moi.

— C'est très aimable à vous, mais...

— Si vous déclinez mon invitation parce que quelqu'un vous attend, je serais enchanté qu'il nous rejoigne, affirma Josh.

Au fond de lui, il espérait ardemment entendre une réponse négative, mais il se reprocha aussitôt le caractère puéril de cette réaction.

— Non, ce n'est pas ça. Personne ne m'attend…

— Peut-être avez-vous d'autres projets pour la soirée ?

— Non, mais…

— Mais vous avez l'habitude de vous laver les cheveux le jeudi soir ?

— Non, répondit Laura en souriant.

— Alors c'est que vous vous étiez promis de nettoyer votre four ? continua Josh, ravi de voir qu'elle semblait apprécier son humour.

— Sûrement pas ! s'exclama Laura en éclatant de rire. J'ai un four autonettoyant, et je cuisine tellement peu qu'il est toujours comme neuf.

— Dans ce cas, ayez pitié d'un pauvre voyageur solitaire. Ne me laissez pas manger seul. Acceptez de dîner avec moi, je vous en prie !

— Je doute que vous soyez souvent seul, dit Laura. A moins que ce ne soit par choix.

— Dois-je prendre cela comme un compliment ?

Laura Harte était perspicace, et Josh n'en était pas surpris, maintenant qu'il commençait à cerner sa personnalité. A La Nouvelle-Orléans, il était rare, en effet, qu'il ne fût pas en charmante compagnie. Et même à San Francisco, d'ailleurs, il aurait pu appeler un certain nombre de jeunes femmes qui auraient été enchantées de passer la soirée avec lui. Mais aucune d'entre elles n'était Laura Harte. Et aucune ne détenait la clé du Princess.

— Mon intention n'était pas de vous flatter en soulignant les plus ostensibles de vos atouts, répondit Laura en riant.

— Les plus ostensibles de mes atouts, répéta Josh. Qui sont…

— Vous êtes impossible ! lança la jeune femme en secouant la tête.

— Acceptez néanmoins de partager ma table, insista-t-il en reprenant son sérieux.

Et, comme il ne pouvait résister plus longtemps à l'envie de la toucher, il enroula l'une de ses mèches autour de son doigt.

— J'aimerais vraiment que nous fassions davantage connaissance, Laura.

Elle recula d'un pas.

— Je ne suis pas sûre que ce soit une bonne idée.

— Pourquoi ? A cause de Nick ? Vous pensez qu'il n'apprécierait pas de nous voir dîner ensemble ?

— Nick n'a rien à voir là-dedans.

— Alors, où est le problème ?

— Je préfère ne pas mélanger travail et plaisir.

— Qu'à cela ne tienne, nous ne mélangerons pas : cette soirée sera uniquement vouée au plaisir.

5

— Le veau ne vous plaît pas ? demanda Laura, gênée par le regard insistant de Josh.

— Si, si, il est délicieux, répondit-il sans la quitter des yeux.

— Josh, arrêtez de me regarder comme ça ! lui dit-elle en espérant dissiper quelque peu le lourd climat érotique qui s'était instauré entre eux dans le décor intime du restaurant.

— Impossible ! répliqua-t-il, nullement embarrassé, en esquissant l'un de ses irrésistibles sourires. Il paraît que les yeux sont le reflet de l'âme. Je ne sais pas qui a dit ça, mais il devait penser à vous, Laura. Vous avez des yeux incroyablement expressifs, tout à fait hors du commun.

— Merci.

— Vous voyez, c'est exactement ce que je disais, poursuivit Josh. Il y a quelques minutes, vous ne parliez que boulot et vos yeux étaient d'un bleu glacial. Maintenant que je vous ai fait sortir de votre rôle de directrice adjointe, ils ont changé de couleur. A présent, ils sont du même bleu que les vagues de Saint-Thomas à l'aurore.

— Je crois que l'un d'entre nous a bu un peu trop de vin, dit Laura en feignant la nonchalance.

— Pas moi, en tout cas ! riposta Josh en portant son verre de cabernet à ses lèvres. Je faisais seulement un constat. Et je ne suis certainement pas le premier à vous dire que vous avez de beaux yeux.

— Non, murmura-t-elle en songeant qu'aucun homme ne l'avait encore troublée à ce point.

Josh hocha la tête en continuant à la dévorer des yeux, tel un chat convoitant un bol de crème fraîche.

— Je vous mets mal à l'aise, dit-il.

— Non.

Un sourire étira ses lèvres.

— Ce n'est pas ce que je lis dans vos yeux. Sincèrement, ils sont extraordinaires. Chaque fois que je crois avoir déterminé leur couleur, ils changent de nouveau. Mais je suppose que cela aussi, on vous l'a déjà dit.

— Non. Et je vous soupçonne de le savoir, rétorqua Laura, refusant de se laisser déstabiliser. Cela dit, vous savez y faire, il faut le reconnaître !

— Qu'entendez-vous par là ?

— Vous êtes un excellent dragueur.

— Pensez-vous que je vous drague ? demanda-t-il sur un ton amusé.

— Je me trompe ? Ces regards langoureux, tout ce baratin à propos de la couleur de mes yeux… Vous savez fort bien qu'ils sont bleus, tout bêtement, d'un bleu tout ce qu'il y a de plus ordinaire.

— Croyez-moi, Laura, souffla-t-il en se penchant vers elle, il n'y a rien d'ordinaire en vous.

Laura sentit son pouls s'accélérer. La bouche soudain sèche, elle prit son verre de vin et en serra le pied en espérant que le tremblement de ses doigts passerait inaperçu. Il lui en coûtait de se l'avouer, mais Josh Logan la rendait nerveuse. Elle avait pourtant l'habitude des hommes. Dans le cadre de sa profession, elle déjeunait fréquemment tête à tête avec des représentants ou des financiers, et il n'était pas rare qu'ils la draguent. Ce qui, en général, la laissait totalement indifférente. Pourquoi diable ce Josh Logan provoquait-il chez elle ce léger vertige et cette sensation d'avoir des papillons dans la poitrine ? Sans doute parce qu'elle était perturbée, depuis le décès de sa mère… Et puis, ces chandelles et cette musique romantique n'arrangeaient rien…

— Vous êtes un homme dangereux, Josh, dit-elle en affichant un sourire ingénu. Vous avez dû briser plus d'un cœur.

— Aïe ! fit-il en portant une main à son côté gauche. Vous venez de me décocher une flèche empoisonnée, mademoiselle Harte. Est-ce ainsi que vous avez coutume de réagir lorsque les hommes vous font des compliments ?

— Me complimentiez-vous ? J'aurais pourtant juré que vous cherchiez à me séduire.

Le sourire de Josh s'effaça comme sous un coup

d'éponge, et son regard s'assombrit, au grand étonnement de la jeune femme.

— Croyez-moi, Laura, si je voulais vous séduire, vous ne vous poseriez pas de question : vous vous en rendriez compte.

Pour la première fois, elle remarqua les minuscules paillettes dorées qui irisaient son regard. Et le serveur arriva fort à propos, lui épargnant une réponse à cette provocation.

— Terminé ?

— Oui, merci, Stewart.

C'est parce qu'elle se sentait terriblement seule depuis la mort de sa mère qu'elle était à ce point désarçonnée par les avances de cet homme, se dit-elle, tandis que le garçon débarrassait la table puis récitait la liste des desserts. Josh Logan était probablement un dragueur invétéré, et elle ne le reverrait jamais. Il n'y avait pas de quoi se mettre dans un tel état.

— Désolé, dirent-ils tous deux en même temps, lorsque le serveur se fut éloigné.

Laura éclata de rire. Josh l'imita.

— Bien, je suis contente que tout malentendu soit éclairci, dit-elle. Merci… pour les compliments à propos de mes yeux. C'était très gentil de votre part, et c'est ce que j'aurais dû vous dire tout de suite, au lieu de vous accuser de me faire du gringue. J'ai mal interprété vos paroles, j'en suis sincèrement navrée.

— Puisque vous jouez la carte de l'honnêteté, je vous confesserai à mon tour que votre interprétation n'était pas totalement erronée, enchaîna Josh avec une étincelle dans le regard. Il est vrai que je tentais de vous séduire. Inconsciemment, toutefois, si je puis ajouter cela pour ma défense.

— Je comprends, marmonna Laura en s'efforçant de dissimuler sa déception.

— Vraiment ?

— Oui. Vous êtes un homme, je suis une femme, et patati et patata. C'est instinctif, non ?

Josh s'appuya contre le dossier de sa chaise.

— Dites-moi, Laura, avez-vous une si piètre opinion des hommes en général, ou ce trait m'était-il destiné à moi personnellement ?

— Ni l'un ni l'autre, répondit-elle en regrettant d'avoir été blessante.

— Ce que j'essayais de vous dire, Laura — et, vraisemblablement, je me suis mal fait comprendre —, c'est que vous m'attirez. Vous êtes intelligente, captivante, et j'aime la manière dont vous appréhendez votre métier. Vous ne considérez pas l'Ambassador seulement comme une machine à fric. Vous voyez sa beauté, son passé, tout ce qui lui donne une âme et le rend unique. Ajoutez à cela que vous êtes belle, sexy, et il faudrait que de la glace coule dans mes veines pour que vous me laissiez indifférent.

Pendant un instant, Laura ne put que dévisager Josh. Oh ! non, il n'était pas de glace ! Au contraire, elle devinait en lui un homme passionné.

— Je vous ai choquée, on dirait.

— Pas le moins du monde, répondit-elle posément, vexée par le ton ironique qu'il avait employé. C'est juste que je ne sais pas quelle attitude adopter. Me présentiez-vous des excuses ou reveniez-vous à la charge avec une autre stratégie de séduction ?

— Je vous parlais du fond du cœur, tout simplement.

— Merci de me le préciser. Je n'étais pas tout à fait sûre…

— Il y a autre chose que je dois vous préciser.

— Oui ?

Il était décidément craquant… surtout quand il avait cette lueur dans les yeux.

— Je vous faisais du gringue, tout à l'heure, comme vous dites. Et pourtant je ne cherchais pas à vous séduire.

— Il y a une différence ?

De nouveau, Laura se sentit envahie par une bouffée de chaleur. Ce sourire diabolique…

— Oh ! oui, une différence de taille ! Voulez-vous que je vous dise laquelle ou que je vous fasse une démonstration ?

— Ce ne sera pas nécessaire : je vous crois sur parole, répondit Laura. On fait une trêve ? ajouta-t-elle en lui tendant la main.

Elle avait pris plaisir à cette joute verbale, mais elle ne tenait pas à s'engager plus loin sur un terrain aussi glissant. A ce petit jeu, Josh Logan était sans nul doute bien meilleur qu'elle.

— D'accord pour la trêve, dit-il.

Et il déposa un baiser sur ses doigts. Au contact de ses lèvres, elle fut parcourue d'un frisson.

— Voilà nos desserts, je crois, dit-elle en retirant sa main.

Puis, tandis que le serveur faisait flamber leurs Banana Foster, elle se lança dans une tirade sur les fabuleux desserts du Redwood. Et elle embraya ensuite sur un sujet de conversation plus sûr que le champ de mines qu'ils avaient traversé tout au long du repas.

— Nick disait tout à l'heure que votre père et votre grand-père étaient hôteliers…

— Tout à fait. Grampa avait à peine vingt ans quand il a construit son premier hôtel. A ma naissance, il en possédait une vingtaine.

— Et maintenant ? demanda Laura en portant une cuillerée de glace à ses lèvres.

— Aujourd'hui, les Hôtels Logan sont au nombre de trente et un.

— Impressionnant. Qu'est-ce que ça fait d'appartenir à une dynastie ?

— Je ne suis pas sûr que le terme *dynastie* puisse s'appliquer aux Logan, dit Josh en riant.

— Pourquoi pas ? Votre famille s'est imposée sur un marché où la concurrence est extrêmement rude.

— Certes, mais dès mon plus jeune âge, on m'a inculqué l'idée que les Hôtels Logan n'étaient qu'une petite entreprise familiale.

Laura haussa les sourcils d'un air surpris.

— Une chaîne de trente et un établissements n'est pas ce que j'appelle une « petite » entreprise.

— Vu sous cet angle-là, vous avez raison. Néanmoins, nous nous efforçons de continuer à travailler comme si c'était le cas.

— Avec succès. C'est tout à votre honneur.

Josh haussa les épaules.

— J'ai été à bonne école, avec Grampa. Et nous avons toujours eu de la chance, dans la famille. Nous avons presque toujours réussi à acquérir les hôtels que nous désirions. Mais nous avons aussi travaillé dur, évidemment, pour arriver où nous en sommes.

— J'imagine... Ça doit être chouette de... de travailler en famille.

— C'est à la fois une bénédiction et une malédiction.

Tandis que Josh développait son point de vue sur la question, Laura songea avec une pointe d'amertume et de jalousie à sa propre vie. Quelle ironie du sort qu'elle ait fait carrière dans l'hôtellerie !... Depuis qu'elle avait découvert la vérité sur son père, elle s'était demandé à maintes reprises comment sa mère avait vécu ce choix. Et, comme chaque fois qu'elle pensait à son père, le coup de fil d'Olivia Jardine lui revint à l'esprit. Quoi qu'en dise la vieille dame, elle n'avait rien à faire à La Nouvelle-Orléans. Pourquoi se lierait-elle avec la famille d'un homme qui les avait tout bonnement abandonnées, sa mère et elle ?

— Laura ? Ça va ?

Elle tressaillit et reporta son attention sur Josh.

— Oui, oui. Je pensais à votre famille. Etes-vous nombreux ?

— J'ai quatre sœurs, six oncles et tantes, et une bonne vingtaine de cousins.

Pour quelqu'un qui n'avait eu qu'une mère pour toute famille, les Logan constituaient une véritable armée.

— Vous n'avez pas de frères ?

— Non, que des sœurs : Meredith et Rachel, les aînées, et Hope et Faith, les cadettes. Et elles sont toutes les quatre curieuses, tyranniques et insupportables. Des teignes, quoi.

— Description intéressante. Je me demande ce qu'elles disent de vous.

— Je suis le frère parfait, idéal, adorable.

Laura ne put réprimer un éclat de rire.

— Je vous assure, ajouta Josh.

— Je vous crois.

— Quant à vous, il me paraît évident que vous n'avez pas grandi dans une famille nombreuse.

— Malheureusement, non. J'étais seule avec ma mère, répondit Laura, satisfaite du tour que la conversation avait pris.

— Dans ce cas, vous avez loupé plein de trucs géants. Les bagarres pour être le premier à prendre la salle de bains, par exemple. Cette salle de bains, c'était vraiment quelque chose… Une fois que toutes les filles s'étaient ointes de lotions et aspergées de parfum, je suffoquais, là-dedans ! Vous ne savez pas non plus ce que c'est que de poireauter une heure pour prendre sa douche et de s'apercevoir qu'il n'y a plus d'eau chaude.

— C'est vrai, je ne connais aucune de ces joies.

— Vous ignorez également le bonheur de découvrir vos armoires à moitié vides parce que la dernière mode veut que les nanas s'habillent avec des fringues de mec.

En souriant, Laura secoua la tête, à la fois amusée et intriguée par la façon dont Josh dépeignait ses sœurs.

— Non, mais ma mère faisait la même taille que moi et il lui arrivait de m'emprunter des vêtements. Ça compte ?

— Certainement pas. Il n'y a pas pire enquiquineuse qu'une sœur. Vous savez ce que les miennes m'ont fait, entre autres ? Le soir où la chef des pom-pom girls m'a ramené chez moi en voiture, après le match, elles nous ont espionnés pendant qu'on se bécotait, et elles sont allées tout rapporter à nos parents.

— Non…, dit Laura, incapable de retenir un éclat de rire.

— Si, si, je vous jure. Mes frangines me rendaient la vie impossible quand elles étaient gamines. Et maintenant qu'elles sont adultes, ça n'a guère changé.

— N'empêche que vous les aimez quand même.

Josh haussa les épaules mais sa voix était empreinte d'affection.

— Ai-je le choix ? Ce sont mes sœurs. On ne peut qu'aimer sa famille.

« Pas forcément… », songea Laura, ses pensées retournant à son père. Et, pour la première fois depuis que le voile était levé, elle s'autorisa à essayer de se représenter les enfants d'Andrew Jardine, ses demi-frère et sœurs. Les choses auraient pu être si différentes…

— A vous, maintenant ! lui lança Josh. Parlez-moi de votre enfance de fille unique.

— Elle a été très calme, comparée à la vôtre. Mon père… Je n'ai jamais connu mon père. Ma mère m'a élevée toute seule.

— Nick m'a dit que vous l'aviez perdue récemment, et que vous étiez très proches.

— Oui… C'était une femme merveilleuse, à la fois une mère, une sœur et une amie. Elle avait une joie de vivre incroyable, toujours le sourire. Tout le monde l'adorait. Elle ne savait inspirer que la sympathie.

— Apparemment, c'était quelqu'un d'exceptionnel.

— Oui. Pourtant, elle n'a pas eu la vie facile. Mais elle ne se plaignait pas. Jamais je n'ai eu l'impression d'être un fardeau pour elle. Je me suis toujours sentie aimée, désirée. Elle était très forte, très courageuse.

— Comme sa fille, je présume…

Laura eut un sourire hésitant.

— Merci, murmura-t-elle, les yeux fixés sur son dessert.

— Elle vous manque terriblement, n'est-ce pas ?

— Oui.

Josh lui souleva le menton et plongea son regard dans le sien.

— Je suis désolé, dit-il. Je ne peux même pas imaginer ce que vous ressentez. Je rouspète souvent après ma famille, mais je serais perdu, sans eux.

« Perdu », oui, c'était le mot qui correspondait le mieux à l'état de Laura. Mais le plus douloureux n'était pas l'absence de sa mère. Le plus douloureux était de savoir que, pendant des années, elle avait cru être quelqu'un qu'elle n'était pas.

— Dieu merci, il me reste mes amis, dit-elle. Et oncle Paul.

— Oncle Paul ?

— En fait, ce n'est pas réellement mon oncle. C'est… C'était un vieil ami de ma mère. Je l'ai toujours connu. Heureusement qu'il est là… C'est un peu comme s'il faisait partie de la famille. Il se soucie de savoir si je mange assez, si je sors assez, si je ne travaille pas trop. Je le soupçonne même de s'être fixé pour mission de me marier.

— Vous êtes impatiente que ça arrive ?

Laura leva les yeux vers Josh. Quelque chose lui disait que sa question n'était pas innocente.

— Impatiente, non, répondit-elle. Mais je souhaite me marier un jour… si je trouve l'homme de ma vie.

— Comment le voyez-vous ?

— Comme…

« Comme mon père », avait-elle failli dire. Sauf que son père n'était pas celui qu'elle croyait. Son père était un irresponsable, un lâche, un menteur.

— J'aime les hommes honnêtes et fidèles, répondit-elle.

Ceux qui assument leurs responsabilités et demeurent loyaux en toutes circonstances.

— C'est un super-héros que vous recherchez ! lui fit remarquer Josh en piquant une cuillerée de Banana Foster dans sa coupe.

— Sans doute, oui, acquiesça-t-elle. Et vous ?

— Moi ? dit-il en s'apprêtant à lui voler encore un peu de glace nappée de caramel. Je ne suis pas à la recherche d'un super-héros.

— Très drôle ! rétorqua Laura. Je voulais dire : envisagez-vous de vous marier et de fonder une famille ? demanda-t-elle en partageant avec lui sa dernière cuillerée de crème glacée.

— Pas si je peux faire autrement, répondit-il lascivement.

— Josh, je vous assure que ce n'est pas la peine de me raccompagner jusqu'à ma voiture, affirma Laura alors qu'ils approchaient des ascenseurs.

— Et moi, je vous assure que si, répliqua-t-il en appuyant sur le bouton d'appel. Il est tard, et les parkings ne sont pas des endroits particulièrement sûrs, la nuit.

— Pour une femme ?

— Je n'ai pas dit ça.

— C'était sous-entendu. Manifestement, vous vous figurez que si un… un voyou parvenait à déjouer la surveillance de nos vigiles — qui sont au demeurant très efficaces —, je ne serais pas capable de me défendre toute seule, moi pauvre représentante du sexe faible !

Il avait fait un faux pas… Grâce à ses sœurs, il savait pourtant que les femmes avaient tendance à prendre la mouche lorsque les hommes se montraient trop protecteurs vis-à-vis d'elles.

— A mon avis, dit-il pour se rattraper, l'imbécile qui commettrait l'erreur de vous prendre pour une victime facile ramasserait un bon coup de pied dans… dans l'entrejambe.

— Exactement ! Cher monsieur, nous allons donc nous dire au revoir ici. Ne vous faites pas de souci pour moi.

— Je viens du Sud, Laura, au cas où vous l'auriez oublié, répliqua-t-il en exagérant son accent. Un gentleman du Sud ne laisse jamais une femme regagner seule sa voiture. Et estimez-vous heureuse : en général, les gentlemen du Sud raccompagnent même les femmes jusque chez elles. C'est un code auquel je ne déroge que pour éviter de vous importuner.

— N'importe quoi ! Ce code n'existe pas.

— Bien sûr que si.

Laura lui décocha un regard sceptique.

— Comment se fait-il que je n'en aie jamais entendu parler ?

— C'est un code secret, ma chère Yankee, que seuls les hommes du Sud connaissent.

Les portes de l'ascenseur s'ouvrirent avec un *ding*.

Josh fit signe à la jeune femme de le précéder, puis il entra à son tour dans la cabine.

— Quel étage ?

— Cinquième sous-sol. Vous croyez vraiment que vous allez me faire gober cette histoire de code secret ?

Josh appuya sur le niveau moins cinq et les portes de la cabine se refermèrent.

— Vous pensez que c'est une invention de ma part ?

— Ce que je pense, monsieur Logan, c'est que vous êtes un habile manipulateur.

Il lui adressa un regard de chien battu.

— Et voilà que ça recommence ! Vous me tirez de nouveau des flèches empoisonnées.

Laura partit d'un éclat de rire, qu'il accueillit d'un grand sourire. Il aimait son rire, presque autant qu'il aimait l'éclat de ses prunelles et la fossette de sa joue gauche. Soudain tenté de tracer le contour pulpeux de ses lèvres, il enfonça les mains dans ses poches. La vérité, c'était qu'il n'y avait pas grand-chose chez Laura Harte qu'il n'aimait pas.

Mais il résisterait à l'attirance qu'elle exerçait sur lui, se dit-il tandis que l'ascenseur descendait. A La Nouvelle-Orléans, en voyant sa photo, il avait tout de suite deviné qu'elle lui plairait. Il savait également, d'après le dossier établi par le détective et les quelques détails que lui avait donnés Olivia, qu'elle l'intriguerait. Ce qu'il n'avait pas prévu, en revanche, c'est qu'il éprouverait pour elle une réelle sympathie. Laura Harte n'était pas seulement une belle femme qu'il pouvait éventuellement envisager de mettre dans son lit, elle était une personnalité aux facettes multiples qu'il mourait d'envie de découvrir. Voilà pourquoi il avait repoussé toute la journée le moment d'aborder le sujet du Princess.

« Bravo, Logan », se dit-il. Pour quelqu'un qui se targuait de ne jamais laisser ses sentiments interférer avec sa vie professionnelle, cette fois, il était parti du mauvais pied…

L'ascenseur s'arrêta enfin, à son grand soulagement. L'intimité de cet espace confiné l'avait mis au supplice.

— Nous y voilà, dit Laura.

— Où êtes-vous garée ?

— A l'autre bout du parking, mais vous n'êtes pas obligé…

— Je croyais que le chapitre était clos. De quel côté ?

Elle lui coula un regard oblique.

— Bizarre… Je ne me rappelle pas que nous soyons tombés d'accord.

— Mais si, vous avez finalement accepté que je vous accompagne jusqu'à votre voiture pour me permettre de conserver ma place dans l'Union des gentlemen du Sud.

— Cette Union n'existe pas plus que ce fichu code ! répliqua Laura avec un petit rire.

— Vous tenez donc vraiment à être responsable de ma disgrâce ?

— On dit que les hommes du Sud sont charmants, dit Laura en soupirant, mais on oublie souvent de préciser qu'ils sont également têtus comme des mules… Bon, allons-y, ma voiture est par là-bas.

— Bien, m'dame, dit Josh en lui emboîtant le pas, la main posée au creux de ses reins.

Les talons de Laura claquaient sur le sol de ciment. Il adorait ce bruit.

Enfin, après avoir longé plusieurs rangées de véhicules, elle s'arrêta près d'une élégante décapotable bleue.

— C'est ici, annonça-t-elle en déverrouillant les portières d'une pression sur son porte-clés. Merci encore pour le dîner.

— C'est moi qui vous dois des remerciements. Je n'avais pas passé une soirée aussi délicieuse depuis longtemps.

— Moi non plus, murmura-t-elle.

L'éclairage était faible, mais, dans la pénombre, les yeux bleus de Laura scintillaient d'une lueur argentée, et sa peau n'en paraissait que plus satinée. Josh avait du mal à détacher les yeux de sa bouche.

— Il se fait tard, dit-elle. Il est grand temps que j'aille me coucher. Au revoir.

Josh regardait la main qu'elle lui tendait, en pensant que la meilleure chose à faire était sans doute de lui souhaiter une bonne nuit et de revenir la voir le lendemain matin pour lui parler des projets d'Olivia Jardine.

— Josh ?

Cédant à ses impulsions, il l'attira contre lui et plaqua

ses lèvres contre les siennes. Sa bouche était telle qu'il l'avait imaginée tout au long de la soirée : chaude, douce, ferme. Un son guttural s'échappait de sa gorge. Protestation ou supplication ? Le désir bouillonnait en lui.

Il lui donna un baiser enflammé, auquel elle répondit avec la même fougue.

Tandis que leurs langues s'entrelaçaient, il s'emplit de son odeur, de son goût. Puis il enfouit ses doigts dans ses cheveux. Il vit ses paupières papillonner, et sentit son bas-ventre se contracter. Il allait regretter cet égarement, il en était certain, mais, pour l'instant, il n'en avait que faire. Il tenait Laura entre ses bras et c'était tout ce qui comptait.

Du bout des dents, il lui mordilla les lèvres, le menton, le cou. Ses mains descendirent le long de ses hanches. Elle se cambra et se pressa contre lui.

— C'est de la folie ! chuchota-t-elle en lui caressant les épaules, le dos.

— Oui, souffla-t-il.

Mélanger travail et plaisir n'était pas raisonnable, il le savait. Et, en l'occurrence, il risquait de courir au désastre. Elle s'offrait à lui, il la voulait de tout son corps, mais l'enjeu qu'elle représentait ne lui permettait pas de s'abandonner à la soif d'elle qui le dévorait.

— Il faut que je rentre, murmura-t-elle contre ses lèvres.

— D'accord, dit-il.

Elle l'empoigna par les cheveux et l'embrassa de nouveau.

C'était plus qu'il n'en pouvait supporter. Rompant le baiser, il encadra son visage de ses mains.

— J'ai envie de toi, Laura. J'ai envie de toi depuis l'instant où je t'ai vue.

— Je sais, dit-elle, le souffle court. C'est fou, on se connaît à peine.

— Quelle importance ?

Ne se laissant guider que par son désir, il chercha dans son dos la fermeture à glissière de sa robe… et se figea tout à coup en entendant le ronflement d'un moteur. La lumière des phares les ramena brutalement à la réalité. Laura se raidit entre ses bras tandis qu'une voiture quittait son box et se dirigeait vers la sortie du parking.

Lorsque le silence fut revenu, Josh s'écarta d'elle en reprenant sa respiration.

— Laura, je…

— Chut, ne dis rien, chuchota-t-elle en lui prenant la main. Surtout, ne t'excuse pas.

— Je n'en avais nullement l'intention.

— Bon, eh bien…

— Laura, ce n'était qu'un baiser.

— Tout à fait, bredouilla-t-elle en rougissant et en baissant les yeux.

Il lui prit le menton. Elle détourna le regard.

— Il n'y a aucune raison d'être gênés. Nous sommes deux adultes attirés l'un par l'autre, voilà tout.

— Je sais. C'est juste que… que je n'ai pas l'habitude de me jeter au cou des hommes que je ne connais pas.

— Heureux de l'entendre. Je n'ai pas l'habitude moi non plus de sauter sur les adjointes de direction dans les parkings mal éclairés.

Elle se mit à rire.

— Bon, maintenant, il faut vraiment que je rentre.

Josh se baissa pour ramasser ses clés qui étaient tombées près de la voiture, puis il les lui tendit, et referma les doigts dessus lorsqu'elle fit le geste de les prendre, plongeant son regard dans le sien. Si seulement la situation avait été différente, si elle n'avait pas été la petite-fille d'Olivia Jardine…

— Josh, rendez-moi mes clés.

— Je veux vous revoir. Est-ce qu'on peut prendre le petit déjeuner ensemble, demain matin ? Il faut que je vous parle de certaines choses.

Laura reprit ses clés et son sourire s'estompa.

— Après ce qui vient de se passer, je ne serais pas crédible si je vous disais que vous ne m'attirez pas. Je sais aussi que les Hôtels Logan jouissent d'une excellente réputation et que tous les cadres de l'hôtellerie rêvent d'y travailler. Mais Nick Baldwin est mon ami. Alors, si c'est un job que vous voulez me proposer, je préfère vous faire gagner du temps en vous disant tout de suite que je ne suis pas intéressée.

Sa voix était devenue aussi froide que son regard.

— Nick est aussi mon ami, rétorqua Josh, blessé qu'elle ait pu le croire prêt à poignarder un vieux copain dans le dos en débauchant son assistante. Si je souhaite vous revoir, ce n'est pas pour un motif d'ordre professionnel mais pour une raison personnelle.

— Pardon. J'ai tiré des conclusions hâtives. J'ai cru que… Je n'avais pas le droit de…

Il mit fin à ses excuses en déposant un baiser sur ses lèvres.

— Vous aviez parfaitement le droit. 8 heures demain matin, ça vous convient ou c'est trop tôt ?

— J'ai une réunion à 8 heures. Disons 9 heures ?

— Parfait. Je vous attendrai dans la salle à manger de l'hôtel.

— D'accord.

Après lui avoir ouvert la portière, Josh attendit qu'elle eût attaché sa ceinture, puis il frappa à sa vitre. Elle la descendit en fronçant les sourcils.

— Vous avez oublié quelque chose ?

— Juste ça, répondit-il en se penchant pour l'embrasser. Bonne nuit.

— Bonne nuit, chuchota-t-elle.

Longtemps après que les feux arrière de la décapotable eurent disparu, Josh demeura immobile, debout dans le parking, à revivre cette étreinte explosive qu'ils avaient partagée.

— Mince, Logan ! maugréa-t-il enfin en se dirigeant vers l'ascenseur.

Laura Harte était le fruit défendu, la petite-fille d'Olivia Jardine, la clé du Princess. Elle embrassait merveilleusement bien. Rien que d'y penser, il en éprouvait encore des ondes de désir. Mais il ne devait en aucun cas se laisser envoûter par cette jeune femme. Il n'y aurait rien de plus entre eux que ce baiser volé. Il surmonterait sa libido. Laura Harte n'était qu'un moyen pour parvenir à ses fins. Point barre.

Seulement, voilà : deux heures plus tard, il se tournait et se retournait dans son lit, incapable de trouver le sommeil, hanté par les yeux bleus de Laura et par le souvenir de ses lèvres douces comme de la soie.

6

— Grâce à l'afflux de touristes généré par les vendanges dans la Vallée, nous avons eu pour le mois d'octobre un taux d'occupation de quatre-vingt-quinze pour cent, soit une progression de près de dix pour cent par rapport à l'année dernière.

Laura écoutait attentivement Tina Sawyer, la jeune brunette qu'elle avait engagée huit mois auparavant pour manager le département Marketing. Comme chaque semaine lors de la réunion des responsables de services, elle se félicitait de son choix. Tina accomplissait un travail remarquable.

— Notre campagne publicitaire pour les vacances est lancée, poursuivit la jeune femme. Les encarts commenceront à paraître dans la presse à partir du 1er novembre.

Laura avait cependant du mal à se concentrer. Elle n'avait pas fermé l'œil de la nuit, et elle avait beau se répéter qu'il n'y aurait rien de plus entre elle et Josh que ce baiser échangé dans le parking, elle ne parvenait pas à le chasser de ses pensées.

Il voulait la revoir, pour une raison soi-disant *personnelle*.

En se remémorant sa chaude voix de basse et son regard ténébreux, elle eut soudain hâte que l'heure de ce petit déjeuner ait sonné. A vrai dire, elle aimait la façon dont il la regardait, comme s'il voulait la dévorer. Force lui était d'admettre qu'il éveillait en elle un violent désir. Pendant le bref instant qu'avait duré leur torride étreinte, elle avait été prête à se donner à lui — ce qui ne lui ressemblait pas… Et elle n'était pas sûre de pouvoir mettre cette réaction sur le compte de l'état de vulnérabilité dans lequel l'avait laissée le décès de sa mère.

Tina continuait à parler, mais sa voix devenait de plus en plus lointaine. Qu'aurait pensé Juliet de ce baiser ? se demandait Laura. Sans nul doute, elle l'aurait trouvé terriblement romantique. « Il ne faut pas lutter contre le destin », disait-elle souvent… Avec un pincement au cœur, Laura songea qu'elle ne saurait jamais ce que sa mère aurait pensé de Josh…

Nick se leva, la tirant de ses méditations.

— Mesdames et messieurs, je crois que nous en avons terminé, dit-il. Je vous souhaite à tous une très bonne journée. Et si vous avez le moindre problème, vous savez où se trouve mon bureau.

Tandis que chacun quittait la salle en discutant, Laura se dirigea vers Tina, qui rangeait ses notes dans un classeur.

— Tu as fait un excellent compte rendu, lui dit-elle. Concis, informatif. Bravo !

— Merci, répondit la jeune femme avec un sourire timide. J'espère que M. Baldwin aura été satisfait, lui aussi.

— M. Baldwin est on ne peut plus satisfait, déclara Nick en les rejoignant.

Les joues de Tina s'empourprèrent.

— Merci, monsieur, mais je dois encore faire mes preuves pour la haute saison.

— Tout se passera pour le mieux, Tina ; je suis sûr que vous ne me décevrez pas, lui assura Nick.

Et quand elle se fut éloignée, il ajouta à l'intention de Laura :

— Tina est une perle. Tu as eu du flair en l'embauchant.

— C'est mon boulot, répliqua Laura en jetant un coup d'œil à sa montre.

8 h 50. Elle avait le temps de passer à son bureau pour consulter sa messagerie et retoucher son rouge à lèvres.

— Ecoute, je suis pressée, dit-elle à Nick, mais on se voit plus tard. Tu me raconteras la réception d'hier soir.

Sur ces mots, elle tourna les talons.

— Laura ?

— Oui ?

— Tu as une seconde ?

— J'ai un rendez-vous dans dix minutes, répondit-elle, sans vouloir préciser qu'elle devait prendre le petit déjeuner avec Josh.

— Je ne te retiendrai pas longtemps. J'ai un rendez-vous, moi aussi. Je veux juste m'assurer que tu vas bien.

— Je suis en pleine forme, déclara Laura, légèrement étonnée.

— Tu veux un café ? lui proposa Nick en se penchant pour attraper le pot qui se trouvait sur la table de réunion.

— Non, je te remercie.

— Sûre ? insista-t-il en s'en servant une tasse.

— Sûre, merci.

Contrairement à ses habitudes, Nick n'était pas pressé de retourner travailler. Selon toute évidence, quelque chose le tracassait. Josh, peut-être ? songea Laura en se rappelant la tension qu'elle avait perçue, la veille, entre les deux hommes.

— Alors, comment ça s'est passé, hier soir ? demanda-t-elle en se décidant finalement à prendre une chaise.

— Bien. Tout le gratin de San Francisco était là, dans les tenues les plus chic. Ils ont signé des chèques à tour de bras.

Laura sourit à son boss. Elle savait qu'il détestait ces galas organisés pour collecter des fonds.

— C'était pour la bonne cause, dit-elle.

— C'est ce dont j'essaye de me persuader chaque année… Et toi, comment s'est passée la visite de l'hôtel ?

— Avec Josh ? Très bien, répondit Laura de façon

laconique car elle ne tenait pas à s'appesantir sur le sujet.

— Douglas m'a dit que vous aviez dîné ensemble...

— C'est vrai.

Le maître d'hôtel se sentait-il obligé de rapporter ses faits et gestes au patron ? Ou Nick était-il allé aux renseignements ?

— Ça t'ennuie ? lui demanda-t-elle.

— Pas du tout. Pourquoi ça m'ennuierait ?

— Eh bien, Josh est ton ami, et il travaille pour la concurrence.

— Il ne travaille pas pour la concurrence, rectifia Nick avec un petit rire. Il *est* notre concurrent.

— Je sais, mais... C'est ça qui te turlupine ? Tu as peur qu'il essaye de me débaucher ?

Un sourire pincé plissa les lèvres de Nick.

— Ami ou pas, je l'ai prévenu que, s'il essayait de me piquer ma plus précieuse collaboratrice, j'égratignerais sérieusement sa belle gueule.

— Sa belle gueule ne risque rien, répliqua Laura en riant. Rassure-toi, il ne m'a pas offert de place chez les Logan.

— Comment aurais-tu réagi s'il l'avait fait ?

— J'aurais refusé.

— C'est ce que je voulais entendre, dit Nick en buvant une gorgée de café. Maintenant que tu m'as tranquillisé sur ce point, dis-moi un peu comment ça s'est passé avec lui.

— Je crois qu'il a apprécié la visite. Il m'a semblé impressionné par l'Ambassador.

— Je doute que ce soit l'hôtel qui l'ait le plus impressionné.

Les joues de Laura s'enflammèrent.

— Nous avons passé une agréable soirée au Redwood, et puis il a regagné sa chambre et je suis rentrée chez moi, si tu veux tout savoir.

— De quoi avez-vous discuté ?

— De l'industrie hôtelière, principalement. Josh m'a aussi parlé de sa famille. Tu savais qu'il avait quatre sœurs ?

— Oui. Meredith, Rachel, Hope et Faith.

— Que je suis bête ! dit Laura. J'avais oublié que tu étais un ami de la famille. Tu connais tous les Logan ?

— Loin de là ! Il s'agit d'une grande famille, qui s'est encore agrandie depuis l'époque où je les fréquentais. Cela dit, je n'ai jamais été ce que l'on peut appeler « un ami de la famille ». Je n'étais qu'un vulgaire employé avec lequel Josh et Faith ont daigné sympathiser.

— Faith ?

— La plus jeune de ses sœurs. Elle venait donner un coup de main à l'hôtel, après l'école, à l'époque où je travaillais dans leur établissement de La Nouvelle-Orléans. C'est vieux, tout ça... Elle était encore au lycée. Ça m'étonnerait qu'elle se souvienne de moi.

— Je suis sûre que tu te trompes ! affirma Laura qui avait perçu une note de nostalgie dans la voix de son patron.

— Ce n'est pas parce que toi, tu me trouves inoubliable que tout le monde partage ton opinion, répliqua-t-il en souriant.

Habituée à son autodérision, elle répondit sur le même ton :

— Il y a des tas de choses que je trouve inoubliables, monsieur Baldwin : les piqûres, par exemple, les visites chez le dentiste…

— Je vois, dit Nick. Mais revenons à nos moutons. De quoi d'autre avez-vous parlé, avec Josh ? Il n'a tout de même pas monopolisé la conversation avec sa famille ?

— Non. Je lui ai parlé de la mienne, aussi, ou du moins de ma mère et d'oncle Paul. Je lui ai raconté l'accident.

— Ça n'a pas été trop dur d'en parler ?

— Si, répondit Laura en hochant tristement la tête. Mais Josh a été très chaleureux.

— Tant mieux.

L'attitude de Nick cachait quelque chose, elle en était de plus en plus persuadée.

— Il y a un problème, Nick ?

— Non, pourquoi ?

— Je ne sais pas. Je te trouve bizarre. Ce n'est pas ton genre de me faire subir des interrogatoires.

— Ce n'est pas tous les soirs que tu dînes avec l'un de mes vieux copains. Je voulais juste savoir comment ça s'était passé.

— Très bien, je te l'ai déjà dit. Nick, où veux-tu en venir ? Tu as l'air… inquiet.

— Tous les patrons d'hôtel sont inquiets. C'est mon lot.

— Si tu le dis…, marmonna Laura d'un air sceptique.

Nick consulta sa montre, puis repoussa sa chaise.

— Tu as vu l'heure ? Je ne te retiens pas plus longtemps. D'autant que j'ai des coups de fil à passer de mon côté. Dépêche-toi de filer à ton rendez-vous si tu ne veux pas être en retard.

— Ce n'est pas un rendez-vous d'affaires, avoua Laura. Je dois prendre le petit déjeuner avec Josh.

— Il est toujours là ? s'étonna Nick.

— Oui, pour autant que je sache. Pourquoi ?

— J'ai essayé de le joindre dans sa chambre, tout à l'heure. On m'a dit qu'il était parti.

— Il a dû passer régler sa note à la réception. Il m'a dit qu'il reprenait l'avion dans la matinée. Je suppose qu'il va filer à l'aéroport tout de suite après le petit déjeuner.

— Sans doute, oui…, acquiesça Nick en ouvrant la porte de la salle de réunion à la jeune femme. Bon appétit, Laura. On se revoit dans la journée.

Elle s'immobilisa.

— Au fait, si tu veux voir Josh avant son départ, viens prendre le petit déjeuner avec nous !

— Non, je l'ai déjà pris, je te remercie. Je voulais juste lui préciser quelque chose à propos de la discussion que nous avons eue hier. Ce n'est pas grave, je le rappellerai plus tard.

— Comme tu veux, dit Laura en souriant, soulagée malgré elle à l'idée d'être seule avec Josh. A tout à l'heure.

Sur ces mots, elle s'engagea dans le couloir.

— Et mince ! bougonna-t-elle en appelant l'ascenseur.

Elle avait oublié ses notes dans la salle de réunion, si bien qu'elle dut faire demi-tour. Elle s'apprêtait à frapper à la porte lorsqu'elle entendit la voix de Nick. Il était au téléphone. Pour ne pas le déranger, elle entra discrètement dans la pièce. Debout devant les baies vitrées, il lui tournait le dos.

— Bon sang, Logan ! Qu'est-ce que c'est que ce petit jeu ?

Laura se figea, choquée par le ton de Nick.

« Va-t'en ! » lui souffla une petite voix intérieure. Sa mère ne lui avait-elle pas dit mille fois qu'à écouter aux portes on finissait immanquablement par entendre des choses que l'on aurait préféré ignorer ?

— Mince, alors ! Mais pourquoi tu ne lui as pas dit tout ça hier ?

« Va-t'en ! » se répéta Laura. Mais elle était paralysée, incapable du moindre mouvement. C'était d'elle que Nick parlait, elle en était persuadée.

Nick semblait furieux. Elle l'avait rarement vu ainsi.

— Fais gaffe, Logan ! Si jamais Laura…

Il fit soudain volte-face.

— Bon, je te laisse ! aboya-t-il.

Et il coupa brutalement la communication.

— Laura…

Elle recula en serrant son classeur contre sa poitrine. Des dizaines d'idées toutes plus horribles les unes que les autres se bousculaient dans son esprit. Nick était atteint d'une maladie incurable. Il allait vendre l'hôtel à Josh et celui-ci avait décidé de licencier une partie du personnel…

— Que se passe-t-il, Nick ? Qu'est-ce que Josh était censé me dire ?

Il se passa une main rageuse dans les cheveux.

— Ne t'inquiète pas, ce n'est pas grave.

— Dis-moi de quoi il s'agit, insista Laura, elle-même étonnée de la fermeté de sa voix, alors que ses genoux se dérobaient.

Elle referma la porte et s'approcha de son patron, alarmée par sa mine défaite.

— Réponds-moi, Nick, je t'en supplie !

— Je ne peux rien te dire, répondit-il d'une voix abattue, parce que je ne sais pas tout. Josh t'expliquera lui-même.

— Dis-moi au moins ce que tu sais.

Laura entra dans le restaurant comme une furie. Bousculant presque le maître d'hôtel, elle zigzagua entre les tables et fonça droit vers celle de Josh.

En voyant les éclairs que ses yeux lui lançaient, il comprit que Nick avait vendu la mèche. Il ne lui en voulait pas, cependant. Il ne pouvait s'en prendre qu'à lui-même. Il avait été stupide de ne pas dire à Laura pourquoi il était à San Francisco, stupide de nouer avec elle un début de relation. Mais comment aurait-il pu résister à son charme ? Elle l'attirait comme un aimant.

Un serveur s'écarta pour la laisser passer. Josh se leva.

— Bonjour. Je commençais à croire que vous aviez eu un empêchement. Vous êtes splendide, ce matin. Ce tailleur rouge vous va à merveille.

— Epargnez-moi votre galanterie du Sud et vos sourires mielleux, Logan, rétorqua-t-elle. Je sais pourquoi vous êtes ici.

— Pour prendre le petit déjeuner avec vous, comme convenu.

Il lui tira sa chaise, et ne fut pas surpris qu'elle ignore ostensiblement son geste de courtoisie.

Le serveur se dandina d'un pied sur l'autre et toussota.

— Il y a un problème avec votre chaise, mademoiselle Harte ? Désirez-vous que j'aille en chercher une autre ?

— Non ! rugit-elle.

Stupéfait, le garçon laissa échapper son calepin et son stylo, puis les ramassa en bredouillant des excuses.

— Pardonnez-moi, Pete, lui dit-elle. Non, il n'y a pas de problème, je vous remercie.

Puis elle s'assit, et Josh l'imita.

— Laissez-nous les menus, Pete, et apportez-nous un autre pot de café, s'il vous plaît.

— Bien, monsieur, dit le serveur en s'éclipsant.

Droite comme un i, les poings fermés sur la table, le menton relevé, Laura avait adopté la posture d'une déesse vengeresse. Josh était prêt à l'affronter, néanmoins. Quelque part, la colère féminine l'avait toujours fasciné.

— Inutile de sourire niaisement, Logan. Je n'ai pas l'intention de perdre davantage de temps avec vous. Je ne suis venue à notre rendez-vous que pour vous dire combien je vous méprise.

— Et si vous attendiez pour ça que le petit déjeuner soit servi ? Je meurs de faim.

— Epargnez-moi vos traits d'humour ! lui dit Laura en clignant des paupières, quelque peu désarçonnée par l'aplomb de Josh. Vous vous imaginez vraiment que j'ai envie de prendre le petit déjeuner avec vous ?

— Vous n'avez pas faim ? répliqua-t-il en adoptant le flegme auquel il avait recours lorsqu'il négociait un hôtel à plusieurs millions de dollars.

Les doigts de Laura se crispèrent sur la nappe.

— Votre seule vue me coupe l'appétit ! siffla-t-elle en lui lançant un regard glacial.

Josh jeta un coup d'œil en direction de la table voisine, puis se pencha en avant.

— Pourriez-vous baisser un peu le ton, mademoiselle Harte ? On vous écoute, et je ne voudrais pas que votre image en pâtisse…

Laura tourna la tête sur la droite, puis sur la gauche. Effectivement, tous les regards étaient braqués sur elle.

— Notre conversation est terminée, de toute façon, déclara-t-elle, les joues en feu.

— Accordez-moi encore quelques minutes, dit Josh en posant la main sur son bras. Juste le temps de m'excuser et aussi de m'expliquer.

— Je vous écoute.

— Je comprends que vous soyez furieuse contre moi, dit-il en retirant sa main. C'est parfaitement légitime. J'aurais dû vous révéler dès le début les raisons de ma présence à San Francisco.

— Il me semble, oui.

— Je suis navré de ma couardise, poursuivit-il. Je regrette mon manque de franchise plus que vous ne pouvez l'imaginer… surtout après ce qui s'est passé hier soir.

— C'est fait, malheureusement, et nous ne pouvons pas revenir en arrière. Tout le monde a le droit à l'erreur : n'en parlons plus.

— Ce n'était pas une erreur, Laura. Pour ma part, en tout cas, je n'estime pas avoir commis une erreur. J'ai passé avec vous une soirée formidable. Laissez-moi une chance de me racheter : partageons ce petit déjeuner et permettez-moi de vous parler de votre grand-mère. Ensuite, j'annulerai mon vol de retour et nous…

Laura le coupa d'un éclat de rire sarcastique.

— Vous plaisantez, j'espère ! Ai-je vraiment l'air d'une oie blanche ?

— Vous ne me croyez pas sincère ? riposta Josh, blessé que ses excuses soient ainsi balayées.

— Je ne suis pas idiote, Logan. Je sais pourquoi vous vous êtes jeté à ma tête.

— Ah oui ? Et pourquoi donc ? susurra Josh en s'exhortant au calme.

— Olivia Jardine avait besoin d'un émissaire. Elle s'imaginait probablement que je me laisserais prendre à votre charme irrésistible.

— Vous pensez vraiment que la situation se résume à cela ? répliqua Josh.

— Oui. La seule chose que j'aimerais savoir, c'est ce qu'elle vous a offert en contrepartie.

Décontenancé par la perspicacité de la jeune femme, Josh faillit sortir de ses gonds.

— Tout d'abord, sachez que personne ne me dit ce que j'ai à faire, déclara-t-il d'une voix menaçante. Olivia m'a certes demandé de venir plaider sa cause auprès de vous, mais j'aurais très bien pu refuser. Si je l'ai fait, c'est que je le voulais bien.

Il s'interrompit un instant et regarda Laura dans les yeux avant de continuer :

— Et si je me suis « jeté à votre tête », comme vous le dites si délicieusement, sachez que cela ne m'a pas été commandé par votre grand-mère. Je vous ai embrassée parce que j'en avais envie, et pour nulle autre raison. Je prends comme une offense le fait que vous ayez insinué le contraire. Néanmoins, je vous avoue sans honte que je brûle de recommencer.

— Vous pensez que je vais vous croire ?

— Que vous me croyiez ou non, c'est la vérité. Vous me plaisez. Et je sais que c'est réciproque.

— Vous êtes trop présomptueux ! déclara la jeune femme avec un petit rire dédaigneux.

— Ne vous mentez pas à vous-même, lui dit Josh en se penchant de nouveau vers elle.

— Vous me plaisiez, c'est vrai, reconnut-elle sur un ton légèrement hautain, en soutenant son regard, mais maintenant que votre masque est tombé, le charme est bel et bien rompu.

Josh lui saisit le poignet et ne put réprimer un sourire en sentant son pouls s'accélérer.

— Vous en feriez le pari ? murmura-t-il.

— Oh ! non, répondit-elle en se dégageant.

— Pourquoi ? Auriez-vous peur de perdre ?

— Pas du tout. Ces enfantillages ne m'amusent pas.

Il la regardait au fond des yeux, et le désir qu'il lut dans son regard lui fit l'effet d'un coup de poing. Soudain, il se revit en train de l'embrasser. Le souvenir de ses lèvres lui mettait l'eau à la bouche.

— En êtes-vous sûre ? insista-t-il.

— Sûre et certaine. Je n'ai jamais été joueuse.

— Dommage ! J'aurais pu vous initier à des jeux très instructifs.

7

— Oh, je n'en doute pas ! répliqua Laura, troublée malgré elle par les avances de Josh.

Pour un peu, elle en aurait accepté ses excuses. En dépit de son culot, il paraissait sincère. Et en plus elle devait s'avouer, à son grand dam, qu'il l'attirait encore. Jamais elle n'avait rencontré un homme dont le regard lui eût à ce point brûlé la peau, dont le sourire lui eût fait battre le cœur de façon aussi désordonnée.

Tout en l'observant, elle essayait d'analyser cet émoi qu'il suscitait en elle. Son costume semblait taillé sur mesure, de même que sa chemise bleu sombre, mais des hommes élégants, elle en côtoyait tous les jours. Avec son teint hâlé et ses cheveux d'un noir de jais, il avait l'allure d'un jeune premier… mais des beaux gosses, elle en avait fréquenté quelques-uns. Dans ses yeux verts, on lisait de la fierté, une fierté qu'il ne tirait pas de son statut de fils de bonne famille. Quand il plongeait son regard dans le sien, il faisait naître en elle un désir qui allait au-delà de la pure attraction charnelle. De tout son être, du plus profond de son cœur, elle aspirait à partager l'essentiel avec cet homme. Et cela ne lui plaisait pas…

Il l'avait délibérément trompée. Son charme avait eu raison d'elle une fois ; elle avait eu un moment d'égarement mais elle n'en aurait sûrement pas un deuxième. Josh avait beau essayer de se justifier, il était et resterait l'envoyé d'Olivia Jardine. De ce fait, toute aventure avec lui était exclue. Il était du côté des Jardine, et elle ne voulait rien avoir à faire avec eux, ne fût-ce que par respect pour sa mère.

Une nouvelle vague de colère enfla en elle tandis que les paroles de Paul lui revenaient à l'esprit : Juliet était rentrée de La Nouvelle-Orléans brisée. Laura n'avait aucun mal à imaginer ce que sa mère avait pu ressentir, seule, enceinte, sans mari ni famille. Non, elle ne pourrait jamais pardonner cela aux Jardine, et elle ne les laisserait pas entrer dans sa vie.

— Votre silence signifie-t-il que vous reconsidérez mon offre ?

S'arrachant à ses pensées, Laura planta son regard dans celui de Josh.

— Absolument pas. Pour ce genre de jeu, ne comptez pas sur moi.

— Et si je vous dis que je ne veux pas d'autre partenaire que vous, Laura ?

Il avait la voix rauque, le regard brûlant de désir. Et quelque chose dans sa façon de parler, de la regarder, comblait étrangement le vide qu'elle éprouvait depuis la mort de sa mère. Gênée, elle baissa les yeux.

— Vous êtes habile, Logan, mais je vous le répète : je ne suis pas intéressée.

Il posa les mains sur les siennes.

— Laura, je n'ai pas seulement envie de jouer avec vous.

Elle déglutit péniblement. Etait-il sérieux ? Elle le souhaitait et le redoutait tout à la fois. Décidément, elle était trop sensible aux ténébreux gentlemen du Sud.

Déterminée à ne pas se laisser fléchir, elle retira ses mains.

— Il semble que vous ayez du mal à le comprendre, mais vous ne m'intéressez pas, déclara-t-elle posément.

Les lèvres de Josh ébauchèrent un sourire. Une lueur amusée scintillait dans ses prunelles.

— Attention, je vais vous passer au détecteur de mensonges, dit-il, le regard fixé sur sa bouche.

Le cœur de Laura se mit à battre la chamade. Ce type était d'une arrogance exécrable.

— Vous avez fait votre choix ? leur demanda Pete qui était revenu sur la pointe des pieds, avec un pot de café fumant.

— Rien pour moi ! dit Laura en lui faisant signe qu'elle ne voulait pas de café.

Josh avança sa tasse.

— Nous prendrons deux petits déjeuners Ambassador.

— Un seul, corrigea Laura. Je m'en vais.

Pete les interrogea tour à tour du regard.

— Un Ambassador, nota-t-il sur son calepin lorsque Josh lui fit un signe de la tête. Je vous l'apporte tout de suite, monsieur.

Quand il eut tourné les talons, Josh se cala contre le dossier de sa chaise et sirota son café.

— Nous en étions au détecteur de mensonges, reprit-il avec un sourire en coin.

— Ecoutez, je n'ai pas que ça à faire ! lança Laura en se levant. Bon appétit, Josh. J'ai du travail.

— Vous me surprenez, Laura, dit-il en se levant à son tour. Je n'aurais pas cru que la lâcheté faisait partie de vos défauts.

Laura se raidit.

— Je ne suis pas lâche, affirma-t-elle en le regardant dans les yeux.

— Alors, pourquoi prenez-vous la fuite ? Pourquoi faire comme s'il n'y avait rien entre nous ?

— Je ne prends pas la fuite et il n'y a rien entre nous.

— Avez-vous oublié ce qui s'est passé hier dans le parking ?

— Ce baiser ? Je suis désolée de vous décevoir, Logan, mais vous n'êtes pas le premier homme que j'embrasse, et vous ne serez pas non plus le dernier.

Le regard de Josh s'assombrit. Laura détourna les yeux. Il lui souleva le menton et la força à lui faire face. Son geste était d'une extrême douceur et, pourtant, elle avait l'impression d'être prise dans un étau.

— Alors, je vais être contraint de vous embrasser

de nouveau, afin de vous laisser un souvenir impérissable.

Soudain, la réalité autour d'elle s'estompa. Les éclats de voix se turent. La mélodie de Chopin se suspendit sur une note de piano. Le tintement de l'argenterie et de la porcelaine s'arrêta. C'était comme s'il n'y avait plus qu'elle et Josh au monde. Son cœur cognait dans sa poitrine, et elle brûlait de le sentir tout contre celui de Josh, de plaquer ses lèvres contre les siennes, de vibrer de nouveau à l'intensité de leur étreinte.

— Laura, chuchota Josh d'une voix sérieuse.

La salle de restaurant reprit brusquement ses contours. Laura tressaillit et recula d'un pas. La magie était rompue.

— Il faut que je retourne travailler, dit-elle en espérant cependant que Josh protesterait.

— Je suppose qu'il serait vain d'insister pour que vous restiez encore un moment avec moi…

— Oui, je dois retourner à mon bureau.

— Nick a de la chance d'avoir une adjointe aussi zélée. J'espère qu'il en est conscient.

— Certainement. Ne vous inquiétez pas pour ça. Au revoir, Josh.

Sur ces mots, elle tourna les talons.

— Laura ?

— Oui ?

— Je ne vous ai toujours pas dit pourquoi votre grand-mère m'a prié de venir vous voir. Puis-je passer à votre bureau d'ici… disons une heure ?

— C'est inutile, déclara-t-elle, maintenant pressée de s'esquiver. J'ai déjà dit à Mme Jardine que je ne voulais pas entretenir de relations avec elle.

— Elle m'en a informé, mais…

Josh s'interrompit pour jeter un coup d'œil aux deux femmes qui occupaient la table voisine.

— Je ne sais pas ce que vous en pensez, reprit-il, mais pour ma part, je ne tiens pas à me donner davantage en spectacle.

— Moi non plus.

— Dans ce cas, je vous rejoins dans votre bureau dès que j'ai terminé mon petit déjeuner. De toute façon, je ne quitterai pas San Francisco tant que je ne vous aurai pas dit ce que j'ai à vous dire.

— D'accord, acquiesça Laura, comprenant au regard de Josh qu'il ne lui laissait pas le choix. A tout à l'heure.

Une demi-heure plus tard, c'était Josh qui attendait Laura dans son bureau, debout devant la fenêtre, fourrageant nerveusement dans ses cheveux, furieux à la fois contre Laura et contre lui-même pour la façon dont il s'était comporté avec elle. Pourquoi diable avait-il insisté aussi lourdement ? D'ordinaire, quand une femme se refusait à lui, il ravalait son orgueil et le sujet était clos. A la rigueur, il tentait par le charme de la faire revenir sur ses positions, mais jamais il ne lui était encore arrivé de pousser ainsi une femme jusque dans ses derniers retranchements. S'ils ne s'étaient pas trouvés dans une salle de restaurant, il aurait été capable de lui arracher par la force des hurlements de plaisir.

Sans doute l'aurait-elle giflé avant... A cette pensée, un sourire se forma sur ses lèvres. Laura avait une personnalité complexe, tout en contrastes. Cela faisait d'ailleurs partie de son charme. Elle était à la fois terre à terre et sentimentale, timorée et passionnée, ouverte et bornée... Elle avait beau répéter qu'elle n'attachait aucune importance à leur baiser, la flamme qui s'était allumée dans ses yeux quand il l'avait serrée dans ses bras démentait ses propos... Elle le rendait fou. Comment une femme pouvait-elle être aussi sensuelle et aussi réticente ?

— Laura, je voulais juste te dire que...

Au son de la voix de Nick, Josh sursauta.

— Elle n'est pas là.

— Je vois, dit Nick en s'avançant dans la pièce. Je croyais que tu devais prendre l'avion dans la matinée, Logan.

— J'ai fait changer ma réservation.

— Pour une raison particulière ?

— Une affaire à régler.

— Avec Laura, je suppose ?

Le ton détaché de Nick fit sourire Josh. Il savait qu'il ne fallait pas se fier au flegme de son ancien copain. Pendant l'année où ils avaient travaillé ensemble au bar de l'hôtel, il avait vu Nick démolir des armoires à glace sans un mot plus haut que l'autre. Nick possédait un sang-froid hors du commun, que Josh lui avait toujours envié. A vingt ans, il faisait déjà preuve d'un self-control remarquable. Personne ne savait jamais ce qui se passait derrière son insondable regard noisette. En douze ans, il semblait être passé maître dans l'art de masquer ses émotions. Toutefois, Josh le connaissait assez pour deviner qu'il n'avait pas lancé cette remarque innocemment.

— En effet, reconnut-il.

— C'est au sujet de sa grand-mère ?

— Je vois qu'elle t'a fait le compte rendu de notre conversation.

— Absolument pas. Je ne l'ai pas revue depuis que vous avez pris le petit déjeuner ensemble. Mais elle t'a certainement dit que c'était moi qui l'avais informée de la raison de ta présence ici.

Nick posa le dossier qu'il tenait sous le bras et s'assit sur le bord du bureau.

— Bien entendu, je pensais que tu lui en avais déjà parlé.

Josh ignora le ton accusateur de son ami.

— Je n'en ai pas eu l'occasion, hier. Je voulais le faire ce matin.

— Je t'ai devancé. Désolé.

— C'est ma faute. Je reconnais mes torts.

— J'ignorais également que cette mystérieuse grand-mère l'avait déjà contactée et qu'elle lui avait fait clairement comprendre qu'elle ne voulait pas avoir de relations avec sa famille. J'ai discuté avec Laura, ce matin : elle avait l'intention de te répéter la même chose.

— Nous n'avons pas pu terminer notre conversation. C'est pour ça que je suis ici.

Josh jeta un coup d'œil à sa montre.

— Elle devrait être là depuis un quart d'heure !

— Elle a dû être retenue quelque part. Elle est très consciencieuse, elle prend ses responsabilités très au sérieux.

— Je l'ai remarqué. Tu as une sacrée veine d'avoir déniché cette perle.

— Et je m'estime encore plus veinard de pouvoir la considérer comme une amie. Voilà pourquoi je serais extrêmement peiné qu'on lui fasse du mal.

— Je le serais aussi, répliqua Josh.

Nick se dirigea vers le minibar.

— Café ? proposa-t-il.

— Non, je te remercie.

Nick s'en servit une tasse et s'adossa au mur.

— Notre café ne vaut pas celui du Marché français de La Nouvelle-Orléans, mais il n'est pas mauvais du tout, dit-il en levant son gobelet.

Josh plissa les yeux.

— Ecoute, vieux, cesse de tourner autour du pot, tu veux bien ? Si tu as quelque chose à me dire, crache le morceau.

— Disons que, depuis ton arrivée, j'ai pas mal repensé au passé. Tu te rappelles, quand on démarrait tous les deux dans la vie et que je bossais pour ton père ?

— Bien sûr que je me le rappelle. Et alors ?

— Vous formiez un clan, les Logan. Tu n'arrêtais pas

de te chamailler avec tes sœurs, mais vous étiez une famille très soudée.

— Comme tout le monde, dit Josh en haussant les épaules.

— Oh, non, pas comme tout le monde !

Josh se souvenait effectivement que Nick avait grandi dans un milieu bien différent du sien. Sa mère avait quitté le foyer quand il était tout petit ; son père était porté sur la boisson. Nick s'était pour ainsi dire élevé tout seul. Pendant que Josh jouait au foot et rêvait à sa première voiture, il distribuait des journaux et faisait tout un tas de petits boulots pour payer ses études. Josh avait toujours admiré la façon dont il avait bravé l'adversité. Et cela lui avait fait prendre conscience de la chance qu'il avait d'être né dans une famille unie et fortunée. C'était d'ailleurs l'une des raisons pour lesquelles il s'était appliqué à se montrer digne de la foi que ses parents avaient placée en lui. Et c'était aussi pour cela qu'il était tellement déterminé à tenir la promesse faite à son grand-père.

Conscient que Nick le dévisageait, il s'arracha à ses pensées.

— J'ai appris que ton père était décédé, dit-il. Toutes mes condoléances. Je suis navré.

— Il avait renoncé à la vie depuis le départ de ma mère. Le cancer n'a fait que l'achever.

Josh pensa à son propre père. Le jour où il lui arriverait quelque chose, ce serait la fin du monde.

— J'imagine que tu as quand même passé des moments difficiles.

Nick haussa les épaules.

— Je m'en suis remis. On n'avait jamais été très proches.

Josh garda le silence. Il se sentait un peu coupable à cause de ses privilèges.

— Mais je n'ai pas évoqué ta famille pour parler de la mienne, poursuivit Nick. Depuis notre discussion d'hier, je n'arrête pas de penser à la façon dont tu as protégé ta sœur Faith lorsque tu as appris que je sortais avec elle.

Josh fronça les sourcils.

— C'était une gamine. Tu étais beaucoup plus âgé qu'elle, et tu avais davantage d'expérience.

— En effet, mais je me suis toujours demandé si tu m'avais déclaré la guerre pour ça ou parce que tu ne me trouvais pas assez bien pour elle.

— Tu mériterais mon poing dans la figure…

— Essaye, et tu verras !

— Ne me tente pas ! rétorqua Josh. Tu te souciais davantage que moi de savoir si tu avais assez de sang bleu dans les veines. Je ne t'ai jamais traité autrement que comme un ami.

— C'est vrai, excuse-moi. A cette époque de ma vie où les copains ne se bousculaient pas, tu as toujours été là.

— Pourquoi revenir sur le passé ? dit Josh qui n'appréciait pas beaucoup le cynisme de Nick. Pourquoi remets-tu cette vieille querelle sur le tapis ? J'ai eu peur pour ma petite sœur, c'est tout. Avant cet épisode, tu étais mon meilleur pote. Tu te rappelles quand on partait draguer dans le quartier français ? Tu aimais les femmes faciles — comme moi, du reste. Faith ne rentrait pas dans cette catégorie. Il lui a fallu du temps pour t'oublier. Si je n'avais pas mis le holà à votre histoire au moment où je l'ai fait, les dégâts auraient été irréparables. Alors, si tu cherches à me faire cracher des excuses, douze ans après, laisse tomber. Je ne regrette absolument rien.

— Je comprends. Et j'espère que de ton côté tu comprendras que j'agisse en conséquence si je sens que l'équilibre de Laura est menacé.

— Je n'ai pas l'intention de « menacer son équilibre ». Cela dit, on ne peut pas comparer Laura à Faith.

— Pourquoi ?

— Faith était jeune et vulnérable.

— Laura n'est plus une gamine, d'accord, mais le deuil de sa mère l'a fragilisée. Tu le savais, et ça ne t'a pas empêché de la draguer dès l'instant où je te l'ai présentée. Je te conseille de la laisser tranquille, Logan.

— Je n'ai pas de conseils à recevoir de toi.

Un rictus déforma les traits de Nick.

— Ecoute, Logan, je n'ai pas oublié que tu m'as presque cassé la mâchoire à cause de Faith. Je n'ai pas riposté parce que je pensais que je n'avais eu que ce que je méritais. Mais aujourd'hui, je ne me gênerai pas pour égaliser le score, surtout si tu me provoques.

— Etant donné que je n'ai pas l'intention de laisser

Laura tranquille, répliqua Josh avec morgue, tu vas pouvoir te venger.

— Ne me cherche pas, Logan…

Sur le seuil de son bureau, Laura suivait la prise de bec avec une totale incrédulité. Nick et Josh étaient tellement absorbés dans leur combat de coqs que ni l'un ni l'autre ne s'étaient aperçus de sa présence.

— Viens ! Vas-y, viens ! aboya Josh en faisant signe à Nick d'approcher.

Laura s'avança dans la pièce.

— L'un de vous deux aurait-il l'amabilité de m'expliquer ce qui se passe ? lança-t-elle, écœurée par l'attitude machiste des deux hommes.

Personne ne lui répondit. Personne ne lui accorda même un coup d'œil. Ce mépris ne fit que raviver la colère allumée par Josh.

— Bien, dit-elle. Permettez-moi de vous rappeler que vous êtes dans *mon* bureau. Si vous voulez vous battre, allez le faire ailleurs ou j'appelle la sécurité.

Comme ils continuaient à se défier du regard, elle décrocha le téléphone.

— Allô ! Mlle Harte à l'appareil. Pourriez-vous m'envoyer deux vigiles, s'il vous plaît ?

— Mince, Laura ! hurla Nick en se dirigeant enfin vers elle. Pour qui tu te prends ? C'est moi, le patron, ici !

— Excusez-moi, ce ne sera pas la peine, tout compte fait, dit-elle au standardiste.

Et elle raccrocha.

— Sache que je n'aime pas être menacé par mes employés ! gronda Nick.

Laura croisa les bras sur sa poitrine et soutint son regard.

— Et moi, je n'aime pas trouver mon boss prêt à se battre dans mon bureau. Tout ce qui est ici ne t'appartient pas, Nick Baldwin. J'ai aussi des affaires personnelles, dans ce bureau. Si vous avez un problème, allez le régler ailleurs.

Après cette sortie, elle retint sa respiration. Elle avait toujours été d'une nature prompte à s'emporter mais, depuis quelques années, elle pensait être capable de se maîtriser. Manifestement, il lui restait encore des progrès à faire… Défier son patron n'était certes pas une idée des plus judicieuses. D'ailleurs, Nick la dévisageait d'un air furieux.

— Tu as raison, dit-il finalement. Ce n'est ni le lieu ni le moment pour laver notre linge sale. Excuse-moi.

— Toutes mes excuses, Laura, intervint Josh en s'approchant. Si vous avez le temps, j'aimerais que nous terminions notre discussion.

La jeune femme se raidit. Elle n'avait aucune envie de reprendre cette conversation.

— Laura ? dit Josh. Vous avez un instant à m'accorder ?

En la voyant hésiter, Nick vint se poster à son côté.

— Si tu n'as pas envie, tu n'es pas obligée, lui dit-il.

Touchée par son ton protecteur, elle regarda tour à tour les deux hommes. Que faire ? Même si Nick fichait Josh à la porte de l'hôtel, elle ne doutait pas que celui-ci reviendrait à la charge.

— Ça va, Nick, répondit-elle en lui posant une main sur le bras. J'aime autant en finir avec cette histoire le plus vite possible. A moins que tu n'aies besoin de moi ?

Nick coula un regard en direction de Josh, puis se tourna de nouveau vers Laura.

— Non, rien qui ne puisse attendre. J'ai déposé un rapport sur ton bureau. Passe-moi un coup de fil quand tu l'auras lu.

— OK, je n'en aurai pas pour longtemps.

— Logan, n'oublie pas ce que je t'ai dit ! cracha Nick à l'intention de Josh.

— Et toi, n'oublie pas ce qui s'est produit dans le passé !

Agacée par ces provocations, Laura glissa son bras sous celui de Nick et l'entraîna vers la porte.

— Je passerai à ton bureau dès que j'en aurai terminé ici, lui dit-elle.

Et quand il fut parti, elle s'arma de courage avant d'aller se camper devant Josh. La tension qui émanait de lui était presque palpable. Elle inspira profondément.

— Vous perdez votre temps, commença-t-elle en s'efforçant d'adopter un ton professionnel. J'ai informé Mme Jardine par téléphone que je ne voulais pas la rencontrer, ni elle ni aucun membre de sa famille. Je n'ai pas changé d'avis.

— Cette famille est aussi la vôtre.

— Je ne la considère pas comme telle.

— Vous êtes dure, Laura.

— Peut-être.

— Ecoutez, si nous nous asseyions un moment pour discuter comme des adultes ?

— D'accord. Finissons-en au plus vite, acquiesça-t-elle en prenant place sur l'un des deux canapés qui se faisaient face.

Josh s'assit à côté d'elle. Elle se contracta, résistant à l'envie de changer de place, ce qu'il n'aurait pas manqué d'interpréter comme un signe de faiblesse. Cette proximité la mettait mal à l'aise, cependant.

Lorsqu'elle avait aménagé son bureau, elle avait délibérément choisi ces canapés bleu marine séparés par une table basse de bois pour créer une atmosphère conviviale. Dans les circonstances présentes, alors que ses genoux n'étaient qu'à quelques centimètres de ceux de Josh, elle regrettait de ne pas avoir opté pour un décor plus formel.

— Détendez-vous : je ne vais pas vous mordre ! Je veux juste vous parler de votre grand-mère.

— Je vous écoute.

— Tout d'abord, pardonnez-moi, encore une fois, de ne pas vous avoir dit plus tôt pourquoi Olivia m'avait prié de venir vous voir. Ensuite, je veux que vous sachiez que mon attirance pour vous n'a… n'a rien à voir avec elle.

— Ne revenons pas là-dessus, s'il vous plaît, le coupa Laura, et épargnez-moi vos excuses. Je vous rappelle que c'est de Mme Jardine que vous deviez me parler.

Les traits de Josh se durcirent.

— Très bien. Puisque vous souhaitez qu'il en soit ainsi…

— Je le souhaite.

— D'accord. Je sais que vous avez refusé de vous rendre à La Nouvelle-Orléans. Mais cette réaction ne semble pas décourager votre grand-mère. Maintenant qu'elle s'est mis en tête de vous rencontrer, elle n'en démordra pas. D'ailleurs, si je suis ici à sa place, c'est seulement parce qu'à quatre-vingts ans passés il lui est devenu difficile de voyager.

Laura imaginait Olivia Jardine comme un être au cœur de pierre. La description de Josh la rendait toutefois un peu plus humaine… Et voilà qu'elle se laissait encore attendrir ! Depuis qu'elle occupait un poste de direction, elle déployait des efforts considérables pour se « blinder ». Néanmoins, elle préférait encore aller se faire arracher une dent que licencier un employé.

— Dans ce cas, elle a bien fait de s'épargner la fatigue d'un déplacement qui n'aurait servi à rien.

— Votre grand-mère et vous avez plus de choses en commun que la couleur de vos yeux, déclara Josh. Vous êtes toutes les deux têtues comme des mules.

— Vous ai-je dit que vous étiez charmant ? répliqua-t-elle.

Mais sa voix n'avait pas l'accent sarcastique qu'elle aurait aimé adopter. L'allusion à la couleur de ses yeux l'avait troublée. Des souvenirs d'enfance lui revinrent à la mémoire. Combien de fois lui avait-on dit que ses yeux étaient très différents de ceux de sa maman, qu'ils avaient une couleur étonnante ?

« J'ai les yeux de mon papa », déclarait-elle fièrement, se fiant à quelques clichés jaunis de cet homme qu'elle n'avait jamais connu.

Son cœur se serra douloureusement. Elle redressa les épaules.

— Je vous remercie pour le compliment, répondit Josh en réprimant un sourire. Je me permets toutefois de préciser que je ne tentais pas de vous charmer. Je faisais simplement un constat. J'essayais de vous faire comprendre que votre grand-mère… Olivia, corrigea-t-il, conscient que le terme de « grand-mère » faisait tiquer Laura, qu'Olivia est déterminée à vous rencontrer. Et je vous préviens : c'est l'une des personnes les plus tenaces que je connaisse.

— Je vous répète que c'est non.

Josh sortit une enveloppe de sa poche.

— Voilà quelque chose qui vous fera peut-être changer d'avis. Olivia m'a chargé de vous la remettre.

Tandis que Laura croisait les mains sur ses genoux, il posa le pli sur la table.

— Il y a une lettre dedans, ainsi qu'un billet d'avion aller-retour pour La Nouvelle-Orléans : départ vendredi prochain, retour ouvert, minimum deux semaines après la date d'arrivée.

— Vous pouvez le rapporter à Mme Jardine, déclara Laura sans y jeter un coup d'œil.

— Vous ne voulez même pas lire sa lettre ? demanda Josh d'un air surpris.

— Non.

— Vous êtes décidément intraitable. C'est votre grand-mère, elle est très âgée…

— Il y a quelques mois, j'ignorais que j'avais une grand-mère, rétorqua Laura sèchement.

— Maintenant, vous le savez, et vous savez aussi qu'elle désire vous voir. Comment pouvez-vous lui tourner le dos aussi cruellement ? C'est votre chair, votre sang, votre famille.

— Juliet Harte était ma seule famille, répliqua Laura sans se laisser démonter par le ton acerbe de Josh. Les Jardine n'ont pas voulu entendre parler d'elle, il y a vingt-neuf ans. Aujourd'hui, c'est moi qui ne veux pas entendre parler d'eux.

— C'est une vengeance ? Vous punissez une vieille dame pour la faute commise par son fils il y a presque trente ans ?

La voix de Josh était montée d'un cran. Manifestement, il était choqué par l'attitude de Laura.

— Vous ne savez pas ce qui s'est passé, lui dit-elle.

— Et vous ?

— J'en sais suffisamment.

Elle ravala ses larmes en songeant aux photos de ce père qui s'était si peu intéressé à elle et à la femme qu'il prétendait aimer.

— J'en sais suffisamment pour être sûre que les Jardine n'ont rien à faire dans ma vie, trancha-t-elle. Je n'ai pas besoin d'eux.

— Et si votre grand-mère avait besoin de vous ? Vous vous en fichez ?

— Pardon ? Je ne vous suis pas.

— Vous n'ignorez pas que votre grand-mère est propriétaire de plusieurs petits palaces à La Nouvelle-Orléans ?

Laura hocha la tête. Paul avait complété pour elle les informations contenues dans les coupures de presse.

— L'un de ces hôtels, poursuivit Josh, est en difficulté. Il s'appelle le Royal Princess.

— Quel genre de difficultés ? demanda la jeune femme prudemment.

— Il est en déficit, et il a de plus en plus de mal à s'imposer face à la concurrence. J'ai conseillé à Olivia de le vendre, mais elle refuse.

— Pourquoi ?

— Par orgueil, je pense. Elle n'en manque pas, croyez-moi.

Bien que Josh ait réussi à éveiller sa curiosité, Laura s'interdit de poser davantage de questions.

— Navrée d'apprendre qu'elle a des ennuis, dit-elle, mais je ne vois pas en quoi je pourrais lui être utile.

— Vous ne devinez pas ? Olivia est convaincue que vous êtes celle qui peut sauver le Princess.

8

— C'est ridicule ! rétorqua Laura en se levant et en se mettant à arpenter son bureau.

— Dites-le à votre grand-mère.

— C'est… C'est insensé. Elle ne m'a jamais vue.

— Peu importe, répondit Josh en observant, fasciné, les émotions qui se peignaient tour à tour sur les traits de Laura.

Le choc. La surprise. Le doute. La confusion. En dépit de ses efforts pour paraître calme et indifférente, ses yeux reflétaient son bouillonnement intérieur. Comme ils avaient exprimé la douleur et le chagrin, un instant auparavant, quand elle avait parlé de sa mère. Forte et vulnérable à la fois, songea-t-il. Courageuse mais circonspecte.

Elle pivota sur ses talons et vint se camper devant lui.

— Comment ça, « peu importe » ?

Une femme compliquée, au caractère bien trempé. Bref, le genre de femme qu'il préférait éviter. Les relations houleuses, très peu pour lui !

— Evidemment que ça importe ! aboya Laura.

— Vous êtes la petite-fille d'Olivia, c'est tout ce qui lui importe.

— C'est absurde. Qu'elle trouve quelqu'un d'autre pour sauver son hôtel de la ruine. Vous qui êtes son ami, trouvez-lui donc la perle rare !

Josh se mordit l'intérieur de la joue pour réprimer un sourire.

— A vrai dire, nous ne sommes pas vraiment amis, déclara-t-il. Nous sommes… disons… des adversaires qui entretiennent des rapports amicaux.

Laura fronça les sourcils.

— Eh bien, trouvez-lui quand même ce qu'elle cherche, puisque vous semblez avoir l'habitude de rendre service à vos ennemis !

— Je le lui ai proposé, mais elle ne veut personne d'autre que vous.

— Essayez encore. Dénichez-lui un candidat avec des superréférences, qu'elle ne pourra pas refuser.

— Vous ne comprenez pas. Même si je lui disais que Donald Trump est prêt à prendre son hôtel en gérance, elle m'enverrait promener.

— Peut-être qu'elle n'aime pas Donald Trump.

— Peut-être. Je n'en sais rien. Ce que je sais, c'est que je pourrais lui présenter les dix meilleurs gestionnaires du monde, aucun ne lui conviendrait, parce que aucun ne possède la qualification indispensable à ses yeux.

— C'est-à-dire ?

— Le sang des Jardine, répondit Josh en s'autorisant, cette fois, un sourire.

— C'est complètement fou.

— Je suis bien d'accord avec vous. Mais Olivia est comme ça. Voilà pourquoi elle vous considère comme la seule personne à qui elle puisse confier la direction du Princess.

— Le hic, c'est que je n'en veux pas.

— Vous ne voulez pas non plus de votre héritage ?

— Quel héritage ?

— Vous devriez lire cette lettre, répondit Josh en tendant le bras vers l'enveloppe qui était restée sur la table.

Laura secoua la tête et fit craquer ses doigts.

— Non, répondit-elle obstinément.

Pourtant, elle avait pâli, et, pour la première fois, Josh remarqua les cernes sous ses yeux.

— Comme vous voudrez, dit-il. Sachez toutefois qu'après avoir découvert votre existence Olivia a décidé de modifier son testament. Elle vous a désignée comme l'une de ses héritières.

— Elle ne peut pas faire ça.

— Elle le peut, et elle l'a fait. C'est son argent. Libre à elle de le léguer à qui elle veut. Manifestement, sa volonté est de partager ses biens entre vous et le reste de votre famille.

— Je ne veux pas de son argent.

Laura était blême, à présent. Alarmé, Josh se leva et alla lui chercher un verre de thé glacé au minibar.

— Tenez, dit-il en le lui apportant. Ça vous fera du bien.

Assise sur le canapé, elle croisait et décroisait nerveusement les doigts. Contre toute attente, elle accepta le verre et le vida d'un trait.

— Merci, murmura-t-elle.

— Prenez le temps de réfléchir, enchaîna Josh. Olivia Jardine possède une fortune immense, et c'est quelqu'un d'extrêmement influent, à La Nouvelle-Orléans. Elle est propriétaire de deux des plus prestigieux hôtels de la ville, et elle a su faire des placements qui rapportent. Même si elle partage ses biens entre vous et ses autres petits-enfants, vous toucherez des millions quand elle disparaîtra.

— Je vous le répète : l'argent ne m'intéresse pas, répliqua Laura d'une voix qui avait retrouvé son assurance. Je ne veux rien de cette femme ni d'aucun membre de la famille Jardine.

— Et vous n'êtes même pas curieuse de connaître vos frère et sœurs ?

— Non.

Elle posa le verre et se leva.

— A présent, si vous voulez bien m'excuser, je dois passer voir Nick avant mon prochain rendez-vous.

Bien qu'à son avis ce rendez-vous ne soit qu'un prétexte fallacieux, Josh ne fit pas de commentaire et escorta la jeune femme jusqu'à la porte de son bureau.

— Je vous saurais gré de rapporter cette lettre à Mme Jardine, dit-elle en faisant volte-face et en désignant l'enveloppe.

— J'ai promis à Olivia de vous la remettre et j'ai

tenu parole. Maintenant, si vous désirez la lui rendre, il faudra le faire vous-même. Cela dit, je pense que vous devriez la lire, ne serait-ce que par honnêteté envers vous-même.

Finalement, ça tombait bien que Samantha se soit décommandée, songea Nick en sortant de l'ascenseur à l'étage des bureaux. Il n'irait pas, lui non plus, à cette soirée qu'il jugeait inutile et ennuyeuse ; il en profiterait pour avoir une discussion avec Laura, chose qu'il n'avait déjà que trop repoussée. Cet après-midi encore, le directeur du pôle restauration l'avait appelé pour se plaindre d'elle, et, depuis quinze jours, il n'était pas le premier.

Comme une secrétaire sortait du bureau de Laura, les bras chargés de classeurs, il l'interpella.

— Wendy ? Mlle Harte est toujours là ?

— Monsieur Baldwin ! s'exclama la jeune femme, qui faillit renverser sa montagne de dossiers.

— Attention ! dit Nick en redressant la pile.

— Excusez-moi, monsieur, balbutia la secrétaire en rougissant jusqu'à la racine des cheveux. Vous m'avez fait peur : je ne vous avais pas vu.

— Pardonnez-moi. Dites, vous comptez travailler toute la nuit ?

— Non, monsieur. Mlle Harte a juste besoin de moi pour un petit moment.

— Alors, Simon Legree est toujours là.

— Pardon ? dit Wendy en ouvrant de grands yeux.

— Une plaisanterie stupide. Laura est dans son bureau ?

— Oui, monsieur. Elle est en train de dicter une note de service.

Depuis quinze jours, justement, Laura accablait tous les services de circulaires et de notes de synthèse, d'où, entre autres, les nombreuses rebuffades des uns et des autres dont Nick avait été témoin. Enfin, il allait pouvoir lui en toucher deux mots.

— Wendy ?

— Oui, monsieur.

— Vous avez vu l'heure ? Les secrétaires finissent en principe à 17 heures, et il est bientôt 19 heures.

— Je sais, monsieur, mais Mlle Harte m'a demandé de rester un peu plus longtemps, ce soir. Elle veut que je tape un rapport. Ça ne me dérange pas. Elle a tellement de travail, en ce moment.

— C'est très gentil de votre part, Wendy, et je suis sûr que Mlle Harte apprécie votre dévouement, mais il n'est pas dans la politique de l'Ambassador d'imposer des heures supplémentaires au personnel. Vous avez suffisamment travaillé pour aujourd'hui. Rentrez chez vous. Les rapports de Mlle Harte attendront demain.

Wendy se mordit la lèvre.

— C'est qu'elle veut que celui-ci soit prêt pour la réunion de demain matin, bredouilla-t-elle.

— Wendy, qui est le patron, ici ? Mlle Harte ou moi ?

— Vous, monsieur.

Regrettant d'avoir mis la jeune femme mal à l'aise, Nick la gratifia d'un sourire bienveillant.

— Mais... Mlle Harte...

— Mlle Harte travaille également sous mes ordres. Ne vous inquiétez pas, je lui expliquerai. Vous pouvez rentrer chez vous.

— Merci, monsieur.

Lorsqu'elle eut disparu au fond du couloir, Nick frappa à la porte du bureau de Laura et la poussa sans attendre d'y avoir été invité. Occupée à parler dans un Dictaphone, elle lui adressa un geste de la main signifiant qu'elle avait besoin d'un moment.

— Les dépenses pour le poste restauration font apparaître...

Nick croisa les bras sur sa poitrine et attendit.

Laura était l'incarnation de l'efficacité. Comme d'habitude, son bureau était impeccablement rangé ; les chemises et les classeurs s'y alignaient en piles bien nettes. Concentrée sur les documents étalés devant elle, elle ramena derrière ses oreilles quelques mèches qui s'étaient échappées de la torsade qu'elle avait faite de ses cheveux. Son tailleur bleu électrique faisait ressortir la blancheur de sa peau. Depuis quelque temps, Nick la trouvait plus pâle que d'ordinaire, et il s'inquiétait de la voir arriver chaque matin à l'hôtel avec les yeux cernés. A l'évidence, son acharnement au travail masquait des soucis sérieux. En fait, c'était depuis la visite de Josh qu'elle n'était plus la même, mais comme elle refusait de parler de cet épisode, il avait respecté sa volonté et n'était plus revenu sur le sujet.

— Veuillez transmettre une copie de ce rapport à M. Baldwin, en y joignant l'état comptable de la restauration. Copie et pièces jointes également dans mon dossier « Réunion ». Merci.

Laura éteignit son Dictaphone et s'appuya contre le dossier de sa chaise.

— Excuse-moi de t'avoir fait attendre, mais je voulais terminer ça pendant que c'était encore frais dans mon esprit.

Nick se laissa tomber dans le fauteuil en face d'elle.

— Pas de problème.

— Qu'est-ce que tu fais encore dans ton bureau à cette heure-ci ? Je croyais que tu devais emmener la ravissante Samantha Jenkins à la réception du maire, ce soir…

— Elle vient de me téléphoner pour annuler.

Laura fronça les sourcils.

— Hmm, fit-elle pour tout commentaire.

— Mais encore ? lui lança Nick.

Elle lui adressa un sourire. Un piètre sourire, songea-t-il. Où donc étaient passés les merveilleux, les rayonnants sourires de Laura, qui savaient amadouer même les plus odieux des clients de l'hôtel ?

— Je suis surprise, c'est tout, répondit-elle.

— Et peut-on savoir pourquoi ?

— J'étais persuadée qu'elle voulait se faire épouser.

— En fait, elle est partie en France tourner une pub pour un grand couturier. Elle remplace un mannequin qui s'est cassé la jambe au ski.

— Je vois... Une opportunité qu'elle ne pouvait pas laisser passer.

— C'est exactement ce qu'elle m'a dit.

— Tu n'as pas l'air trop déçu.

— Je ne le suis pas.

Nick sortait avec Samantha depuis deux mois. Pour lui, il était clair qu'il ne s'agissait que d'un flirt sans lendemain, et il était persuadé qu'il en allait de même pour la jeune femme. Néanmoins, s'il pouvait se fier à l'intuition féminine de Laura, si Samantha voulait réellement lui mettre le grappin dessus, il préférait ne pas lui donner de faux espoirs et mettre au plus vite un terme à leur aventure. Par ailleurs, Faith Logan était revenue hanter ses pensées...

— Mais je ne suis pas venu parler de ma vie amoureuse, ajouta-t-il.

— Heureusement parce que je dois encore faire le planning prévisionnel de l'occupation des chambres !

— A vrai dire, Laura, je suis venu te rappeler qu'il était l'heure de rentrer chez toi.

— Hein ? Qu'est-ce que tu me racontes, Nick ? J'ai encore une tonne de boulot.

— Je ne plaisante pas, déclara-t-il en se levant. Ta journée devrait être terminée depuis belle lurette. Je veux que tu ailles te reposer. Ou t'amuser. Comme tu préfères.

— Mais…

— Il n'y a pas de « mais ». Les plannings et les budgets peuvent attendre. Tu travailles trop. Il y a plus de deux semaines que tu n'as pas pris ne serait-ce qu'un week-end. Fais-moi plaisir, rentre chez toi et fais un break de quelques jours.

— Quelques jours ? s'exclama Laura. Tu rigoles ! Je ne vais pas prendre des congés alors que nous sommes sur le point de lancer une campagne de promotion.

— Ça ira très bien, même si tu n'es pas là. Rentre chez toi, Laura. Je ne veux pas voir ton joli minois dans ce bureau, ni nulle part ailleurs dans l'hôtel, avant lundi.

— Lundi ? Mais tu es fou ! Nous ne sommes que jeudi. Il est hors de question que je prenne trois journées de repos maintenant.

— C'est un ordre de ton boss.

Sur ces mots, Nick contourna le bureau et invita la jeune femme à se lever.

— Je ne suis pas d'accord, protesta-t-elle en se campant solidement sur ses talons hauts, lorsqu'il chercha à l'entraîner vers la porte. C'est ridicule, Nick : je n'ai pas besoin de congés.

— Tu en prendras quand même. Si ce n'est pas pour toi, fais-le pour le reste de l'équipe.

— Quelqu'un… Quelqu'un s'est plaint de moi ? demanda-t-elle, soudain alarmée.

— Nous nous faisons tous du souci pour toi, soupira Nick en regrettant de devoir lui causer de la peine. Depuis quinze jours, tu mets la pression sur tout le monde, depuis les secrétaires jusqu'aux garçons d'étage. Et le plus grave, c'est que toi aussi tu es sous pression. Le personnel a besoin d'une pause, Laura, et toi aussi.

— Je ne sais pas quoi dire. Je ne m'étais pas aperçue…

— Ce n'est pas grave. Même s'il t'arrive d'être une redoutable despote, tu restes l'adjointe de direction la plus adorable que j'aie jamais connue. Et j'ai bien conscience que si tu travailles comme une forcenée, c'est pour oublier tes ennuis personnels…

— Je n'ai pas d'ennuis, Nick.

Il secoua la tête.

— Tu sais comme moi que ce n'est pas vrai, dit-il en décrochant son imper du portemanteau et en le lui tendant.

Elle glissa les bras dans les manches et noua la ceinture. Nick lui tendit ensuite son sac à main et sa serviette en cuir.

— Et tu penses qu'une mise à pied de trois jours me sera profitable ? lui lança-t-elle avec un regard belliqueux.

Il ajusta les revers de son col.

— Ce n'est pas une mise à pied, ma belle. J'aimerais seulement que tu souffles un peu. Tu viens de traverser une période difficile. Le décès de ta mère, la découverte de l'existence de ta grand-mère…

Délibérément, Nick s'abstint de mentionner Josh, bien qu'il le soupçonnât d'être responsable, au moins en partie, des traits tirés et du comportement inhabituel de sa collègue.

— Tout ce que je te demande, reprit-il, c'est de t'accorder quelques jours de détente, histoire de te retrouver.

Trois ans ne lui auraient pas suffi pour se retrouver, songeait Laura en rangeant les livres de sa mère dans un carton. Nick avait raison : elle avait besoin de repos — d'un temps de réflexion, surtout. Force lui était de reconnaître qu'elle ne savait plus où elle en était. Se jeter à corps perdu dans le travail avait été vain. Elle n'avait plus de repères et le surmenage ne lui en avait pas apporté de nouveaux.

Elle devait se concentrer sur ses objectifs, se dit-elle en roulant les épaules pour soulager les contractures provoquées par le transport des cartons. Le deuil de sa mère l'avait fragilisée, mais maintenant elle devait aller de l'avant, se tracer un nouveau chemin, redéfinir ce qu'elle voulait. Il était temps de faire le point.

Elle voulait évoluer dans sa profession. Oublier les derniers mois. Se mettre dans le crâne que son père n'était pas un héros mais un menteur et un lâche. Effacer le nom des Jardine de son univers. Oublier qu'elle avait une grand-mère ainsi que deux demi-sœurs et un demi-frère. Enfin, oublier qu'elle s'était bêtement laissé séduire par Josh Logan.

— Au diable Josh Logan ! murmura-t-elle en déchirant rageusement une bande de ruban adhésif.

Cet épisode remontait à plus de deux semaines, et elle ne voulait plus y penser. En vérité, c'était depuis la visite de Josh qu'elle s'était mise à travailler comme une dingue : comme ça, le soir, elle s'écroulait, trop fatiguée pour penser à lui, à Olivia Jardine et à sa proposition ridicule, à la lettre de la vieille dame dans son enveloppe toujours cachetée, chiffonnée au fond de son sac à main.

Mauvaise tactique, finalement. A cause de Josh Logan et d'Olivia Jardine, son boss l'avait privée de ce qu'elle aimait le plus au monde : son travail. Et, malgré l'épuisement, les rêves ne la laissaient pas en paix. Des rêves dans lesquels Josh la dévorait de ses yeux verts, l'enlaçait fougueusement et l'embrassait à pleine bouche.

Ou bien des rêves plus dérangeants, notamment celui où son père franchissait le seuil de la maison et annonçait à sa mère que la marine s'était trompée : il n'était pas mort, et il revenait vivre auprès d'elles. Puis il soulevait Laura dans ses bras et la faisait valser tout autour du salon… Elle n'avait pas refait ce rêve depuis l'adolescence. Néanmoins, il n'était pas nécessaire d'être fin psychologue pour comprendre les raisons de sa résurgence, et les larmes qui inondaient son visage lorsqu'elle se réveillait le matin.

Après avoir marqué les cartons de livres en vue d'en faire don à la bibliothèque du quartier, Laura les transporta dans le couloir, où s'alignaient plusieurs piles de caisses. En deux jours, elle avait déjà trié pas mal d'affaires. A l'exception de quelques objets et petits meubles qu'elle désirait conserver ou offrir à des amies de Juliet, tout reviendrait à diverses œuvres de charité. Il ne lui restait plus maintenant qu'à s'attaquer à la chambre.

Consciente que cette tâche serait la plus dure, elle l'avait repoussée jusqu'au dernier moment.

S'armant de courage, elle traversa le couloir et poussa la porte. Sur le seuil de la pièce, elle se sentit envahie par une violente émotion. Ici, sa mère s'était créé un petit coin rien qu'à elle, qui était encore empreint de sa présence. On aurait presque dit qu'elle venait juste de tirer les rideaux au motif floral, assortis au dessus-de-lit. Une paire de lunettes et un roman étaient posés sur la table de chevet. Laura s'en approcha et retourna le livre : le dernier thriller de Sandra Brown, l'un des auteurs favoris de sa mère.

Elle glissa les lunettes dans leur étui et les plaça, avec le livre, dans la boîte contenant les objets qu'elle souhaitait garder. En inspirant profondément, elle se dirigea ensuite vers l'armoire.

Pendant deux heures, elle travailla sans relâche, à plier soigneusement les vêtements, à emballer les chaussures. Puis elle passa à la commode, d'où elle sortit des flacons de parfum, de sels de bain et toutes sortes de produits de beauté.

Le dernier tiroir renfermait les trésors de sa mère, dont un pull rouge enveloppé dans du papier de soie. Laura se rappelait avoir eu exactement le même lorsqu'elle était enfant. Dans le salon, il y avait une photo d'elle et de sa mère toutes deux vêtues de leur pull rouge, devant le sapin de Noël.

Perdue dans ses souvenirs, les larmes aux yeux, la jeune femme regarda tour à tour chacune des photos marquant les moments les plus heureux de la vie de Juliet. En les manipulant avec mille précautions, elle mit de côté divers bibelots et bijoux fantaisie. Une boîte en velours rouge était calée au fond du tiroir. Elle l'en sortit et souleva le couvercle. A l'intérieur se trouvait un paquet de lettres attachées par un ruban rose délavé. Laura s'assit par terre et examina les cachets militaires qui figuraient sur les enveloppes. Des lettres de son père. Une bonne douzaine.

Les mains soudain moites, elle en retira une de son enveloppe. Le fin papier à lettres était couvert d'une élégante écriture. Les doigts tremblants, elle parcourut les lignes.

« Ma chère Juliet,

» Ta lettre est arrivée ce matin. Je l'ai lue et relue tant de fois que je pourrais la réciter par cœur. Depuis quelques jours, nous sommes cantonnés à la caserne, à attendre des ordres de l'état-major, ce qui me laisse tout le temps de penser à toi. Finalement, je me dis qu'il y a un bon côté dans cette stupide guerre : sans elle, je ne t'aurais jamais connue.

» Je t'aime, ma Juliet. Ce sont les souvenirs des moments partagés avec toi qui m'aident à tenir le coup dans ce pays où tout n'est que désolation. Savoir que je serai bientôt auprès de toi me donne la force d'endurer le cauchemar quotidien. Tu es toujours, toujours avec moi, mon amour. Dans mes pensées. Dans mon cœur. Ne te fais pas de souci pour moi, je t'en prie. Je sais que tu m'attends, et je ferai tout pour te revenir sain et sauf. Bientôt, nous serons de nouveau réunis.

» Tendrement,

Drew. »

La gorge de Laura se noua. Elle n'avait pas le droit de lire ces lettres si personnelles. Mais comment résister à la tentation ? Si une part d'elle rejetait en bloc Andrew Jardine, d'un autre côté, elle brûlait d'envie d'en savoir plus à son sujet, de comprendre, afin de pardonner le mensonge de sa mère. En s'efforçant de se déculpabiliser, elle se plongea dans la lecture de la lettre suivante.

Quand elle arriva à la dernière, ses joues ruisselaient de larmes. Contrairement aux précédentes, cette enveloppe ne portait pas le cachet de l'armée. Elle avait été postée de La Nouvelle-Orléans. Laura en retira une feuille de papier à lettres crème, ornée d'une couronne dorée, à l'en-tête du Royal Princess Hotel.

Un frisson la parcourut lorsque ses yeux se posèrent sur la date. Cette lettre avait été écrite alors qu'elle n'était rien de plus qu'une minuscule graine dans le ventre de sa mère.

« Juliet, mon adorée,

» Je suis si malheureux d'avoir manqué ton appel, ce

soir. Bien que tu n'aies pas laissé de message à Louise, je sais que c'était toi. Ça me rend fou que nous soyons ainsi obligés de cacher notre amour. Si ça ne tenait qu'à moi, je monterais sur le toit de l'hôtel pour crier au monde que je t'aime.

» Tu me manques terriblement, ma chérie. Il n'y a que deux semaines que nous nous sommes quittés, mais j'ai l'impression que deux siècles se sont écoulés depuis mon départ de San Diego. Si la santé de ma mère était meilleure, je sauterais dans un avion pour te rejoindre. Bien que son état s'améliore de jour en jour, elle est encore très faible et je n'ose pas m'absenter. Dieu merci, les médecins sont optimistes. Selon eux, son attaque ne lui laissera aucune séquelle. Toutefois, sa tension nerveuse me préoccupe. Elle se fait trop de souci pour la rénovation de l'hôtel. Je passe énormément de temps à lui répéter que le Princess peut tourner sans elle. Et quand je ne suis pas à l'hôpital, je supervise les travaux.

» Voilà pourquoi je crains de ne pas pouvoir te rejoindre avant un certain temps. Néanmoins, mon cœur est avec toi. Je t'aime tellement, Juliet.

» Adrienne rend fréquemment visite à maman, mais j'évite de me retrouver seul avec elle. J'ai terriblement honte de lui cacher la vérité. Il va falloir que je me jette à l'eau, que je rompe nos fiançailles parce que c'est avec toi que je veux faire ma vie.

» J'avais l'intention d'attendre que ma mère soit totalement remise pour lui parler de toi, mais je l'ai fait hier soir. Comme je le craignais, elle a commencé par entrer dans une colère noire. Je lui ai expliqué qu'il m'était impossible d'épouser Adrienne puisque c'est toi que j'aime. Je crois qu'elle a fini par comprendre, car elle m'a prié de t'inviter à venir à La Nouvelle-Orléans. Elle veut te rencontrer. Viendras-tu, mon amour ? Il le faut absolument. Quand maman aura fait ta connaissance, elle ne pourra plus s'opposer à notre mariage.

» Je t'en supplie, ma chérie, dis-moi que tu viendras ! Appelle-moi dès que tu auras reçu cette lettre ; je t'enverrai un billet d'avion. Et n'oublie pas, mon amour, je t'aime.

» Tendrement,

Drew. »

Très émue, Laura renoua le ruban autour des lettres. Le coffret de velours rouge contenait encore une rose séchée, une pochette d'allumettes venant d'un restaurant de San Diego, un programme de théâtre, une série de photos prises lors d'un carnaval, sur lesquelles sa mère et Drew riaient et s'embrassaient.

Du bout des doigts, la jeune femme traça le contour de leurs visages. Ils paraissaient si jeunes, si amoureux, si heureux... Que s'était-il passé ? Selon Paul, Juliet s'était rendue à La Nouvelle-Orléans, mais elle en était revenue seule. Pourquoi ? Olivia Jardine l'avait-elle rejetée ? Drew avait-il été trop faible pour agir contre la volonté de sa mère ? Comment un homme qui écrivait de si belles lettres avait-il pu tourner le dos à la femme qu'il prétendait aimer et à l'enfant qu'elle portait ?

Des tas de questions se bousculaient dans l'esprit de Laura. Mais, au fond, désirait-elle vraiment y apporter des réponses ? se demanda-t-elle en replaçant les photos dans la boîte. Non. Le passé de sa mère était ce qu'il était ; elle préférait ne garder d'elle que les bons souvenirs.

Du coffret, elle retira encore un petit missel blanc, que sa mère avait dû recevoir pour sa première communion. Elle caressa la couverture de cuir gravée d'une croix, puis la souleva délicatement. De nouveau, ses yeux s'emplirent de larmes à la vue du nom de sa mère soigneusement inscrit sur la première page. Refoulant ses sanglots, elle referma le livre de prières. Une feuille en dépassait.

Le cœur battant, elle s'en saisit. Il s'agissait encore d'une lettre, tapée à la machine, sur du papier du Royal Princess Hotel, sans signature.

« Juliet,

» Je regrette que les choses ne se soient pas passées comme vous l'espériez. Sans doute en souffrez-vous, je le déplore, mais nous pâtissons tous de vos erreurs. J'espère que vous comprendrez qu'il n'y avait pas d'autre alternative pour préserver l'honneur de la famille. Vous trouverez ci-joint un chèque d'un montant de 50 000 $. Cet argent ne soulagera certainement pas votre chagrin, mais il vous permettra de remédier à la situation et de commencer une nouvelle vie. »

*
* *

Choquée par ce ton glacial, Laura regarda la date à laquelle avait été écrite la lettre. C'était trois mois après que Drew eut demandé à Juliet de venir à La Nouvelle-Orléans.

Atterrée, la jeune femme relut la missive, puis elle se leva brusquement et alla chercher son sac à main dans la cuisine. Furieuse, elle en sortit la lettre d'Olivia Jardine et déchira l'enveloppe. Elle jeta les billets d'avion sur la table et déplia la feuille de papier à lettres couleur crème aux armoiries qui lui étaient maintenant familières.

Quelques lignes manuscrites l'invitaient sans détour à venir rencontrer sa famille à La Nouvelle-Orléans.

Elle retourna dans le salon et décrocha le téléphone. En premier lieu, elle appela le domicile de Nick. Comme il n'était pas chez lui, elle lui laissa un message. De l'enveloppe, elle retira ensuite la carte de visite d'Olivia Jardine, et composa son numéro.

9

— Que s'est-il passé ? demanda Olivia en scrutant le visage de Josh, qui était assis en face d'elle dans la bibliothèque de l'hôtel particulier des Jardine.

— Rien, je vous l'ai déjà dit quand je vous ai appelée de San Francisco, répondit-il en s'exhortant à la patience.

Au cours des deux semaines précédentes, ses obligations professionnelles l'avaient contraint à de multiples allers-retours entre la côte Est et la côte Ouest. Il n'était rentré qu'au petit matin, par un vol de nuit, avec l'intention de dormir vingt-quatre heures d'affilée. Or, la chaudière du Logan Hotel de La Nouvelle-Orléans était tombée en panne, si bien qu'il avait dû passer la journée à chercher des chambres pour reloger les clients dans des conditions décentes, alors que la quasi-totalité des établissements de la ville était déjà plein. A la suite de quoi, il avait reçu un coup de téléphone d'Olivia, qui l'avait prié de venir chez elle dans les plus brefs délais. Il était à bout.

— Il s'est forcément passé quelque chose, répliqua

la vieille dame en frappant le tapis d'Aubusson de sa canne. Ma petite-fille n'est toujours pas là ?

— Non.

— Et selon toi, elle n'a pas l'intention de venir ?

— Non.

— C'est bien ce que je dis : il s'est passé quelque chose ! Aucun individu sensé ne refuserait ce que j'ai offert à cette fille.

— Laura, si.

— Pourquoi ?

Josh laissa échapper un soupir. Comment avait-il pu s'imaginer qu'Olivia Jardine se contenterait de la longue conversation téléphonique qu'il avait eue avec elle ?

— Je ne vois pas ce que je pourrais ajouter au compte rendu que je vous ai déjà fait, répondit-il. Tout simplement, elle n'est pas intéressée par votre proposition.

— C'était à toi de la convaincre. C'est pour ça que je t'ai envoyé là-bas.

— Ah, non ! rétorqua Josh en haussant légèrement le ton et en soutenant le regard d'Olivia. Je n'étais chargé que de lui soumettre votre offre.

— Et ?

— Je me suis acquitté de ma mission, et elle m'a clairement fait comprendre qu'il était inutile d'insister.

Bien sûr, Josh se gardait soigneusement de préciser jusqu'où était allée leur relation.

— Lui as-tu parlé de l'héritage ? demanda Olivia en le fixant de ses yeux bleu clair, du même bleu étonnant que ceux de Laura.

— Oui.

— Qu'a-t-elle dit ?

— Qu'elle s'en fichait royalement.

Si seulement il avait pu éprouver la même indifférence pour elle ! Aucune femme — et il en avait pourtant connu quelques-unes — n'avait hanté ses pensées comme le faisait Laura Harte. Cela le contrariait au plus haut point, mais il devait se rendre à l'évidence : elle l'obsédait littéralement. Que diable lui avait-elle fait pour lui tourner ainsi la tête en si peu de temps ?

— Soit elle est idiote, soit elle est bornée, rétorqua Olivia.

Puis, voyant que Josh s'abstenait de tout commentaire, elle ajouta :

— Parle-moi d'elle.

Il ramena ses pensées vers la vieille dame, qui le dévisageait par-dessus le rebord de son verre de sherry.

— Votre détective privé a fait du bon boulot. D'après ce que j'ai pu constater, son rapport ne mentait pas.

Olivia posa violemment son verre sur le bureau.

— Ne fais pas l'imbécile, Joshua ! Ce sont tes impressions qui m'intéressent.

— Elle est intelligente, répondit-il en veillant à choisir ses mots, à rester objectif et à ne pas laisser transparaître ses propres sentiments. Elle connaît son métier et il lui tient à cœur. Elle est organisée et elle a le sens des rapports humains. Elle est dévouée et loyale. Les gens avec qui elle travaille semblent avoir pour elle un grand respect. Mon ami Nick Baldwin, le propriétaire de l'Ambassador Grand, ne tarit pas d'éloges à son sujet.

Olivia plissa les yeux.

— Ce Nick Baldwin, il la fréquente ?

— Non, répondit Josh en se souvenant qu'il s'était lui aussi posé la question.

— Tu m'as l'air bien sûr de toi. D'après les photos, elle paraît très séduisante.

— Elle l'est, convint Josh en songeant qu'elle était même encore plus belle en réalité que sur les photos. Néanmoins, je ne crois pas qu'il y ait quoi que ce soit entre eux. Ils s'entendent bien, mais comme un patron et son employée, au mieux comme de bons amis. Rien de plus. Nick a conscience du potentiel de Laura et c'est pour ça qu'il l'a embauchée.

— Qu'entends-tu par son « potentiel » ?

— A en croire les rumeurs, Nick envisage d'acheter un hôtel à La Nouvelle-Orléans. Ça ne m'étonnerait pas qu'il nomme Laura directrice générale de l'Ambassador, afin de pouvoir se concentrer à son nouvel établissement.

— Penses-tu que ce serait judicieux de sa part de confier la direction de l'Ambassador à Laura ?

— A mon avis, elle s'en sortirait très bien. Elle est plus solide qu'elle n'en a l'air.

— Hmm, fit Olivia. Jolie, intelligente, solide et loyale. A t'entendre, c'est la femme parfaite.

— Presque, dit Josh en grimaçant. Elle a un tempérament soupe au lait — comme toutes les rousses, d'après mon expérience —, et elle est têtue comme une mule.

— Elle te plaît ?

— Oui, je l'avoue.

Et même bien plus qu'il ne l'aurait voulu…

— Que pense-t-elle de toi ?

Il haussa les épaules.

— Je ne figure certainement pas sur la liste des gens qu'elle apprécie, déclara-t-il non sans une pointe d'irritation.

— Y a-t-il eu des heurts entre vous ?

— Rien d'important, répondit-il en posant le verre de brandy qu'il n'avait pas touché.

Et après tout, c'était la vérité, songea-t-il. Quelle importance accorder à leurs baisers ?

— Elle s'est un peu fâchée parce que je ne lui ai pas annoncé d'entrée de jeu que j'étais venu la voir de votre part, précisa-t-il.

— Pourquoi ne pas l'avoir fait ?

— Je pensais qu'il valait mieux attendre que nous ayons fait connaissance, mais, visiblement, je me suis trompé.

Soudain pressé de clore la discussion, il se leva.

— Il se fait tard, dit-il. Je vais rentrer.

Olivia hocha la tête.

— Merci de ta visite, Joshua. Et merci d'être allé voir Laura.

Il contourna le bureau et déposa un baiser sur la joue de la vieille dame.

— Désolé de ne pas vous avoir rapporté de meilleures nouvelles...

— Epargne-moi tes excuses, répliqua-t-elle avec un geste de la main, d'une voix qui manquait de son mordant habituel.

Puis elle ferma les yeux et renversa la tête contre le dossier de son fauteuil. Ses épaules s'affaissèrent, trahissant son âge. Josh l'avait rarement vue aussi lasse. Hésitant à la laisser seule, il s'accroupit à côté d'elle et lui prit la main.

— Je suis désolé de n'avoir pas été à la hauteur de vos attentes, Duchesse.

— Ce n'est pas grave, Joshua, répondit-elle en soulevant les paupières. Laisse-moi, je suis fatiguée.

— Et déçue ?

— Oui. J'étais certaine que Laura était la réponse aux problèmes du Princess.

— Katie ne serait que trop heureuse d'en prendre les rênes, avança Josh.

Olivia secoua la tête.

— Katherine a déjà le Regent, qu'elle gère de main de maître. Et elle n'a pas le profil pour diriger le Princess. Non, le Princess a besoin de quelqu'un qui comprenne et apprécie les vieux palaces, et qui maîtrise leur fonctionnement. Katherine possède les qualités requises pour gérer un grand complexe moderne, pas un petit hôtel à l'ancienne.

Josh approuva d'un hochement de tête. Selon lui, Katie était capable de diriger n'importe quel établissement, mais, effectivement, les chichis vieille école du Princess l'auraient rendue folle.

— Et Ali ? suggéra-t-il.

— Je ne lui demanderai jamais une chose pareille, répondit Olivia. Elle trouverait les responsabilités écrasantes. Surtout depuis le divorce. Ce Derek Dawson a sérieusement ébranlé sa confiance en elle.

— En parlant de Dawson, des nouvelles de lui ?

— Pas depuis que nous lui avons versé la somme qu'il réclamait pour ne pas faire de tapage au tribunal à propos de la garde de Victoria. Sa fille ne l'a pas vu depuis plus de six mois.

Josh serra les poings en pensant au beau parleur qui avait embobiné la jeune et naïve Ali dans le seul but d'entrer dans une grande famille.

— Elles se portent bien mieux sans lui, maugréa-t-il.

— Entièrement d'accord avec toi, dit Olivia en soupirant. Cette ordure a non seulement endetté Alison, mais il a porté un sacré coup à son amour-propre. Heureusement, elle reprend le dessus, tout doucement. Je crois que ça lui fait le plus grand bien de remplacer le chef pâtissier du Regent. D'après ce que j'ai entendu dire, le personnel de l'hôtel l'adore, et les clients se délectent de ses desserts.

Josh eut un sourire gourmand. Alison Jardine était en effet une cuisinière hors pair.

— C'est un véritable cordon-bleu, dit-il.

— Absolument. Et elle a un cœur d'or. Quel gâchis qu'elle ait épousé cet escroc…

Dawson était un arriviste sans scrupule. Il avait fait de son épouse son souffre-douleur, et ne manquait aucune occasion de la dénigrer. Pour cette raison, et parce que la situation conjugale d'Ali ressemblait étrangement à celle de sa sœur Faith, Josh avait toujours eu une profonde aversion pour ce type.

— En tout cas, poursuivit Olivia, ce n'est pas le moment de mettre Alison au défi.

Elle s'interrompit un instant et scruta le visage de Josh.

— Crois-tu que tu pourrais essayer de parler encore une fois à Laura ? demanda-t-elle.

— Franchement, je n'ai aucun espoir de la faire changer d'avis, répondit Josh en se remémorant la détermination de la jeune femme. Je crains que vous ne soyez obligée de faire une croix sur elle, Duchesse.

— Tu as probablement raison, marmonna Olivia.

Elle semblait résignée, et cette constatation raviva les regrets de Josh concernant la maladresse avec laquelle il avait approché Laura.

— Si le Princess vous encombre, toutefois, dit-il non sans une pointe d'humour, vous savez que je suis prêt à vous en débarrasser.

Comme il s'y attendait, une lueur combative se ralluma dans le regard de la vieille dame.

— Tant que je respirerai, tu ne mettras pas la main sur cet hôtel ! riposta-t-elle.

— J'ai encore un bon bout de temps à attendre, alors…, dit-il avec un sourire.

— Exactement. Et maintenant, va te coucher ! Tu as une tête abominable.

Josh s'apprêtait à répliquer lorsque des coups discrets retentirent à la porte de la bibliothèque, qui s'ouvrit quelques secondes plus tard pour livrer passage à Alfred, le majordome.

— Excusez-moi de vous déranger, madame, mais j'ai au téléphone une Mlle Laura Harte qui insiste pour vous parler. Dois-je lui dire de rappeler plus tard ?

— Non, Alfred, passez-moi la communication, s'il vous plaît.

Dès que le domestique se fut retiré, Olivia se tourna vers Josh avec un air de triomphe.

— Eh bien, Joshua, lui dit-elle, il semblerait que tu aies été plus convaincant que tu ne le pensais !

— Tu es sûre que ce voyage à La Nouvelle-Orléans est une bonne chose ? demanda Paul à Laura tandis qu'ils faisaient la queue au guichet d'embarquement de l'aéroport.

— Il n'y a pas si longtemps, c'était toi qui me conseillais d'aller voir la famille de mon père, répliqua-t-elle.

— C'est vrai, admit Paul, le front barré d'une ligne soucieuse. Mais j'avais peut-être tort de t'inciter à remuer le passé.

— J'ai réfléchi, dit Laura, et j'ai décidé d'y aller. Ce

qui ne signifie pas que je veuille tisser des liens avec Olivia Jardine ou les membres de sa famille. J'ai juste envie de les rencontrer. Peut-être qu'après, je serai capable de pardonner le mensonge de ma mère.

— Peut-être, répondit Paul. Mais j'avoue que je suis étonné de ce départ précipité.

— Je profite d'une période creuse à l'hôtel, je te l'ai déjà expliqué.

— N'empêche que plus j'y pense, plus je me demande si tu as raison, dit Paul en avançant de quelques pas avec la file d'attente. Drew est mort, tu sais ?

— Mais pas sa mère.

— C'est ta grand-mère, certes, mais ne te fais pas d'illusions : je l'ai déjà rencontrée, et je ne l'ai pas trouvée très aimable. Elle est tout le contraire de Juliet. Je me rappelle, quand ta mère est partie à La Nouvelle-Orléans, je me suis dit que ça n'allait pas coller entre elles.

— Ma mère t'a raconté comment ça s'était passé, là-bas ?

— Non…, dit Paul en secouant la tête.

Laura lui tapota affectueusement le bras.

— Ça ne fait rien. Bientôt, je verrai la famille Jardine en chair et en os, et je pourrai me faire une idée.

Paul posa une main sur la sienne.

— J'espère que tu ne seras pas déçue, Laura. Olivia est une femme acariâtre et tyrannique, tu verras.

— Et sa belle-fille ? s'enquit Laura. La femme de Drew… Comment est-elle ?

— Je ne l'ai vue qu'une seule fois, quand ils se sont

fiancés. Je me souviens qu'elle était très chic, le genre de femme toujours tirée à quatre épingles, qui sait quelle fourchette utiliser dans les repas mondains. J'imagine qu'elle était l'épouse idéale pour quelqu'un comme Drew, qui évoluait dans les hautes sphères et le beau monde.

— Apparemment, elle ne ressemble pas à maman, murmura Laura.

Un sourire apparut sur les lèvres de Paul.

— Pas du tout, dit-il. A mon avis, si Juliet attirait Drew comme un aimant, c'est justement parce qu'elle était très différente de sa fiancée.

En tout cas, songea Laura avec amertume, au moment de faire son choix, il n'avait pas pris de risques.

— Ce ne sera sûrement pas facile pour toi de la rencontrer, ajouta Paul.

Laura haussa les épaules.

— J'appréhende davantage de rencontrer ses enfants. Après avoir été fille unique pendant toutes ces années, j'ai du mal à me faire à l'idée que j'ai trois demi-frère et sœurs.

L'expression de Paul s'assombrit.

— Franchement, Laura, je ne suis pas sûr que ce soit une bonne idée de partir là-bas. Il est encore temps de faire machine arrière, tu sais ?

— Essaie de me comprendre, oncle Paul, soupira Laura. Et tâche de ne pas t'inquiéter pour moi. Je suis grande, je sais ce que je fais.

Elle l'espérait, du moins… Mais, de toute façon, sa

décision était prise. En dépit du ressentiment que les enfants d'Andrew Jardine lui inspiraient, elle s'était mis en tête de les rencontrer au moins une fois, et de comprendre ce qui s'était passé vingt-neuf ans plus tôt. Qui avait envoyé un chèque à sa mère pour qu'elle se fasse avorter ? A cette question, il fallait absolument qu'elle trouve la réponse.

Elle tendit à l'hôtesse le billet d'avion qu'elle avait acheté, mettant un point d'honneur à ne pas utiliser celui d'Olivia Jardine.

— Voici votre carte d'embarquement. Vos bagages sont enregistrés jusqu'à l'aéroport de Moisant, Nouvelle-Orléans. L'embarquement se fera porte B6 dans dix minutes.

— Je vous remercie.

Laura ajusta la bride de son sac à main sur son épaule et se dirigea avec Paul jusqu'au contrôle de sécurité.

— Bon, eh bien, je vais y aller, lui dit-elle devant les portes. Au revoir, oncle Paul.

— Au revoir, ma chérie. Tu vas me manquer, répondit-il en la serrant dans ses bras.

— Toi aussi, tu vas me manquer. Mais je ne pars que pour trois semaines. Ce ne sera pas long.

— Fais bien attention à toi, lui dit-il. Et n'oublie pas que je t'aime.

— Moi aussi, je t'aime, oncle Paul.

Il l'écarta de lui, mais laissa longuement les mains sur ses épaules tout en la regardant.

— Si jamais tu ne te sens pas bien là-bas, promets-moi de rentrer par le premier avion.

— Promis, assura Laura en posant une main sur la joue de son oncle. Ne te fais pas de souci, tout se passera bien.

Rien n'était moins sûr, cependant, songeait-elle en regardant San Francisco s'éloigner derrière le hublot. Elle ne l'aurait jamais avoué à Paul, mais elle n'était pas loin de regretter son coup de tête.

Les mains moites, elle se remémora sa brève conversation avec Olivia Jardine. La vieille dame ne s'était guère montrée plus chaleureuse que lors de leur première prise de contact. Laura s'attendait à devoir expliquer son brusque revirement, mais sa grand-mère ne lui avait posé aucune question. Leur entretien téléphonique n'avait été qu'un échange de civilités et d'informations. Il n'y avait eu ni pleurs ni effusions de joie, rien de personnel, et Olivia avait rapidement mis un terme à la communication après avoir informé Laura que quelqu'un l'attendrait à l'aéroport.

Après tout, peut-être qu'Olivia Jardine ne la considérait pas plus comme sa petite-fille qu'elle-même ne la considérait comme sa grand-mère, songea Laura. Mais alors, pourquoi aurait-elle modifié son testament ?

Une foule de questions se bousculaient dans son esprit, auxquelles elle espérait trouver une réponse à La Nouvelle-Orléans.

Quant à Josh Logan, elle l'avait relégué dans les affaires classées. Ils s'étaient embrassés, d'accord, et c'était une pure stupidité. Mais ils n'avaient rien en commun. Il n'était pas son genre, elle n'était pas son genre, point à la ligne.

Elle avait commis une erreur mais c'était sans importance. A condition de ne pas la répéter.

Se sentant soudain somnolente, elle se cala contre l'appuie-tête de son siège en étouffant un bâillement. Quelques minutes plus tard, épuisée par la fatigue nerveuse et le manque de sommeil des jours derniers, elle sombrait dans un profond sommeil.

Quand elle rouvrit les yeux, une hôtesse annonçait que l'avion amorçait sa descente sur La Nouvelle-Orléans. Elle se redressa et regarda par le hublot. A la vue de la ville qui se rapprochait inexorablement, une peur panique s'empara d'elle. Quand les roues de l'appareil touchèrent le sol, son estomac se noua.

Quelques minutes plus tard, l'avion s'immobilisait et les passagers détachaient leur ceinture. Plus moyen de faire machine arrière.

10

Dans le terminal des arrivées, Laura cherchait du regard la personne qui, selon Olivia, devait venir la chercher. Mais aucune des pancartes brandies par des inconnus ne mentionnait son nom ni celui des Jardine.

Elle aurait mieux fait de convenir avec Olivia qu'elle prendrait un taxi, songea-t-elle en se frayant un passage dans la foule.

Elle s'immobilisa à l'écart de la cohue et continua d'observer les gens. Des familles et des couples s'embrassaient, des gens se serraient la main. La silhouette d'un homme qui lui tournait le dos retint son attention. Un grand brun en conversation avec une jeune femme.

Il s'agissait d'une hôtesse de l'air ; elle se pencha vers lui et lui chuchota quelque chose à l'oreille. Puis elle glissa un papier dans la poche de son manteau. En riant, il rejeta la tête en arrière.

Laura se figea en le reconnaissant. Josh Logan.

Etait-ce lui qu'Olivia avait envoyé à sa rencontre ? se demanda-t-elle en faisant semblant de ne pas l'avoir vu… Puis elle se ravisa. Non. Pourquoi se comporter de façon aussi idiote et aussi lâche ?

Au demeurant, il n'était sûrement pas là pour elle. C'était un homme beaucoup trop important pour servir de chauffeur à Olivia. Il devait lui-même partir ou revenir de voyage. Ce qui ne pouvait mieux tomber : comme ça, elle ne serait pas obligée de le côtoyer pendant son séjour à La Nouvelle-Orléans.

Décidant de ne pas interrompre la conversation de Josh avec la jolie brune, Laura se dirigea vers le tapis où ses bagages devaient déjà tourner.

— Laura !

Son cœur bondit dans sa poitrine. Josh l'avait aperçue et venait à sa rencontre.

— J'ai eu peur de vous avoir loupée, lui dit-il de sa voix traînante et sexy. Non seulement j'aurais été très déçu, mais votre grand-mère m'aurait passé un sacré savon !

— C'est... C'est vous que ma... que Mme Jardine a chargé de venir me chercher ? bredouilla Laura.

— Oui, répondit Josh en tendant la main vers le fourre-tout qu'elle avait gardé comme bagage à main. Elle a pensé que vous apprécieriez d'être accueillie par un visage familier.

— Elle n'aurait pas dû vous imposer cette corvée. J'aurais pu prendre un taxi ! affirma Laura en serrant fermement la poignée de son fourre-tout.

— Elle ne m'a rien imposé ; c'est moi qui le lui ai proposé. Après la façon dont nous nous sommes quittés à l'Ambassador, je voulais me racheter.

Laura détourna le regard dans l'espoir de ne pas

succomber une deuxième fois au sourire charmeur de Josh. A San Francisco, elle n'avait craqué que parce qu'elle était encore dans une période de grande fragilité émotionnelle. Maintenant qu'elle avait repris le dessus, elle ne se laisserait pas enjôler aussi facilement…

Mais pourquoi son cœur battait-il la chamade ? Parce qu'elle appréhendait la rencontre imminente avec Olivia Jardine, voilà tout.

— Vraiment, ce n'était pas nécessaire, insista-t-elle.

— Si, si, si. Je compte bien profiter de votre séjour ici pour me faire pardonner.

— Oh, je ne suis là que pour quelques jours, et j'imagine que mes journées vont être bien remplies ! Vous aussi, d'ailleurs, devez être très occupé.

— Certes, mais je me ménage toujours des temps libres. Nous aurons certainement l'occasion de passer un moment ensemble.

— Ça m'étonnerait.

Josh ne répondit pas, mais à la façon dont il la regardait, Laura comprit qu'il avait interprété sa repartie comme un défi, et elle s'en voulut de son manque de tact.

— M'autoriserez-vous à porter votre sac ? lui demanda-t-il au bout d'un moment. Je suis pour l'égalité des sexes et l'indépendance de la femme, mais nous sommes dans le Sud, ici.

Une lueur malicieuse brillait dans ses yeux. En rougissant, elle lui tendit son fourre-tout.

— Merci, murmura-t-elle.

— Je vous en prie. Et avant que nous n'allions chercher le reste de vos bagages, permettez-moi d'être le premier à vous souhaiter la bienvenue à La Nouvelle-Orléans.

Il se pencha vers elle pour l'embrasser. Elle tourna vivement la tête afin de lui présenter sa joue.

— Je suis content que vous soyez là, dit-il après lui avoir fait la bise. Allons chercher vos bagages et je vous accompagne chez votre grand-mère.

Tout en se faufilant dans les embouteillages de fin d'après-midi au volant d'un coupé Mercedes noir, Josh s'efforçait de meubler le silence.

— Si vous n'aimez pas le jazz, n'hésitez pas à changer de CD. Il y en a d'autres dans la boîte à gants.

Saisissant cette occasion pour se donner une contenance, Laura examina les boîtiers les uns après les autres.

— Que diriez-vous de celui-ci ? demanda-t-elle en montrant à Josh une compilation de classiques du rock.

— Excellent choix, approuva-t-il en insérant le CD dans le lecteur.

Un tube des années 50 jaillit des haut-parleurs.

Josh quitta l'Interstate 10 et traversa un quartier modeste avant de s'engager sur St. Charles Avenue où se trouvaient les plus belles maisons de la ville, de plus en plus luxueuses à mesure que la voiture remontait l'avenue. Un tramway circulait dans l'autre sens, vers le district des affaires, en faisant tinter sa cloche.

Josh s'arrêta à un feu rouge.

— Pas mal, hein ? dit-il en voyant que Laura observait les riches façades de style néoclassique.

— Magnifique, répondit-elle.

— Et tout ça n'est rien à côté de la maison de votre grand-mère, lui dit Josh en riant. La résidence Jardine est un véritable palais.

Laura se raidit à l'évocation du nom de Jardine.

Sentant que le sujet la mettait mal à l'aise, Josh entreprit de lui raconter diverses anecdotes à propos des vieilles familles françaises qui avaient fait bâtir ces propriétés à l'époque de l'âge d'or des plantations, mais il se rendit compte qu'elle ne l'écoutait que d'une oreille distraite.

— Détendez-vous, lui dit-il.

— Je suis détendue.

— Ce n'est pas l'impression que vous donnez… à malmener ainsi la bride de votre sac.

— J'ai juste un peu le trac, avoua-t-elle en cessant de tordre la fine lanière de cuir noir.

Josh lui jeta un coup d'œil. Il aurait aimé apaiser son angoisse, mais il n'avait jamais été très adroit pour ce genre de choses…

— C'est normal, dit-il. Ça ne doit pas être facile de s'apercevoir un beau matin qu'on a une famille dont on a toujours ignoré l'existence.

— Pas facile du tout, non, reconnut la jeune femme.

Touché par sa détresse, il ne put s'empêcher de lui prendre la main. Elle tressaillit et tenta de se dégager.

— Lâchez-moi, s'il vous plaît ! lui lança-t-elle sèchement en le fusillant du regard.

Préférant la voir en colère que peinée, il lui embrassa le bout des doigts. Elle se libéra vivement et croisa les bras sur sa poitrine.

— C'est encore loin ? demanda-t-elle.

— Une dizaine de minutes, répondit-il en ralentissant à l'approche d'un carrefour.

Puis il se risqua à lui jeter un regard.

Non seulement il émanait d'elle un puissant sex-appeal, mais elle éveillait aussi en lui un instinct protecteur. Décidément, l'attirance des mâles Logan pour les filles Jardine devait être inscrite dans leurs gènes, songea Josh. Mais ces attractions étaient dangereuses. Pour les beaux yeux d'Olivia, son grand-père avait perdu le Princess. A cause d'Olivia, encore, et en partie à cause de Laura, aussi, Josh s'était laissé prendre à une diabolique machination. Néanmoins, bien que la voix de la raison lui criât de se retirer de la partie tant qu'il était encore temps, il savait pertinemment qu'il n'en ferait rien. Car, à ce petit jeu, il pouvait gagner et le Princess et Laura Harte.

Lorsqu'il annonça qu'ils étaient presque arrivés à destination, Laura recommença à triturer nerveusement la bride de son sac.

— N'ayez pas peur, lui dit-il. Les Français sont venus en Louisiane sans leurs guillotines.

— Je n'ai pas peur, répliqua Laura en s'exhortant au calme.

Mais, au bout de dix secondes, ses doigts recommençaient à s'agiter fébrilement.

— Si ça peut vous rassurer, je mettrais ma main au feu que la Duchesse est aussi anxieuse que vous.

— La Duchesse ?

— Votre grand-mère, précisa Josh.

— C'est comme ça que vous l'appelez ?

— A son grand désespoir. Elle déteste ce surnom.

— Alors, pourquoi l'employez-vous ?

Josh haussa les épaules.

— Parce qu'il lui va comme un gant.

— Pourquoi ?

Il réfléchit un instant.

— Olivia Jardine impose le respect, déclara-t-il enfin. Devant elle, je me sens comme un manant face à une reine.

— Je ne vous vois pas vraiment dans le rôle du manant, commenta Laura en souriant.

Josh éclata de rire.

— Tant mieux ! dit-il.

— Et vous possédez au moins l'un des attributs de la souveraineté, ajouta la jeune femme.

— Ah oui ?

— Absolument.

— Oserai-je vous demander lequel ?
— L'arrogance.

Laura riait encore de la mine déconfite de Josh lorsqu'il arrêta la voiture devant un somptueux portail en fer forgé. En prenant conscience qu'elle se trouvait dans le lieu où son père avait vécu avec sa femme et ses enfants, elle se rembrunit subitement.

Josh déclina son identité devant l'Interphone. Les battants de la grille s'ouvrirent lentement. La Mercedes les franchit et remonta une longue allée bordée de chênes centenaires.

En apercevant la maison, Laura retint sa respiration. Une fastueuse demeure coloniale, dotée de balustrades et de colonnades, se dressait dans un écrin de verdure baigné par la lumière du soleil couchant.

— Nous y voilà, dit Josh en coupant le contact.

Laura ne parvenait pas à détacher son regard de la bâtisse. Josh sortit de la voiture et la contourna pour ouvrir la portière du passager. Laura descendit du coupé sans quitter la maison des yeux.

Elle avait travaillé dans des hôtels de grand luxe, où elle avait rencontré des gens richissimes, mais jamais elle n'avait eu l'occasion de mettre les pieds dans une demeure aussi majestueuse.

— Qu'en pensez-vous ? lui demanda Josh.
— C'est magnifique.

— Mais imposant, dit-il en glissant son bras sous le sien et en l'entraînant vers le portail.

Elle hocha la tête. La taille de la maison était à elle seule impressionnante, surtout lorsqu'on savait que quatre personnes seulement y habitaient. Josh lui avait dit qu'Olivia Jardine vivait là avec sa belle-fille, l'une de ses petites-filles et la petite fille de celle-ci.

— J'ai toujours trouvé ce lieu idéal pour organiser des soirées, ajouta-t-il, mais je n'aimerais pas y vivre.

— Ah bon ? dit Laura, étonnée. Ce n'est pas comme ça, chez vous ?

— Oh ! non, répondit Josh en riant. Dans la petite maison acadienne de mes parents, il n'y a que quatre chambres et deux salles de bains. Comme j'étais le seul garçon de la famille, j'avais une chambre pour moi tout seul, mais mes sœurs n'avaient pas cette chance… Ici, c'est tellement grand qu'on pourrait se perdre dans les couloirs.

— Ça doit être amusant, commenta Laura en riant.

— Peut-être, mais je préfère le petit cocon familial que m'ont offert mes parents. Dieu merci, ils n'ont jamais eu la folie des grandeurs.

Tandis que Josh appuyait sur le bouton de la sonnette, Laura songea, en humant le parfum de jasmin et de magnolia, qu'elle non plus n'aurait pas aimé vivre dans une telle opulence. Pourtant, si son père avait épousé sa mère, elle aurait sans doute grandi là… Juliet aurait-elle été heureuse dans ce milieu ? se demanda-t-elle.

La porte s'ouvrit sur un homme d'un certain âge, grand et mince, en livrée de majordome.

— Bonjour, monsieur Josh. Bonjour, mademoiselle, dit-il en inclinant le buste.

— Bonjour, Alfred. Voici Mlle Harte. Laura, Alfred Bennett est chargé de veiller à ce que tout soit toujours nickel dans le musée.

— Bienvenue à la résidence Jardine, mademoiselle, dit le majordome en baissant de nouveau la tête.

Laura fut aussitôt charmée par sa voix douce, ses yeux noirs pétillants et sa couronne de cheveux blancs.

— Merci, Alfred, répondit-elle. Enchantée de faire votre connaissance.

— Alfred ne veut pas le dire, intervint Josh, mais selon la rumeur, il travaille ici depuis que la maison a été construite.

Le vieil homme afficha un sourire à la dentition étincelante.

— Ne faites pas attention à M. Josh, dit-il à la jeune femme. Il était encore en culottes courtes qu'il passait déjà son temps à nous taquiner. Nous avons l'habitude : nous l'ignorons.

— Je prends note du conseil, dit Laura en souriant. Merci, Alfred.

— Pas de quoi, mademoiselle, répondit le majordome. Mme Jardine est au téléphone. Elle vous prie de l'attendre un instant dans la bibliothèque. Si vous voulez bien me suivre…

Josh et Laura lui emboîtèrent le pas le long d'un

couloir interminable. Laura s'efforçait de maîtriser son appréhension en observant les hauts plafonds, les lustres de cristal, les miroirs aux moulures dorées et les tableaux dont elle aurait juré qu'ils étaient des originaux. La demeure des Jardine était splendide, mais Josh avait raison : elle ressemblait davantage à un musée qu'à un foyer.

Alfred ouvrit la porte d'une pièce spacieuse où planait une odeur de cire, de vieux livres et de fleurs fraîches.

— Mme Jardine sera là dans un instant, dit-il.

— Merci, Alfred ! lança Josh, tandis que le vieil homme s'éclipsait en refermant soigneusement la porte derrière lui.

Cet endroit respirait l'argent, le faste et le privilège, pensa Laura. Non, elle n'imaginait pas sa mère vivant là, pas plus qu'elle ne s'imaginait elle-même en riche héritière.

Incapable de tenir en place, elle longea la bibliothèque, garnie de livres du sol au plafond, puis elle fit le tour du bureau ancien, admira le tapis d'Aubusson, alla respirer le parfum du ravissant bouquet qui trônait sur une petite table vernie entourée de fauteuils capitonnés. Puis elle se dirigea vers la fenêtre encadrée de lourds rideaux en damas grenat. Dehors, le jour déclinait sur un parc fleuri et verdoyant.

— Je vais chercher vos bagages dans la voiture, dit Josh.

— Attendez ! lança la jeune femme en pivotant sur ses talons.

Paniquée à l'idée de se retrouver seule avec sa grand-mère, elle s'approcha de lui et lui posa une main sur le bras.

— Pouvez-vous… Pouvez-vous rester avec moi ? bredouilla-t-elle.

— Bien sûr ! acquiesça-t-il en lui prenant la main.

Laura s'apprêtait à le remercier lorsque la porte de la bibliothèque s'ouvrit. Elle sentit son estomac se contracter.

Comme s'il percevait son malaise, Josh exerça une légère pression sur ses doigts, puis retira sa main.

Olivia Jardine ne ressemblait en rien à l'image que Laura s'en était faite, pas plus qu'elle ne correspondait au cliché de l'aïeule au chignon blanc et au visage bienveillant — mais ça, Laura l'avait compris en lui parlant au téléphone.

En dépit de la canne sur laquelle elle s'appuyait, la vieille dame se tenait parfaitement droite, fière et élégante dans une sévère robe noire, ne portant pour seuls bijoux que des boucles d'oreilles et un collier de perles. Ses cheveux argentés balayés vers l'arrière encadraient un visage beaucoup moins ridé que celui de la plupart des femmes de son âge. Ses lèvres étaient discrètement maquillées de rose pâle. Ses yeux bleu clair, fixés sur Laura, pétillaient d'une incroyable vitalité.

— Bonjour, Duchesse, dit Josh, rompant ainsi le silence.

— Ne m'appelle pas comme ça ! rétorqua Olivia en le fusillant du regard.

Sans être intimidé le moins du monde, Josh s'avança vers elle et l'embrassa sur la joue.

— Laissez-moi faire, Alfred, dit-il.

Laura se retourna. Elle n'avait pas remarqué que le majordome était revenu dans la pièce en poussant un fauteuil roulant.

— Je vous avais dit de laisser la charrette dans le couloir ! le tança Olivia. Je n'en ai pas besoin.

Laura ne pouvait qu'éprouver de l'admiration pour la vieille dame qui voulait se montrer forte en dépit de son grand âge.

— Madame Jardine, le Dr Guillory vous a conseillé de ne pas trop solliciter votre jambe ! lui rappela Alfred.

— James Guillory est un vieux charlatan qui dit n'importe quoi pour justifier ses honoraires exorbitants ! aboya Olivia. Emportez ce chariot hors de ma vue et fichez-le à la poubelle.

— Une seconde, Alfred ! intervint Josh alors que le majordome s'apprêtait à battre en retraite.

Et, en se frottant la mâchoire, il contourna le fauteuil, comme pour en inspecter la mécanique.

— Si vous voulez vraiment vous en débarrasser, Duchesse, donnez-le-moi, dit-il enfin.

Olivia plissa les yeux.

— Puis-je savoir ce que tu veux en faire ?

— Le customiser et le transformer en fauteuil de

course, répondit Josh avec un sourire. Scotty et moi, on va s'amuser comme des fous avec cet engin.

— Alfred ! lança Olivia en pinçant les lèvres. Emportez cette maudite charrette avant que ce grand imbécile n'invente une bêtise pour se rompre les os et blesser son neveu, par-dessus le marché.

— Mais puisque vous voulez le mettre à la poubelle ! insista Josh.

— Mais non, je ne veux pas le mettre à la poubelle ! Alfred, allez placer ce fauteuil devant le bureau, s'il vous plaît.

Josh adressa un clin d'œil à Laura.

— Si tu t'imagines que je ne t'ai pas vu, Joshua Logan, tu te trompes ! rugit la vieille dame en prenant place dans son fauteuil. Et au lieu de faire des grimaces dans mon dos, présente-moi donc ma petite-fille.

— Olivia Jardine, je vous présente Laura Harte, votre petite-fille, déclama Josh sur un ton solennel. Laura Harte, Olivia Jardine, votre grand-mère.

Laura se contenta de regarder la vieille dame sans mot dire.

— Approchez, mon petit, que je vous voie de plus près ! lui ordonna Olivia.

En redressant le menton, Laura s'exécuta.

Olivia la dévisagea longuement, en silence.

Bien qu'elle fût extrêmement mal à l'aise, la jeune femme s'interdit de détourner le regard ou de prononcer le moindre mot.

— Vous avez la bouche et le nez de votre mère,

déclara enfin Olivia, mais vous ne lui ressemblez pas vraiment. Vous êtes bien une Jardine, il n'y a aucun doute. Vos yeux ne trompent pas.

— Tout le monde trouve que je suis le portrait craché de ma mère, riposta Laura, non sans une pointe d'irritation, en songeant à Juliet qui avait dû se faire toute petite face à cette maîtresse femme.

Olivia haussa les sourcils.

— Les Californiens doivent avoir la vue basse ! lança-t-elle. Il est clair que vous êtes une Jardine.

— Mon nom est Harte.

— Rien de plus facile que d'en changer. J'en toucherai un mot à mon avocat dès demain matin.

— Madame Jardine…

— Vous pouvez m'appeler grand-mère. De mon côté, je compte vous traiter comme ma petite-fille.

— Madame Jardine, répéta Laura délibérément, se refusant d'accorder à cette femme un titre impliquant un quelconque lien familial ou affectif, ce n'est pas parce que nous avons par hasard des gènes communs que nous appartenons à la même famille.

Olivia frappa le sol de sa canne.

— Bien sûr que si, nous sommes de la même famille ! Je suis votre grand-mère.

— En tout cas, je n'ai absolument pas l'intention de changer de nom.

Un pesant silence s'installa dans la pièce. Laura n'entendait que le sourd battement de son cœur.

— Je constate que Joshua n'a pas exagéré, reprit

Olivia. Vous avez une forte personnalité, et une langue bien acérée.

— Ce dont je ne m'excuserai pas, lâcha sèchement Laura.

— Je n'en attends pas moins de votre part, répliqua Olivia sur le même ton. Je n'apprécie pas votre impertinence, mais votre aplomb n'est pas pour me déplaire. Je craignais que vous ne soyez quelqu'un d'effacé. Votre mère était une créature si timide.

— Je vous interdis de dire du mal de ma mère ! lança Laura en s'avançant vers la vieille dame, les poings serrés.

Josh l'attrapa par le bras.

— Ma mère était une femme merveilleuse, reprit-elle. Courageuse et généreuse. Je ne tolérerai pas que vous la salissiez.

— Je suis sûr qu'Olivia ne voulait pas vous froisser, intervint Josh. N'est-ce pas, Duchesse ?

— Evidemment ! répondit Olivia avec impatience. J'énonçais simplement une vérité.

Josh resserra son étreinte autour du bras de Laura.

— Duchesse, je crois qu'il vaudrait mieux vous abstenir de tout commentaire à propos de la mère de Laura.

— Très bien. Si telle est votre volonté, Laura, je ne ferai plus allusion à Juliet.

Avant que la jeune femme ait pu répondre, la porte de la bibliothèque s'ouvrit, livrant passage à une employée de maison chargée d'un plateau.

— Ah, vous voilà, Jane ! lança Olivia en lui faisant signe d'entrer. Je commençais à croire que vous vous étiez perdue. Posez le thé sur la table et allez préparer la chambre rose pour ma petite-fille, vous serez gentille. Dites aussi dans la cuisine que je souhaite dîner à 19 h 30.

Ne laissant pas à Laura le temps de protester, elle se tourna vers Josh.

— Tu dînes avec nous, ce soir, n'est-ce pas ?

— Je ne l'avais pas prévu.

— Laura, vous voulez bien servir le thé, s'il vous plaît ?

L'ordre était à peine déguisé. A l'évidence, la vieille dame n'envisageait pas que sa petite-fille pût lui répondre par la négative.

— J'aimerais que tu restes avec nous, reprit-elle à l'intention de Josh. Katherine, Alison et Mitchell seront enchantés de te voir.

— Vous leur avez parlé ? demanda Josh.

— Bien sûr que je leur ai parlé ! Nous nous parlons tous les jours, dans cette famille.

— Vous m'avez parfaitement compris.

— Un sucre, pas de lait, précisa-t-elle à Laura.

Sans faire le moindre commentaire, la jeune femme remplit une tasse de porcelaine.

— Duchesse, vous n'avez pas répondu à ma question, insista Josh. Avez-vous oui ou non parlé de Laura à vos petits-enfants ?

— Non, je compte leur annoncer ce soir qu'elle sera notre hôte pendant les trois semaines à venir.

Laura faillit lâcher la théière en argent.

— Vous voulez dire qu'ils ne savent même pas que je suis là ? s'écria-t-elle.

— Ma chère enfant, lui répondit Olivia, à part moi, aucun des membres de la famille Jardine n'est au courant de votre existence.

11

— Ce n'est pas possible ! souffla Laura, incrédule. Si c'est une plaisanterie…

— Sachez, ma chère, la coupa Olivia, que je ne pratique pas l'humour dans les situations sérieuses.

— Mais vous ne pouvez pas faire une chose pareille à vos petits-enfants ! protesta Laura. C'est… cruel !

— Elle a raison, dit Josh. Je ne crois pas que ce soit une bonne idée de les mettre ainsi face à face sans que vos petits-enfants aient été prévenus.

Il était déçu par le comportement d'Olivia. Elle savait pourtant à quel point Katie, Alison et Mitch adoraient leur père. Découvrir de façon aussi brutale qu'il avait eu un enfant hors mariage allait les ébranler. Surtout Katie : elle aurait du mal à encaisser le coup. Des trois enfants de Drew, c'était elle qui était la plus proche de son père. Elle l'avait littéralement idolâtré.

— Pensez au choc que vous allez leur causer ! ajouta-t-il.

— Je sais comment agir avec ma famille.

— C'était un conseil d'ami, Duchesse…

— Je n'ai pas besoin de tes conseils.

— Mais…

— Ça suffit ! s'emporta la vieille dame. Je sais ce que je fais.

— Vraiment ?

— Oui, répondit-elle fermement.

Mais Josh n'était pas certain qu'Olivia se rendait compte qu'elle était sur le point de commettre une grave erreur. Bien sûr, elle avait l'habitude de tout régenter, et elle prenait en général des décisions avisées dont sa famille n'avait pas à se plaindre, mais, en l'occurrence, elle ne semblait pas avoir conscience qu'elle s'apprêtait à agir de manière inconsidérée. Pourtant, sous ses airs froids et sévères, elle aimait sa famille, c'était évident. Ne voyait-elle pas qu'elle allait causer des dégâts peut-être irréparables ?

— Je vous en prie, Duchesse, réfléchissez !

— Ne me prends pas pour une sotte, Joshua Logan. Contrairement à ton grand-père, je ne mise pas sans savoir ce que je risque de perdre.

Le verbe « miser » fit tiquer Josh.

— La prudence a toujours été mon alliée, ajouta la vieille dame en inclinant la tête et en le regardant avec insistance. Qu'en est-il de toi, Joshua ? As-tu hérité de l'amour du risque qui habitait ton grand-père ? Ou bien as-tu un peu plus de jugeote que lui ?

Josh ne répondit pas. Il se demandait où elle voulait en venir.

— Réponds-moi, Joshua, insista-t-elle. Nous avons passé un accord, tous les deux. Es-tu certain d'en avoir bien mesuré les enjeux ? Avais-tu toutes les données en main lorsque tu as accepté de relever le pari ?

Cette femme avait dû rendre son grand-père complètement fou, songea Josh. Comment avait-elle deviné qu'il désirait Laura presque autant que le Princess, alors que lui-même osait à peine se formuler cette pensée ?

— Tu croyais que tu n'avais rien à perdre, n'est-ce pas ? continua-t-elle. Mais tu t'es aperçu que ce n'était pas tout à fait le cas… Vas-tu quand même jouer à quitte ou double ?

— Oui, affirma-t-il.

Olivia secoua la tête.

— La pomme ne tombe jamais bien loin de l'arbre, dit-elle. J'avais raison : tu es aussi casse-cou que ton grand-père.

— Sauf que moi, je ne suis pas aveuglé par l'amour, rétorqua Josh. Ne me sous-estimez pas, Duchesse : je ferai tout ce qui est en mon pouvoir pour faire basculer les chances de mon côté, et je compte sortir vainqueur de ce petit jeu.

— Excusez-moi, intervint Laura sur un ton lourd de mépris, en regardant tour à tour Josh et Olivia. Je me fiche des paris que vous avez pu faire entre vous, mais si vous envisagez de vous servir de moi pour… pour manipuler vos petits-enfants, sachez qu'il est hors de question que je marche dans votre combine.

— Aussi théâtrale que votre mère ! déclara Olivia de son air hautain.

— Laissez ma mère en dehors de ça ! rétorqua vivement Laura.

— Très bien, mais je vous suggère de vous calmer, mon petit. Je n'ai pas l'intention de manipuler mes petits-enfants. Croyez-moi, j'avais de bonnes raisons de ne pas leur parler de vous.

— Puis-je connaître ces raisons qui justifient un tel manque de considération pour autrui ? demanda Laura.

— Cela ne vous regarde pas.

— Dans la mesure où je suis concernée, j'estime que si. Je n'ai aucune raison de me laisser traiter de cette façon, même par vous, madame Jardine. Je devrais même dire *surtout par vous* !

Sur ces mots, Laura redressa le menton et se tourna vers Josh.

— Puisque mes bagages sont encore dans votre voiture, lui dit-elle, auriez-vous l'amabilité de me conduire à l'hôtel le plus proche ?

— Ne soyez pas ridicule, très chère ! Vous êtes ici chez vous.

— Sûrement pas ! rétorqua la jeune femme sur un ton glacial. Je retourne à San Francisco par le premier vol.

— Vous n'en ferez rien ! décréta la vieille dame avec autorité. Il était convenu que vous passeriez trois semaines parmi nous.

— J'ai changé d'avis. Josh, vous voulez bien m'emmener ou dois-je appeler un taxi ?

— Je vous emmène, répondit-il sans hésitation, bien qu'il fût conscient que son geste déplairait à Olivia. Allons-y avant que les autres arrivent, ajouta-t-il.

Mais à peine avait-il prononcé ces paroles qu'une jeune femme faisait irruption dans la pièce.

— Josh, çà alors ! s'écria-t-elle en se précipitant vers lui. Qu'est-ce que tu fais ici ? Je croyais que tu étais sur la côte Ouest…

— Salut, Katie ! répondit-il en la prenant dans ses bras.

— Quand es-tu revenu ? Et pourquoi ne m'as-tu pas dit que tu étais là ? Grand-mère t'a invité à dîner ? De toute façon, tu restes avec nous, hein ? Tu nous raconteras ton voyage… et puis, j'ai une idée à te soumettre. Que dirais-tu…

— Stop ! l'interrompit-il en la repoussant gentiment.

Katie Jardine, qu'il connaissait depuis sa plus tendre enfance, semblait en permanence branchée sur dix mille volts.

— Laisse-moi respirer ! lui dit-il en riant. Tu me donnes le vertige.

— Honnêtement, Katherine, intervint Olivia d'une voix pincée, ce n'est pas une façon de se comporter ! Cesse d'étrangler Joshua, veux-tu ? Où sont tes bonnes manières ?

Josh réprima un sourire. Et Katie roula les yeux avant de se tourner vers sa grand-mère.

— Pardon, grand-mère. J'ai vu la voiture de Josh

devant la maison. Quand Alfred m'a dit que vous étiez dans la bibliothèque, j'ai foncé ici sans réfléchir.

— Manifestement…, répliqua Olivia. Et si tu te comportais comme une dame, tu aurais remarqué que nous avons de la visite.

— Oups ! lâcha Katie en suivant le regard de sa grand-mère.

— Est-ce ainsi que l'on t'a appris à t'excuser, Katherine Elizabeth ? Quel manque de savoir-vivre ! Cette école de jeunes filles dans laquelle ta mère vous a envoyées, ta sœur et toi, ne t'aura donc servi à rien. Je lui avais dit que c'était de l'argent jeté par les fenêtres.

— Et voilà que ça recommence ! grommela Katie. Vous étiez prévenues que je ne voulais pas aller dans cette foutue école.

Josh réprima un éclat de rire. Lorsque Katie avait été contrainte d'intégrer ce pensionnat très collet monté, il ne lui avait pas épargné ses quolibets.

Olivia martela le plancher de sa canne.

— Exprime-toi de façon intelligible, Katherine ! Tu sais que je déteste quand tu marmonnes. Qu'est-ce que tu as dit ?

— Excusez-moi, grand-mère. J'ai dit que je ne m'étais pas aperçue que vous aviez de la visite.

Katie s'avança vers Laura et lui tendit la main en souriant.

— Katie Jardine. Je vous présente toutes mes excuses.

Laura lui serra la main en s'appliquant à paraître la moins cordiale possible.

— Laura Harte. Ne vous excusez pas, c'est inutile.

— Vous avez entendu ça, grand-mère ?

— Pas d'insolence, je t'en prie, Katherine !

— Bien, m'dame, obtempéra Katie en affectant l'obéissance. Laura, donc, vous êtes une amie de Josh ?

— Je… euh…

Redoutant le pire, Josh s'empressa de voler au secours de Laura.

— Laura et moi nous sommes rencontrés à San Francisco, il y a une quinzaine de jours.

— Ah oui ? dit Katie avec une lueur malicieuse dans ses yeux bleus, à peine plus foncés que ceux de Laura.

— Oui, répondit Laura, dissimulant à grand-peine son malaise.

— Elle est arrivée cet après-midi, précisa Josh.

Katie eut une mimique qui n'était pas sans rappeler celles de sa grand-mère.

— Vous avez choisi la meilleure saison pour visiter La Nouvelle-Orléans, dit-elle. Le mois de novembre est en général très agréable. Ni trop chaud ni trop froid. Vous passez la soirée avec nous ?

— Non. En fait, je m'apprêtais à partir quand vous êtes arrivée.

— Quel dommage ! s'exclama Katie, non sans une pointe d'ironie. J'espérais que nous aurions l'opportunité de faire connaissance. Nous nous reverrons peut-être avant que vous ne repartiez pour San Francisco ?

— Je ne crois pas. Je reprends l'avion demain à la première heure.

Katie fronça les sourcils.

— Mais je croyais que vous veniez juste d'arriver…

— En effet, mais je dois rentrer plus tôt que prévu. Je vous prie de m'excuser, mais il faut vraiment que je vous quitte, maintenant.

Laura jeta un coup d'œil paniqué à Josh.

— Si vous souhaitez rester un moment avec vos amies, je peux prendre un taxi, lui dit-elle.

— Non, non, je vous accompagne.

Puis il ajouta à l'intention de Katie :

— On s'appelle un de ces quatre, OK ?

Olivia le dévisageait d'un air courroucé.

— Duchesse, je vous remercie pour l'invitation, lui dit-il, mais je suis contraint de la décliner. J'espère que vous me pardonnerez.

— Je ne pardonne ni n'excuse ton comportement, déclara froidement la vieille dame.

— Vous m'en voyez peiné, répliqua Josh sincèrement.

Et il prit Laura par le bras pour l'entraîner vers la porte.

— Laura ! cria Olivia. Cessez ce cinéma et revenez ici !

— Grand-mère ? lâcha Katie avec surprise.

Olivia fit claquer sa canne sur la table.

— Je vous préviens : ne me faites pas subir cet affront !

Laura s'immobilisa au milieu de la pièce. Tout en elle lui criait de quitter cette maison au plus vite, avant que la situation ne s'envenime, mais elle fit volte-face et revint se poster face à Olivia, qui frémissait presque de colère.

— Duchesse..., murmura Josh.

L'ignorant, la vieille dame planta son regard dans celui de sa petite-fille.

— Si vous partez, je vous jure que vous le regretterez.

— La seule chose que je regretterai, riposta Laura, c'est d'avoir eu la bêtise de venir ici. J'aimerais ne jamais avoir entendu le nom de Jardine et ne jamais avoir posé les yeux sur vous.

— Comment osez-vous me parler sur ce ton ? siffla Olivia, son teint pâle empourpré par l'indignation, ses yeux d'un bleu plus froid que jamais. Comment osez-vous vous adresser à moi avec si peu de respect ?

— Vous ne méritez pas mon respect !

— Eh, oh, doucement ! lança Katie. Pour qui vous prenez-vous ? Ce n'est pas parce que vous êtes la dernière conquête de Josh que vous avez le droit de manquer de respect à ma grand-mère !

— Katie, ne te mêle pas de ça ! lui intima Josh.

— Ta bimbo a insulté grand-mère. Qu'elle lui présente ses excuses ou elle aura affaire à moi !

— Allons-y, dit Josh à Laura en la tirant par le bras.

— Ne mettez pas le pied hors de cette pièce ! cria encore Olivia. Je vous aurai prévenue…

Katie se tourna vers sa grand-mère.

— Elle vous a insultée et vous la suppliez de rester ? demanda-t-elle en plissant les yeux.

Une voix féminine retentit soudain sur le pas de la porte.

— Que se passe-t-il ici ? Pourquoi ces cris ?

La sœur jumelle de Katie s'avança dans la pièce.

Autant les deux jeunes femmes se ressemblaient physiquement, autant elles semblaient avoir un caractère différent, songea Laura. Si Katie était exubérante et effrontée, Alison paraissait douce et réservée.

— Rien, lui répondit Josh.

— Difficile à croire, en entendant vos hurlements hystériques ! répliqua Mitch Jardine en pénétrant à son tour dans la bibliothèque.

Il embrassa sa grand-mère, puis serra la main de Josh.

— Je ne savais pas que tu étais rentré, lui dit-il. Tu me présentes ta charmante compagne ?

Josh ne put retenir un soupir. Décidément, les choses allaient de mal en pis.

— Laura Harte, Mitch Jardine et sa sœur Alison.

— Si tu as fini de jouer au directeur des relations humaines, j'aimerais une réponse à ma question ! lança Katie.

— Quelle question ? s'enquit Alison.

— A quel titre cette fille se permet-elle d'insulter notre grand-mère ?

— Les relations que j'entretiens avec Mme Jardine ne vous regardent pas, répondit Laura posément.

— Vous, on ne vous a pas sonnée ! hurla Katie.

— Tais-toi, Katherine ! lui ordonna Olivia.

La jeune femme s'avança d'un pas rageur vers sa grand-mère.

— Vous la défendez ?

— Tu ne comprends pas, lui dit Olivia d'une voix plus calme.

— Alors, expliquez-moi !

Comme Olivia ne répondait pas, Katie reporta son attention sur Laura.

— Quelqu'un veut-il bien m'expliquer qui est cette femme ? demanda-t-elle avec impatience.

Toujours aucune réponse.

Elle se tourna vers Josh.

— Tout le monde a perdu sa langue ?

— Josh ? souffla prudemment Alison.

— Je vous expliquerai plus tard, bredouilla-t-il.

— Je veux des explications maintenant ! déclara Katie.

— Oui, dis-nous ce qui se passe, Josh, ajouta Mitch en allant se poster au côté de ses sœurs, comme pour faire front avec elles.

— Ce n'est pas à moi de vous expliquer, répondit Josh. Demandez à votre grand-mère.

— Grand-mère ? lança Mitch.

Olivia demeurait silencieuse, le regard rivé sur Laura. Josh crut qu'elle n'allait pas répondre, mais elle tourna finalement la tête vers ses petits-enfants.

— J'ai fait une remarque qui a offensé Laura, dit-elle, et quand elle a voulu prendre congé, je l'ai contrariée encore davantage en insistant pour qu'elle reste ici au lieu de prendre une chambre à l'hôtel.

— Pourquoi devrait-elle rester ? demanda Alison.

— Parce qu'elle est ici chez elle, maintenant.

— C'est faux. Je n'ai rien à faire ici, protesta Laura.

— Cette maison est celle des Jardine depuis près de deux siècles : elle est donc aussi la vôtre, ma chère enfant.

Mitch posa sur Laura un regard interrogateur.

— Seriez-vous une parente éloignée ? lui demanda-t-il.

— Ce n'est pas une parente éloignée, Mitchell, lui répondit Olivia. C'est votre sœur.

Laura nageait en plein cauchemar. Ce n'était pas possible. Elle allait se réveiller et émerger de ce mauvais rêve, se dit-elle. Malheureusement, le juron étouffé de Josh, l'expression choquée d'Alison et les cris de protestation de Katie n'étaient que trop réels.

— Ce n'est pas vrai ! s'écria Katie.

— Je t'assure que si, Katherine. Laura est la fille de votre père. Par conséquent, elle est votre sœur.

Katie pivota sur elle-même, rejeta ses cheveux dorés derrière ses épaules et plongea son regard bleu dans celui de Laura.

— C'est un mensonge.

— Katie, calme-toi, lui dit Josh.

Et quand il lui passa un bras autour de la taille, Laura ressentit une pointe de jalousie, qu'elle se reprocha aussitôt. Pourquoi éprouver un désir de possession envers cet homme qui lui avait montré qu'il n'était qu'un opportuniste ? Il était charmant, certes, et il existait entre eux une alchimie détonante. Mais elle n'était pas prête à laisser cette alchimie prendre le pas sur la raison.

— Je crois que vous nous devez des explications, lui dit Mitch. Pourquoi devrions-nous croire que vous êtes notre sœur ?

— Parce que c'est la vérité, répondit Olivia. J'ai fait vérifier son état civil. Laura est la fille de Drew. D'ailleurs, il me semble qu'il suffit de la regarder pour voir que c'est une Jardine.

Alison s'avança vers Laura et l'observa attentivement. Ses cheveux n'étaient pas vraiment blond vénitien mais presque roux. Et ses yeux, d'un bleu profond et intense…

— Grand-mère a raison, déclara enfin Alison. Elle a les yeux de papa.

— Elle a les yeux bleus, c'est tout, répliqua Katie. Je ne sais pas ce que vous mijotez, mademoiselle, ni quelle histoire vous avez inventée pour faire gober à notre grand-mère que vous étiez notre sœur, mais moi, je ne vous crois pas une seconde.

— Croyez ce que vous voudrez, riposta Laura, mais, de toute façon, sachez que je n'ai pas la moindre envie d'être votre sœur. Je me demande d'ailleurs ce que je fais ici.

— Nous nous le demandons tous…, murmura Katie.

— C'est moi qui lui ai demandé de venir, déclara Olivia.

— Pourquoi ? demanda Katie. Vous ne voyez pas qu'elle ment ? Papa n'aurait jamais trompé maman. Il l'aimait trop.

— Katie, ton père était mon fils unique et Dieu sait qu'il n'était pas un saint, déclara Olivia. Il a toujours eu un petit côté rebelle, comme toi, surtout quand il était jeune. Et il lui est arrivé plus d'une fois de s'écarter du droit chemin. Avant d'épouser Adrienne, lorsqu'il était dans la marine, il a rencontré la mère de Laura, en Californie. Ils ont eu une… une liaison. Voilà comment Laura a été conçue.

Le fruit d'un écart de conduite, voilà comment elle était considérée, songea Laura amèrement. Et, de nouveau, elle se demanda qui avait voulu faire avorter sa mère. Olivia Jardine, afin d'éviter le scandale ? Adrienne, la fiancée d'Andrew Jardine, pour ne plus entendre parler de sa rivale ? Ou bien son père lui-même ?

— Si tout ça est vrai, comment se fait-il que nous

n'ayons pas entendu parler d'elle plus tôt ? demanda Mitch.

— Parce que je n'ai appris l'existence de Laura qu'il y a quelques mois, lorsque sa mère est décédée, répondit Olivia.

— Et c'est aussi à ce moment-là que Laura a découvert la vérité à propos de son père, précisa Josh en venant se placer à côté de la jeune femme.

Face aux trois enfants légitimes de son père, Laura se sentait plus seule que jamais. Le soutien de Josh lui apportait un peu de réconfort.

— Et toi, Josh, comment se fait-il que tu sois si bien renseigné ? s'enquit Mitch.

— Ta grand-mère m'a envoyé à San Francisco pour que je rencontre Laura.

Mitch eut l'air vexé.

— Pourquoi Josh et pas l'un d'entre nous ? demanda-t-il à Olivia.

L'expression de la vieille dame se radoucit.

— Je ne savais pas comment vous prendriez la nouvelle, répondit-elle. J'ai commencé par téléphoner à Laura pour la prier de venir à La Nouvelle-Orléans, mais elle a catégoriquement refusé. Alors j'ai demandé à Josh de la convaincre.

Katie émit un petit reniflement méprisant.

— Il n'a sans doute pas eu beaucoup de mal. Qu'est-ce qui vous a fait changer d'avis, Laura ? La fortune des Jardine ou les prouesses de Josh au lit ?

— Vos critères de décision sont peut-être l'argent et

le sexe, mais il n'en est pas de même pour moi, rétorqua la jeune femme, piquée au vif.

Josh lui posa une main sur l'épaule.

— Alors pourquoi…

— Katie, tais-toi ! lança-t-il à son amie d'enfance, manifestement blessé par sa remarque. Laura n'est coupable de rien. Apprendre la vérité sur son père a été aussi douloureux pour elle que pour vous.

— Il a raison, déclara Mitch.

Et Laura éprouva une certaine satisfaction en voyant Katie rougir.

— Comme l'a fait remarquer Josh, poursuivit-il, cette révélation est un choc pour nous tous.

Il tourna ses yeux bleus vers Laura et lui adressa un timide sourire.

— Je vous présente mes excuses, Laura.

— Je les accepte, murmura-t-elle, soudain envahie par l'émotion.

— Je suis navrée, dit Alison en s'approchant d'elle et en lui prenant la main.

Elle lui serra les doigts et esquissa un sourire chaleureux.

— J'espère qu'en dépit de cette première prise de contact un peu houleuse nous allons pouvoir repartir sur de bonnes bases. Finalement, l'idée d'avoir une deuxième sœur ne me déplaît pas.

— Tout ça est très émouvant, dit Katie avec un sourire narquois, mais vous semblez tous oublier quelque chose.

— Quoi donc ? lui demanda Alison.

— Maman. Qui va lui annoncer la nouvelle ?

— Je m'en charge, proposa Mitch.

— Non, c'est moi qui le lui dirai, décréta Olivia. Adrienne est ma belle-fille, la veuve de mon fils.

— Et aussi ma mère ! fit remarquer Mitch.

— Peu importe qui le lui annoncera ! coupa Katie. Comment croyez-vous qu'elle réagira quand elle apprendra que papa a eu une bâtarde ?

— Katherine !

— Ce n'est rien, madame Jardine, intervint Laura en soutenant le regard hostile de Katie.

Josh exerça une pression sur son épaule, dans laquelle elle puisa le courage de continuer.

— Je comprends que votre petite-fille cherche à me faire mal, mais elle devrait songer que ses méchancetés atteignent aussi d'autres personnes que moi.

— Comment dois-je interpréter cela ? lui lança Katie avec méfiance.

— Puisqu'il faut tout vous expliquer, je vais le faire. Dites-vous bien que si je suis une bâtarde, la faute en incombe uniquement à votre père.

12

— Silence ! ordonna Olivia. Je ne tolère pas de tels mots sous mon toit. Laura est la fille de ton père, elle est ma petite-fille, et j'exige qu'elle soit traitée en tant que telle.

Avec une attitude digne du surnom dont Josh l'avait affublée, la Duchesse agita une petite cloche afin d'appeler son majordome.

Blême de rage, Katie dévisageait Laura, et force lui était de reconnaître qu'elle avait effectivement les yeux de son père.

Elles avaient donc le même père. Katie n'avait pas ressenti de douleur plus profonde depuis la mort de celui-ci. Jamais elle ne l'aurait cru capable de tromper sa mère. Il était tout, à ses yeux. Pour lui plaire, elle aurait fait n'importe quoi. Comment un homme si honorable avait-il pu commettre une telle faute, et surtout ne pas l'assumer ?

Peut-être qu'il ne savait pas ? songea-t-elle. Oui, c'était la seule explication possible. La mère de Laura n'avait pas dû lui dire qu'elle était enceinte.

D'après Olivia, Laura avait été conçue avant le mariage

de Drew et d'Adrienne. Si Drew avait été au courant de l'existence de Laura, il l'aurait reconnue. En dépit de ce que pouvait en penser Laura, ce n'était pas son père qui était responsable de son triste sort, mais sa mère.

— Vous m'avez appelé, madame Jardine ? demanda Alfred en poussant la porte de la bibliothèque.

— Oui. Voulez-vous aller chercher les bagages de Mlle Laura dans la voiture de M. Logan et les monter dans la chambre rose, s'il vous plaît ? Ensuite, vous prierez Mme Baxter de retarder le souper d'une heure, puis vous enverrez Ellen porter mes médicaments dans mes appartements. Je me ferai moi-même mon injection d'insuline.

— Je vous répète que je n'ai pas l'intention de rester ici, déclara Laura d'une voix ferme.

Mais ses yeux trahissaient sa panique.

— Ce sera tout, Alfred, dit Olivia au majordome en le congédiant d'un geste de la main. Bien sûr que vous restez, Laura ! Je vous rappelle que vous êtes venue à La Nouvelle-Orléans pour trois semaines. Vous êtes ici chez vous, dans votre famille. Où voudriez-vous aller ? Maintenant, je vous prie de m'excuser. Adrienne ne va pas tarder à rentrer et il faut que je lui parle. Je vous vois tous pour le dîner. Joshua, j'espère que tu t'arrangeras pour être des nôtres.

— Attendez ! s'écria Laura tandis que la vieille dame se dirigeait vers la porte. Je ne veux pas rester ici. Je n'ai rien à faire parmi vous, je ne suis pas de votre famille.

— Mais si ! s'exclama Alison. Vous êtes ici chez votre père. Cette maison est aussi la vôtre.

Comment deux sœurs jumelles pouvaient-elles être aussi radicalement différentes ? s'interrogea Katie, comme elle se l'était si souvent demandé depuis son plus jeune âge. Alison était douce, patiente, la bonté même, alors qu'elle, Katie, était intransigeante à l'extrême et dotée d'un caractère de chien, comme disait Josh. A l'évidence, elles n'étaient que de fausses jumelles.

— Je... Je vous remercie, Alison, balbutia Laura. Vous êtes gentille, mais non, je ne me sens pas chez moi ici. Je vais retourner à San Francisco. En attendant de trouver un billet d'avion, je prendrai une chambre dans un hôtel.

— Vous aurez de la chance si vous en trouvez une, déclara Katie. Au mois de novembre, il y a je ne sais combien de salons et de conventions à La Nouvelle-Orléans. Tous les hôtels dans un rayon de cent kilomètres sont complets depuis plus de six mois. Je suis bien placée pour le savoir : je refuse des réservations tous les jours.

— Katie a raison, intervint Josh. Et je crains qu'il soit également difficile de trouver un billet. Mais puisque vous êtes en congé, pourquoi ne pas en profiter ? Je me réjouis d'avance de vous faire visiter la ville.

— S'il vous plaît, Laura, restez ! insista Alison. Au moins quelques jours. Vous êtes ma sœur. J'aimerais tellement vous connaître ! Et puis vous ne pouvez pas repartir sans avoir vu ma fille, votre nièce...

Les lèvres de Katie frémirent tandis qu'elle regardait Laura se dandiner d'un pied sur l'autre. Elle ne savait que trop bien ce que l'on ressentait face au regard de chien battu de sa sœur. Avec ses supplications éhontées, Alison finissait toujours par obtenir gain de cause. Néanmoins, il y avait longtemps qu'elle ne l'avait pas vue aussi exaltée. Si la perspective de jouer à la grande sœur avec Laura Harte pouvait la rendre heureuse pendant quelques jours, pourquoi pas ? Après la dépression dans laquelle ce Dawson avait plongé sa sœur, Katie aurait marché dans les flammes pour rallumer un sourire dans les yeux d'Alison.

— Ne vous fatiguez pas à discuter avec elle ! lança-t-elle à Laura. Ali est pire qu'un bouledogue quand elle a une idée en tête. Elle ne connaît pas la signification du mot « non ».

— La ténacité n'est pas un défaut, fit remarquer Laura.

Le fait qu'elle prenne ainsi la défense d'Alison chatouilla quelque peu la susceptibilité de Katie. Depuis toujours, c'était à elle que ce rôle était dévolu.

— Il semble que vous n'en soyez pas dépourvue, de votre côté, intervint Mitch. Quant à toi, ma chère Katie, tu es la personne la plus entêtée que la terre ait jamais portée.

— C'est l'hôpital qui se moque de la charité ! maugréa Katie.

— Bon, pendant que vous réglez vos comptes, moi, je vais donner un coup de main à Alfred, déclara Josh.

— Josh, attendez ! s'écria Laura. Je suis désolée, Alison, mais je ne peux pas rester.

— Je vous en supplie ! implora Alison. S'il vous plaît, Laura, restez.

— Bon, d'accord, je reste… pour ce soir.

Une heure plus tard, Laura n'avait toujours pas défait ses valises. Assise sur le bord du lit, elle ruminait la scène qui s'était déroulée dans la bibliothèque.

Devait-elle rester à La Nouvelle-Orléans jusqu'à ce qu'elle ait trouvé les réponses qu'elle était venue chercher chez les Jardine ? Ou partir avant que la situation ne devienne encore plus compliquée ?

Car les choses n'allaient pas être aussi simples qu'elle l'avait cru. Outre Olivia, elle allait devoir composer avec ses demi-sœurs et son demi-frère. Katie ne lui posait pas de problèmes : cette fille était odieuse, et elle l'ignorerait. Mitchell était déjà plus sympathique, même s'il se montrait méfiant, ce qui était compréhensible. Restait Alison, la plus déconcertante. Contre toute attente, Laura avait été touchée par sa gentillesse…

Troublée, elle se débarrassa de ses talons hauts et arpenta l'immense chambre d'amis. Ses pieds nus s'enfonçaient dans l'épaisse moquette blanche. Se forçant à penser à autre chose qu'à ses liens de parenté avec les membres de la famille Jardine, elle balaya la pièce du regard. C'était une chambre de rêve, elle devait bien l'admettre. Confortable, féminine, aménagée avec goût.

Le lit à baldaquin était recouvert d'un édredon en damas vert d'eau, dont l'un des angles retourné invitait à se glisser dessous. Epuisée par les émotions, le voyage et la nuit blanche qui avait précédé son départ, Laura se serait volontiers pelotonnée contre l'élégante pile de coussins dans les tons de vieux rose et d'ivoire. Malheureusement, sa journée n'était pas encore finie…

Un feu brûlait dans la cheminée, diffusant dans la pièce une douce chaleur et d'agréables lueurs orangées. Les tentures de soie au motif de roses grimpantes chatoyaient sous la lumière des lampes en cristal posées sur les tables de chevet. Le petit bureau Queen Anne était si bien ciré que le bouquet de roses qui trônait en son centre se reflétait à sa surface. Un autre bouquet de roses ornait un guéridon en noyer entouré d'une causeuse et de deux fauteuils tapissés de la même étoffe que les murs. D'épais ouvrages sur la Louisiane et les jardins s'alignaient le long d'une étagère. Laura les caressa et contempla une figurine en albâtre. La chambre qu'Olivia lui avait assignée était aussi élégante et charmante que le reste de la demeure, songea-t-elle. Une maison de princesse. Ou plutôt la maison de deux princesses et d'un prince.

Quelle aurait été son enfance si elle avait grandi là ? se demanda-t-elle soudain. Et cette question en appela bientôt d'autres, toujours les mêmes. Pourquoi sa mère lui avait-elle caché la vérité ? Andrew Jardine savait-il qu'elle était enceinte ?

Des coups discrètement frappés à la porte la firent tressaillir.

— Laura ?

— Oui ?

— C'est Alison. Je peux entrer ?

— Oui, bien sûr.

Alison entra dans la pièce en tenant par la main une ravissante fillette aux boucles brunes et aux yeux bleus.

— Voici ma fille, Tori. Dis bonjour à tante Laura, ma chérie.

— 'Jour, tante Lau'a.

A la vue de l'enfant, Laura sentit sa gorge se serrer.

— Bonjour, Tori, dit-elle en se baissant pour être à sa hauteur. Tu as une très belle robe.

— Elle est rose, déclara fièrement la fillette. Comme les robes de princesse.

— Tu as l'air d'une princesse, en effet, lui dit Laura en souriant.

— Et je suis aussi jolie !

— Tori, les jeunes filles bien élevées ne se font pas de compliments, lui fit remarquer sa mère avec douceur.

— Pourquoi ? Oncle Josh dit que je suis très jolie.

— Ton oncle Josh a raison, dit Laura. C'est vrai que tu es très mignonne.

— Merci, dit Alison en caressant les cheveux de sa fille.

Une lueur d'orgueil brillait dans les yeux de la jeune

femme. Et Laura elle-même ne put s'empêcher d'éprouver une certaine fierté à la pensée que Tori était sa nièce.

— Elle est vraiment adorable, dit-elle. Elle va faire des ravages, d'ici quelques années.

Alison roula les yeux en riant.

— Elle en fait depuis sa naissance, affirma-t-elle. A la maternité, tout le monde était en extase devant elle. Et maintenant Mitch et Josh lui passent tous ses caprices.

— Il doit être difficile de lui résister, répondit Laura en regardant Tori froncer son joli petit nez pour humer le parfum des roses. J'imagine que son papa doit être fou d'elle.

Le sourire d'Alison s'effaça brusquement.

Laura se mordit la langue.

— Le père de Tori est très occupé, déclara Alison. Il n'a guère de temps à consacrer à sa fille.

— Je suis navrée, Alison, murmura Laura en effleurant timidement la main de sa demi-sœur. Josh m'a dit que vous étiez divorcée, mais j'avais oublié…

— Ce n'est pas grave, répondit Alison en regardant les valises de Laura, manifestement à la recherche d'un autre sujet de conversation. Je vois que vous n'avez pas encore défait vos bagages. Voulez-vous qu'Ellen vienne vous donner un coup de main ?

— Non, c'est inutile. Je vais m'en occuper moi-même.

— Dans ce cas, nous allons vous laisser tranquille.

Alison souleva sa fille dans ses bras.

— Vous pouvez rester, lui dit Laura, soucieuse de se faire pardonner sa gaffe.

— Non, il est l'heure que la petite princesse aille se coucher. Tori, dis bonne nuit à tante Laura.

— 'Nuit, tante Lau'a, chantonna la fillette en tendant la joue pour recevoir un baiser.

— Bonne nuit, bout de chou, lui dit Laura en l'embrassant sans pouvoir cacher son émotion.

Puis, voyant qu'Alison hésitait sur le pas de la porte, elle lui demanda :

— Vous vouliez me dire quelque chose ?

— Non… euh… je…, bredouilla la jeune femme. Juste que ma mère dînera avec nous…

Laura s'assit sur le bord du lit.

— Ça y est ? Elle sait ?

Alison hocha la tête.

— Je pense que oui. Je l'ai vue entrer dans la bibliothèque avec grand-mère, tout à l'heure.

Comment Adrienne avait-elle réagi à l'annonce que la fille illégitime de son défunt mari était son hôte ? se demanda Laura.

— Peut-être que je ferais mieux de m'en aller, après tout, dit-elle.

— Oh ! non, se récria Alison. Je ne vous ai pas dit ça pour vous faire fuir. Je voulais seulement vous prévenir. Je ne sais pas comment maman a pris la nouvelle. Elle était si attachée à papa. J'espère que vous ne vous offusquerez pas si… si elle se montre un peu distante.

— Bien sûr que non ! déclara Laura qui aurait même compris qu'Adrienne la mette à la porte.

Alison poussa un soupir de soulagement.

— Je savais que vous seriez compréhensive. Bon, maintenant, je vous laisse tranquille. Si vous voulez vous rafraîchir, faites vite. Et je vous conseille de remettre le déballage de vos valises à plus tard. Nous nous réunissons généralement dans le petit salon pour prendre un verre avant le dîner, et grand-mère a horreur qu'on la fasse attendre.

— Je serai à l'heure, assura Laura en se demandant ce que ferait Olivia Jardine si elle décidait de ne pas descendre.

— Ne la jugez pas trop sévèrement, ajouta Alison, comme si elle devinait ses pensées. Grand-mère n'est pas le dragon qu'elle cherche à paraître. Et Katie n'est pas toujours aussi désagréable.

— En tout cas, elles donnent bien le change, toutes les deux…

— Nous avons tous eu de fortes émotions aujourd'hui… Mais je suis contente que vous soyez là. Et je sais que vous ne me décevrez pas en restant enfermée dans votre chambre. Je me trompe ?

Laura plissa les yeux.

— Vous a-t-on déjà dit que vous étiez une habile manipulatrice, Alison ?

— Mitch et Katie me le répètent à longueur de temps, répliqua la jeune femme sans perdre sa contenance.

Et elle ouvrit la porte.

— Personnellement, ajouta-t-elle, je préfère penser que je suis intelligente. Alors, vous descendrez dîner, promis ?

— Promis, répondit Laura.

Mais, déjà, elle regrettait sa promesse.

Lorsque Josh sortit de la salle de bains où il était allé se rafraîchir, Laura se tenait devant la porte close du petit salon, d'où s'échappaient, en dépit des murs épais et des battants fermés, des éclats de voix féminines.

— Ce n'est pas joli d'écouter aux portes ! lui chuchota-t-il à l'oreille en s'approchant doucement.

Laura étouffa un petit cri et pivota sur ses talons.

— Vous m'espionnez ? lança-t-elle en le foudroyant de ses yeux bleu clair. Savez-vous que c'est dangereux ?

— Dangereux ? répéta-t-il avec un sourire narquois, qui lui valut un nouveau regard furieux.

— Dangereux, oui. Imaginez que je sois armée. J'aurais pu vous tuer.

— J'ai tout de même un peu de mal à croire que vous ayez pu cacher une arme sous votre robe…

Elle haussa les épaules d'un air excédé.

Elle était encore plus excitante quand elle était en colère, pensa Josh, qui brûlait d'envie d'enfouir ses mains dans ses cheveux et de poser ses lèvres au creux de son cou. Seigneur, cette femme allait le rendre fou…

Il s'approcha encore et effleura du bout des doigts la

broche en or et en saphir épinglée sur sa robe au niveau de la poitrine.

— Très joli, murmura-t-il en laissant courir son index sur le bijou.

Elle repoussa vivement sa main.

— Cette habitude de toujours me toucher est détestable, Logan ! jeta-t-elle sèchement.

Il opina d'un air d'excuse.

— Que puis-je dire pour ma défense ? J'ai du sang italien, du côté de ma mère. C'est peut-être pour ça. Nous sommes très démonstratifs, chez les Logan. Vous vous en rendrez vite compte lorsque vous connaîtrez le reste de la famille.

— Vous commencez à m'inquiéter, Logan, répliqua Laura. Quelle drôle d'idée que de penser que je connaîtrai un jour votre famille !

— Vous n'y couperez pas. J'ai dit à mes parents que vous passeriez les voir.

Laura le regarda comme s'il avait perdu la tête, et il se demanda s'il ne l'avait pas perdue, en effet.

— Eh bien, vous leur direz que, finalement, ce n'est pas possible. Vous fantasmez, mon pauvre ami !

Peut-être…, songea-t-il. Mais c'était elle qui faisait naître en lui les fantasmes les plus fous. Elle était hérissée de piquants, impétueuse, fière comme un paon ; elle se serait sans doute noyée plutôt que d'appeler au secours. Néanmoins, elle le fascinait. Il aimait la flamme qui l'animait, presque autant qu'il aimait la vulnérabilité qu'elle masquait par des reparties cinglantes. Et, surtout, il aimait la chaleur et le goût de sa bouche, cette inoubliable promesse de passion torride qu'elle lui avait donné à savourer à San Francisco… Inoubliable au point qu'il ne lui restait pas d'autre alternative pour apaiser ses tourments que de mener à terme le tango sensuel dont ils avaient esquissé les premiers pas dans le parking de l'Ambassador. Et qui sait, cela pourrait peut-être faciliter son accession au Princess…

— Mes parents sont des gens charmants, dit-il. N'ayez pas peur de les rencontrer : il n'y a aucune raison.

— Je n'ai absolument pas peur, rétorqua Laura, mais je ne les rencontrerai pas, voilà tout.

— Je leur ai dit que je passerais avec vous à l'hôtel, demain dans la journée.

— C'était stupide de votre part.

— Ils souhaitent faire votre connaissance.

— Josh…

— Chut ! Vous entendez ?

En fronçant les sourcils, la jeune femme tendit l'oreille.

— Non. Quoi ?

— Le silence. Katie a fini de brailler. Pour l'instant, du moins. Profitons-en pour faire notre entrée.

— Katie ? répéta Laura. Mais je croyais…

— Que c'était sa mère ?

Laura hocha la tête.

— Non, aucun risque, lui dit Josh en songeant à Adrienne Jardine.

La bru d'Olivia était une belle blonde racée qui semblait

tout droit sortie des pages d'un magazine de mode. Et elle dégageait autant de chaleur qu'un mannequin en photo sur du papier glacé.

— Je connais la famille Jardine depuis toujours, poursuivit-il, et je n'ai jamais entendu Adrienne prononcer un mot plus haut que l'autre. Bien trop élégante pour élever le ton. Ma sœur Hope prétend qu'elle se réveille le matin coiffée, maquillée, un rang de perles autour du cou. Adrienne est tout le contraire de sa fille Katie.

Josh s'était d'ailleurs à maintes reprises demandé comment une femme aussi froide et maîtresse d'elle-même avait pu mettre au monde une fille au tempérament bouillonnant, telle que Katie. D'autant plus qu'Andrew Jardine était, de son côté, plutôt taciturne. Josh commençait à comprendre pourquoi il avait si souvent cet air triste.

— Non, non, reprit-il, c'étaient Katie et la Duchesse qui hurlaient. Elles n'arrêtent pas de se disputer. Elles s'adorent, pourtant, mais elles sont constamment en bisbille. Elles se ressemblent beaucoup, toutes les deux. Aussi entières l'une que l'autre et aussi promptes à s'emporter… Comme vous, du reste.

Et avant que Laura ait pu protester, Josh lui plaqua un baiser sur les lèvres, juste avant d'entrer dans le salon.

Tous les regards se tournèrent vers eux.

Tandis que Josh poussait doucement la jeune femme vers le centre de la pièce, il sentit la tension qui émanait de son corps. Néanmoins, elle avançait la tête haute, aussi fière qu'une reine s'apprêtant à parler à sa cour.

Alison vint à leur rencontre et, avec un sourire chaleureux, elle prit sa demi-sœur par la main.

— Venez, lui dit-elle, je vais vous présenter à ma mère.

Josh se pencha vers Laura et lui souffla à l'oreille :

— Allez-y. Si elle essaye de vous mordre, vous n'aurez qu'à sortir le flingue que vous planquez sous votre robe.

— Vous êtes un homme mort, Logan, chuchota-t-elle avant de se diriger vers Adrienne, qui se tenait au côté de Mitchell.

— Maman, voici Laura Harte, commença Alison. Laura, ma mère, Adrienne Jardine.

— Enchantée, murmura Laura.

Alison lui jeta un regard implorant. Elle tendit la main.

Adrienne demeura de marbre, se contentant de la dévisager. Mais, pour la première fois depuis qu'il la connaissait, Josh eut l'impression de voir passer une réelle émotion dans ses yeux verts, sur lesquels elle abaissa soudain les paupières.

— Maman, ça va ? s'enquit Mitch d'une voix inquiète en se rapprochant de sa mère.

— Ça va, mon chéri, répondit-elle en rouvrant les yeux.

Et Josh constata que son regard était redevenu aussi froid et distant qu'à l'accoutumée.

— Pardonnez-moi, ajouta-t-elle poliment à l'intention de Laura. Olivia m'a parlé de vous mais je refusais de la croire.

— Que refusiez-vous de croire ? Que j'existais ? lui demanda Laura avec une pointe de défi dans la voix.

— En partie. Je peux concevoir que vous soyez la fille de Juliet, mais je ne voulais pas croire que vous étiez aussi celle de Drew.

13

— Vous ne pouvez pas nier qu'elle a un air de famille avec les jumelles, Adrienne ! lança Olivia.

— Pour moi, il n'y a rien d'évident, déclara Katie. Je suggère qu'elle se soumette à un test d'ADN.

Cette idée fit frémir Laura. Elle devait néanmoins admettre qu'à la place de Katie elle aurait exigé la même chose.

— Et moi, je te répète que c'est inutile ! cria Olivia.

— Pourquoi ? demanda Katie. Ce n'est pas parce qu'elle se pointe ici en prétendant être la fille de papa que nous devons la croire sur parole. Elle doit nous apporter des preuves.

— Croyez-moi, rien ne me rendrait plus heureuse que d'apprendre que je ne suis *pas* la fille d'Andrew Jardine, rétorqua Laura.

Elle aurait donné n'importe quoi, en effet, pour demeurer à tout jamais, au moins au fond de son cœur, la fille de Richard Harte. Mais le voile était levé, et elle était justement venue à La Nouvelle-Orléans dans le but de sortir du déni.

— Pour votre gouverne, ajouta-t-elle, sachez que c'est votre grand-mère qui a pris contact avec moi, et non pas l'inverse. Quant au test ADN, si vous y tenez, je veux bien le faire : ça ne me pose aucun problème puisque je n'ai rien à cacher.

— Il n'y aura pas de test, déclara Olivia. J'ai rassemblé des preuves suffisantes. Laura est la fille d'Andrew, un point c'est tout.

— Mais…

— Votre grand-mère a raison, intervint Adrienne en se tamponnant les yeux avec un mouchoir en dentelle, bien que Laura ne l'eût pas vue verser la moindre larme. Je sais combien vous étiez attachés à votre père. Vous n'auriez laissé personne dire du mal de lui, mais…

— Arrête, maman ! cria Katie.

— Je suis désolée, ma chérie, mais certaines choses doivent être dites. Votre père était un homme honnête et droit, mais il n'était pas parfait. Il était humain et, comme tout être humain, il avait ses faiblesses. Il m'a parlé de cette Juliet, et je lui ai pardonné. J'espérais que mes enfants n'entendraient jamais parler de cette histoire, mais la vérité finit toujours par éclater au grand jour. Ce que vous a dit Olivia est vrai : votre père a eu une aventure avec la mère de Laura. Il m'en coûte de l'admettre, mais cette personne est bien la fille de Drew.

— Ce qui fait d'elle notre sœur, enchaîna Alison.

— Absolument, concéda Adrienne. Et également l'une des héritières de votre père et d'Olivia… Ce que vous saviez déjà, n'est-ce pas, mademoiselle ? ajouta-t-elle en posant son regard froid sur Laura.

La jeune femme redressa le buste et soutint son regard.

— Je ne suis pas venue ici réclamer de l'argent, déclara-t-elle, la tête haute.

— Dans ce cas, pourquoi avez-vous subitement éprouvé le désir de nous connaître ?

— Elle est ici parce que j'ai besoin d'elle, expliqua Olivia. Elle va prendre la direction du Princess.

Katie chancela comme sous l'effet d'une gifle.

— Quoi ? s'exclama-t-elle. Vous allez confier la direction du Princess à une étrangère ? Alors que je me suis proposée...

— Katherine, ne revenons pas là-dessus. Tu as suffisamment à faire avec le Regent.

— Je vous l'ai dit, je peux très bien diriger deux hôtels.

Olivia secoua la tête.

— Tu sais comme moi qu'il serait beaucoup trop éprouvant d'assumer la gestion de deux établissements, même pour toi. Non, Katherine, ma décision est prise. Ta place est au Regent.

— Et vous croyez que la sienne est au Princess ? riposta Katie.

— Elle a raison ! lança Adrienne. Le Princess est le fleuron des hôtels Jardine. Certes, il connaît quelques difficultés, ces temps-ci, mais il n'a rien perdu de sa valeur. Mon amie Eugenia me disait encore récemment qu'elle pourrait le vendre à prix d'or, malgré le déficit des derniers mois. Mais, bien sûr, il faut quelqu'un d'hypercompétent aux commandes, sinon on risque la faillite.

— Du fond du cœur, je vous remercie de vous soucier de mes intérêts, très chère ! lança Olivia d'un ton ironique.

— C'est pour vous que je m'inquiète, répliqua Adrienne. Nous nous sommes tous fait un sang d'encre lorsque vous avez eu cet infarctus, en début d'année. Le stress que vous cause le Princess n'est pas bon pour votre santé. Vous devriez le vendre.

— Ce n'est pas dans mes intentions pour le moment, riposta fermement Olivia.

Adrienne soupira.

— Si vous ne voulez pas le vendre, passez au moins les rênes à Katie ou à Alison.

— Je vous ai déjà expliqué pourquoi je ne souhaite pas nommer Katie à la tête du Princess, répondit patiemment la vieille dame. Quant à Alison, elle n'a pas les reins assez solides pour diriger un hôtel. Le sujet est clos. Ma décision est prise. Laura sera la nouvelle directrice générale du Princess.

— Qu'est-ce qu'elle connaît à la gestion d'un établissement comme le Princess ? demanda Adrienne.

— Pour tout vous dire, c'est mon métier, intervint Laura. J'ai un diplôme de management hôtelier, et je travaille dans l'hôtellerie depuis l'âge de seize ans.

— Laura est adjointe de direction à l'Ambassador Grand, à San Francisco, précisa Josh.

— Où je compte bien retourner, d'ailleurs, déclara la jeune femme en regardant plus particulièrement Olivia.

Et, furtivement, elle eut l'étrange et dérangeante impression de se voir avec cinquante ans de plus.

— Je vous ai dit clairement, poursuivit-elle, lorsque j'ai accepté de venir à La Nouvelle-Orléans, que je n'étais pas intéressée par votre offre. Pas plus que par mon héritage.

— Alors, pourquoi êtes-vous venue ? lui lança Mitch.

Elle observa un instant le jeune homme aux cheveux blonds, posté dans une attitude protectrice entre sa mère et ses sœurs, qui la considérait avec méfiance. Il était aussi son frère, songea-t-elle. Et son cœur se serra à la pensée qu'elle n'aurait jamais avec lui de véritables relations fraternelles.

— Je suis venue chercher des réponses à certaines questions, répondit-elle en s'interdisant de céder au sentimentalisme.

— Quelles questions ? lui demanda Olivia.

— Pour commencer, je voudrais savoir ce qui s'est passé lorsque ma mère est venue ici, il y a vingt-neuf ans.

— Je crains que vous soyez mal renseignée, déclara Adrienne sur un ton suffisant. Votre mère n'est jamais venue à La Nouvelle-Orléans. Après la démobilisation d'Andrew, ils se sont téléphoné à plusieurs reprises. Il lui a expliqué que tout était fini entre eux, et elle a eu la bienséance de ne pas insister. Après cela, nous n'avons plus entendu parler d'elle.

Bien qu'elle eût le plus grand mal à garder son calme, Laura reprit sans se démonter :

— Je suis désolée, mais il semble que vous ne sachiez pas tout.

Elle résista à l'envie d'informer Adrienne que son fiancé était à deux doigts de rompre leurs fiançailles pour épouser sa mère car, en dépit de la franche aversion qu'elle éprouvait pour cette femme, elle n'avait pas le cœur de lui faire subir un tel affront devant ses enfants. Et puis, de toute façon, ce n'était pas en se montrant agressive qu'elle percerait le mystère qu'elle était venue tenter d'éclaircir chez les Jardine. Pourquoi sa mère était-elle repartie seule de La Nouvelle-Orléans ? Pourquoi avait-elle quitté San Diego pour s'installer à San Francisco, au lieu de retourner épouser l'homme qu'elle aimait ?

— Ma mère est venue ici à la demande d'Andrew Jardine, ajouta-t-elle.

— Je comprends que vous ayez du mal à l'accepter, répliqua Adrienne, mais vous vous leurrez. Je ne vois pas pour quelle raison mon mari aurait pu faire venir Juliet à La Nouvelle-Orléans. Il m'aimait, nous étions fiancés. Votre mère lui a peut-être apporté un peu de réconfort quand il était loin des siens, mais, dès son retour, il a compris son erreur et mis un terme à cette passade. Il n'a jamais revu votre mère.

— Il l'a revue au moins une fois, affirma Laura. Si vous doutez qu'elle soit venue à La Nouvelle-Orléans, demandez à Mme Jardine.

Adrienne se tourna vers sa belle-mère.

— Olivia ?

— Ce n'est pas le moment d'avoir une telle discussion, répondit la vieille dame. Nous en reparlerons plus tard, Adrienne.

Et, avec un geste sans appel, Olivia se leva.

— Venez, dit-elle. Allons dîner.

Malgré le flot de paroles déversé par Adrienne, qui décrivait avec force détails la dernière œuvre d'art qu'elle venait d'acquérir, une atmosphère pesante planait dans la salle à manger. Une ambiance à vous couper l'appétit, se dit Josh en songeant avec soulagement que les repas chez ses parents étaient nettement plus détendus. Jamais sa mère ne sortait la porcelaine de Dresde et le cristal Lalique hormis pour les anniversaires et les grandes occasions. Jamais la conversation n'était aussi peu naturelle ni les moments de silence aussi longs. Ses sœurs étaient d'ailleurs tellement bavardes qu'il avait souvent le plus grand mal à se faire entendre.

Ici, sans le bavardage futile d'Adrienne, on aurait entendu les bougies fondre. Katie, qui n'avait pourtant pas la langue dans sa poche, en temps normal, s'était murée dans un mutisme renfrogné.

Feignant vaguement de suivre le récit que sa mère faisait maintenant d'une réception mondaine, Mitchell parcourait constamment la table du regard avec une expression contrite.

Alison, qui possédait un don inné pour ramener le calme après la tempête, semblait aujourd'hui à court de moyens pour décrisper sa famille.

Quant à Olivia, elle ne faisait même pas semblant d'écouter sa belle-fille. Ses yeux ne quittaient pas Laura.

Josh n'aurait su l'en blâmer ; il avait lui-même le plus grand mal à détacher son regard de la nouvelle venue dans la famille Jardine. Comment cette femme qu'il ne connaissait que depuis quelques semaines avait-elle réussi à lui jeter un sort aussi puissant ? ne cessait-il de se demander.

Elle avait à peine touché à son assiette. Josh percevait presque la tension qui l'habitait. Il n'avait aucune peine à deviner ce qu'elle éprouvait : elle devait se sentir comme une intruse parmi les membres de sa propre famille. A juste titre, songea-t-il. Elle était en effet une étrangère au sein d'une famille qui voyait probablement en elle une menace.

Josh devait admettre qu'elle avait fait preuve d'une remarquable maîtrise d'elle-même face à l'hostilité de Katie et aux sous-entendus d'Adrienne. Ce qui n'aurait pas dû le surprendre. Elle était trop intelligente pour ne pas avoir prévu que son arrivée susciterait chez les Jardine une certaine animosité. Et pourtant elle avait eu le courage de venir, ce dont Josh ne pouvait que se réjouir, en dépit de l'estocade qu'elle avait portée à son ego.

Un instant, il s'était bercé d'illusions en se disant que sa décision avait été motivée par le désir de le revoir, mais la discussion que Laura avait eue avec Adrienne l'avait vite détrompé. Manifestement, elle ne s'était pas non plus laissé séduire par le poste qu'Olivia lui avait offert au Princess. Non, Laura n'était venue à La Nouvelle-Orléans que pour régler ses propres problèmes.

— Je vous ai dit que j'avais vu Regina de la Barre à l'opéra, cet après-midi ? minauda Adrienne. Elle nous a officieusement annoncé qu'elle donnait encore un bal dans son manoir, pour mardi gras. Un jeune artiste prometteur sera à l'honneur, comme l'an dernier. Vous vous souvenez de Regina et Roger de la Barre, n'est-ce pas, Olivia ?

— Ce nom me dit vaguement quelque chose, répondit la vieille dame sans faire le moindre effort pour paraître intéressée.

— Vous savez, bien sûr, qu'ils ont lancé un certain nombre de talents, poursuivit Adrienne. Leur bal de mardi gras est en train de devenir un événement incontournable. Il paraît que celui de l'an passé a été extrêmement profitable pour leur galerie de Royal Street. J'espère que votre santé vous permettra de venir avec nous, cette fois.

— Santé ou pas, il n'en est pas question, répondit Olivia. Croyez-vous que je n'aie rien d'autre à faire que d'aller siroter des cocktails avec des petits prétentieux ? Non, ce genre de raout, très peu pour moi, je vous remercie.

— Je vous assure, Olivia, que les de la Barre sont des gens charmants, et très influents.

— Ce qui ne les empêche pas d'être ennuyeux comme la pluie. Je suis sûre, d'ailleurs, qu'ils n'intéressent personne à cette table.

— Je vois, dit poliment Adrienne avec une expression blessée. J'espère que vous me pardonnerez de vous avoir ennuyée. Je faisais seulement de mon mieux pour entretenir la conversation.

Josh n'avait jamais éprouvé de sympathie pour Adrienne Jardine, qui avait négligé l'éducation de ses enfants au profit de ses activités mondaines. Néanmoins, il ressentit tout à coup le besoin de lui témoigner une certaine amitié. Avec une belle-mère comme Olivia, Adrienne ne devait pas avoir la vie facile tous les jours.

— Personnellement, ça m'intéresse de savoir que les de la Barre vont donner un bal de mardi gras, dit-il, s'attirant un regard réprobateur de la part de la vieille dame.

— Je te remercie, Josh, répondit Adrienne. Mais je crois qu'Olivia a raison. Parfois, j'ai tendance à oublier que tout le monde ne partage pas ma passion pour les arts.

— En effet. Par contre, ici, nous avons une passion

pour les affaires qui rapportent. J'ai entendu dire que les ventes de la galerie de la Barre avaient presque doublé, cette année, et cela principalement grâce aux acquisitions faites par les personnes invitées à leur bal masqué : des gens qui viennent des quatre coins du pays. Vous avez confirmé la rumeur, Adrienne, et je vous en sais gré. J'en tire la conclusion que ces soirées constituent une excellente démarche commerciale, beaucoup moins coûteuse que les pubs dans les journaux spécialisés. Si vous voulez mon avis, les de la Barre ont su valoriser leur galerie de façon extrêmement judicieuse.

— Peut-être devrions-nous envisager quelque chose de similaire pour augmenter le taux d'occupation de nos hôtels, suggéra Katie.

Olivia fronça les sourcils.

— Je croyais que le Regent n'avait jamais aussi bien marché, dit-elle.

— Effectivement, le Regent est presque toujours complet. C'est au Princess que je pensais, répondit Katie.

— Vous pourriez effectivement songer à organiser un bal costumé au Princess, dit Laura, à la grande surprise de Josh.

— Nous donnions une grande fête, autrefois, à l'occasion du carnaval, lui expliqua Adrienne. Mais, depuis quelques années, Olivia ne veut plus organiser de bals.

— C'est vrai que ce ne serait pas une mauvaise idée, intervint Mitch. Nous devrions y penser. Les bals masqués du Princess avaient un succès fou. Les médias en parlaient pendant des semaines : avant, pendant, après… Les gens réfléchissaient plusieurs mois à l'avance à la tenue qu'ils allaient porter. Et dès que je mettais les pieds à l'hôtel, j'étais interviewé par un journaliste. Pour ma part, je n'ai assisté qu'à un seul bal au Princess, mais j'en garde un souvenir inoubliable.

— Au moins, tu as eu cette chance ! fit remarquer Katie avec une grimace puérile qui rappela à Josh qu'elle faisait déjà preuve dans son enfance d'un esprit de compétition hors du commun. Pendant que les autres s'amusaient, Alison et moi, on restait à la maison avec la nounou.

— C'est normal : les enfants n'ont rien à faire dans un bal, lui répondit Mitch avec un clin d'œil.

Katie roula les yeux.

— Tu parles ! maugréa-t-elle. Comme si trois ans faisaient une différence…

— Si ces bals masqués avaient un tel retentissement, pourquoi avoir cessé d'en donner ? s'enquit Laura.

Tous les regards se tournèrent vers elle et, de nouveau, un pesant silence s'installa autour de la table. Ce fut Josh qui le rompit.

— C'était Andrew qui les organisait, expliqua-t-il. Quand il est mort, personne n'a pris sa suite.

— Je suis désolée, murmura Laura.

— Vous savez, Duchesse, poursuivit Josh, soucieux de détendre l'atmosphère, je crois que Laura a eu une bonne idée. Vous devriez songer à organiser un bal, cette année. La publicité que générerait un tel événement pourrait redonner de l'élan au Princess.

Alison battit des mains.

— Oh ! oui, ce serait génial ! s'exclama-t-elle en coulant un regard implorant en direction d'Olivia. Qu'en pensez-vous, grand-mère ? On donne un bal masqué, cette année ?

— Un bal masqué, ce n'est pas une mince affaire, répondit Olivia. Il me reste tout juste la force de faire tourner le Princess : je ne me vois pas orchestrer une soirée d'une telle envergure.

— Nous nous en chargerons, si vous voulez, proposa Katie.

— Où trouveriez-vous le temps ? répliqua Olivia. Le Regent te donne un travail monstre, Mitchell n'a jamais une minute à lui, Alison doit s'occuper de Tori, et ta mère fait partie du conseil d'administration d'au moins douze associations... Non, il est hors de question que nous organisions un bal, conclut-elle en secouant la tête.

— Grand-mère a raison, dit Adrienne. Aucun d'entre nous n'est disponible pour préparer un bal correctement.

— J'ai beaucoup moins d'obligations que vous, déclara Alison. Et, de toute façon, je comptais mettre Tori à la crèche, plusieurs après-midi par semaine, afin qu'elle soit en contact avec d'autres enfants de son âge.

— Quelques après-midi par semaine ne te suffiront pas, objecta Olivia.

— J'ai toujours aimé organiser les réceptions, insista Alison. Et rappelez-vous : je donnais toujours un coup de main à papa, pour les petits détails. En plus, je suis sûre que Laura accepterait de m'aider. N'est-ce pas, Laura ?

— Moi ? Je ne connais strictement rien aux bals masqués !

— Qu'y a-t-il à connaître ? Un bal costumé n'est jamais qu'une grande soirée. Josh nous a dit que vous étiez directrice adjointe d'un hôtel de luxe, à San Francisco. Vous avez dû y organiser quelques réceptions.

— En effet, mais…

— Organiser un bal de mardi gras ne sera pas plus difficile. La seule différence, c'est que les invités seront déguisés.

— Certes, mais le carnaval est encore loin. Depuis San Francisco, je ne vois pas comment je pourrais vous aider.

— Vous m'aiderez tant que vous serez là ! Et vous reviendrez en février pour le bal.

— Excellente idée, Alison ! approuva Olivia. Le bal aura lieu dans le courant de la semaine précédant mardi gras, comme autrefois. Et, bien sûr, Laura y assistera.

— Voilà, c'est réglé ! s'exclama Alison en prenant la main de Laura. Dites oui, s'il vous plaît !

— Ali, je ne peux rien vous promettre, se défendit Laura. Je ne sais même pas pour combien de temps je suis là, encore moins si je pourrai revenir dans quelques mois.

— Mais vous restez ici quelques jours, n'est-ce pas ?

— Si elle est si pressée de repartir à San Francisco, ne la retiens pas ! lança Katie. Nous n'avons pas besoin d'elle. Je peux t'aider, moi aussi.

Josh se mordit l'intérieur de la joue pour ne pas pouffer de rire. Il ne connaissait Laura que depuis peu, mais il était sûr et certain que l'antipathie ouvertement affichée de Katie était le meilleur moyen de la faire rester à La Nouvelle-Orléans.

— J'ai pris des congés et j'ai traversé tout le pays pour venir ici, alors je ne vais pas rentrer chez moi tout de suite, répondit Laura à Alison.

Et elle défia Katie du regard avant de reporter son attention sur sa sœur.

— C'est d'accord, Ali. Pendant les trois semaines à venir, je suis à votre disposition. Vous n'aurez qu'à me dire ce que je dois faire.

— Merci, je savais que je pouvais compter sur vous. Sur *vous deux*, ajouta Alison en se tournant vers Katie. J'aurai besoin de toutes les bonnes volontés, croyez-moi. Mitch, si tu peux te libérer de temps en temps…

— Bien sûr, acquiesça-t-il.

— Oh, je sens qu'on va bien s'amuser ! lança Alison. Si seulement papa était encore là…

— Oui, dit Katie en soupirant. Il aurait été fier de notre initiative.

— Très certainement, approuva Josh. Rien ne l'aurait

rendu plus heureux que de voir ses enfants perpétuer la tradition du bal masqué.

— J'avais presque oublié à quel point il aimait la période du carnaval, murmura Mitchell avec un sourire triste. C'était sa saison préférée.

— Ce qu'il préférait, c'étaient les fanfares, précisa Katie. Les tambours militaires, surtout. Il ne loupait pas un défilé.

— Il adorait les parades, aussi, ajouta Alison. Quand il nous emmenait les voir, on se mettait toujours au premier rang, et il nous portait sur ses épaules. Il criait comme un gamin pour qu'on nous lance des perles, tu te rappelles, Katie ?

— Bien sûr que je me rappelle.

— Et tu te souviens de l'année où il a gagné les écureuils en peluche rose ?

— Comment veux-tu que je l'oublie ? s'esclaffa Katie. Ces bestioles étaient les jouets les plus hideux que j'aie jamais vus !

— Non ! protesta sa sœur.

— Non ? Alors, comment se fait-il que tu aies fait des cauchemars pendant une semaine ? Tu croyais qu'il y avait des bêtes féroces planquées sous ton lit.

— C'est vrai, acquiesça Alison en riant. Je reconnais qu'ils étaient vilains. Mais papa était tellement content de les avoir gagnés pour nous…

Son sourire s'estompa, et elle reprit sur un ton mélancolique :

— Nous avons eu un père fantastique. Quel dommage

que vous ne l'ayez pas connu, Laura ! Je suis sûre que vous l'auriez adoré.

Laura ne répondit pas, mais l'ombre qui passa dans son regard n'échappa pas à Josh.

— Tout le monde aimait Andrew, déclara Adrienne, ignorant ostensiblement Laura. C'était un homme merveilleux, un père formidable. Il était fou de ses filles.

— Si vous le dites…, souffla Laura.

— Adrienne ! tonna Olivia.

— Maman ! s'offusqua Alison.

— Qu'ai-je dit ? demanda innocemment Adrienne.

Puis, soudain, son regard se porta sur Laura et ses joues s'enflammèrent.

— Oh, mon Dieu… Je suis navrée, Laura. Sincèrement… Je ne voulais pas… Pardon, je ne pensais pas…

— Vous feriez mieux de réfléchir avant de parler ! lança Olivia d'une voix tranchante.

— Je suis sûr que maman ne voulait pas faire de peine à Laura, intervint Mitch.

— Bien sûr que non ! affirma Adrienne. Si je vous ai offensée, Laura, veuillez m'en excuser.

— Vous ne m'avez pas offensée, rétorqua Laura. Andrew Jardine n'est rien pour moi.

Et, en jetant sa serviette sur la table, elle repoussa sa chaise et se leva.

— Néanmoins, ajouta-t-elle, je suis heureuse d'apprendre qu'il a été un bon père… pour les enfants qu'il n'a pas abandonnés.

14

— Je ne vous permets pas d'accuser mon père ! vociféra Katie, brisant un silence choqué.

— Ce n'était pas une accusation. Et comme cet homme est mon père à moi aussi, j'estime être en droit de dire ce que je pense de lui, répliqua Laura avec un imperceptible tremblement dans la voix. Maintenant, si vous voulez bien m'excuser : la journée a été longue et j'ai besoin de me reposer.

Sans attendre de réponse, elle tourna les talons et quitta la table.

— Si elle croit qu'elle va s'en tirer comme ça ! rugit Katie en se lançant à la poursuite de Laura.

Josh la rattrapa par le bras.

— Laisse-la, Katie.

— Qui es-tu, toi, pour me dire ce que j'ai à faire ? rétorqua-t-elle avec une expression outrée.

— Je suis ton ami, répondit Josh calmement. Et je ne voudrais pas que ton mauvais caractère te pousse à faire ou à dire des choses que tu regretterais.

— La seule chose que je regrette, siffla Katie, c'est qu'elle ait mis les pieds dans cette maison !

— Tu es injuste. Laura est bouleversée. Ce n'est pas facile pour elle.

— Et pour moi, tu crois que ça l'est ? Et pour ma mère ? Pour nous tous ?

— Non, bien sûr, ça ne doit pas être facile. Mais au moins, vous avez l'avantage de pouvoir vous serrer les coudes. Laura n'a personne.

— C'est vrai, intervint Alison, tentant d'apaiser la colère de sa sœur. Nous sommes tous sous le choc, mais c'est encore plus dur pour Laura. Au moins, nous, nous avons grandi avec papa et maman.

— Pourquoi prends-tu sa défense ? riposta Katie. Tu es ma sœur, ma sœur jumelle.

— Et Laura est également notre sœur. Je suis désolée, mais je ne peux pas croire que papa l'ait abandonnée.

Alison se tourna vers sa mère, bien consciente que c'était elle la plus touchée par cette affaire.

— Je suis persuadée que si papa avait été informé de l'existence de cette enfant, il aurait veillé à son bien-être et gardé le contact avec elle.

— Tu as sans doute raison, ma chérie, acquiesça Adrienne. Comme tu l'as dit, Laura est votre demi-sœur et je n'ai pas d'autre choix que de l'accepter. Toutefois, je ne me sens pas vraiment capable de l'accueillir à bras ouverts.

— Laura n'est pas à blâmer, déclara Olivia du bout de la table. Après tout, elle n'est en rien responsable de la situation.

— Absolument, approuva Adrienne. Seul votre fils

est coupable de m'avoir trompée. A présent, je vous prie de bien vouloir m'excuser : je n'ai plus faim.

Un silence gêné suivit le départ d'Adrienne. Alison contemplait l'argenterie qui brillait sur la nappe en dentelle, les verres de cristal remplis de vin, auxquels personne n'avait touché, les filets de truite aux amandes à peine entamés. La tarte aux pralines qu'elle avait préparée pour le dessert était toujours sur le buffet ; elle n'osait même pas proposer de la servir. Elle songea que ce repas délaissé était d'une infinie tristesse.

En revanche, ce n'était pas de la tristesse qu'on pouvait lire sur le visage de Katie. Alison n'avait pas besoin de regarder sa sœur jumelle étrangler sa serviette pour savoir qu'elle bouillonnait de rage. Elle n'allait sans doute pas tarder à éclater.

L'atmosphère qui planait dans la salle à manger était presque encore plus lourde qu'avant le départ de Laura et d'Adrienne, songea soudain Alison. Mitchell lançait à Olivia un regard furieux. Une tempête se préparait aussi de ce côté-là. C'était comme si une corde avait été tirée dans la pièce, songea Alison, une corde si fine et si tendue qu'elle menaçait de se rompre à tout instant.

— Si tu as quelque chose à me dire, Mitchell, ne te gêne pas ! lança Olivia.

— Je crois que je ferais mieux de vous laisser, déclara Josh en faisant mine de se lever.

— Tu peux rester, lui dit Mitch d'une voix si froide qu'elle en donna la chair de poule à Alison. Puisque grand-mère t'a convié au spectacle, ce serait dommage que tu loupes la fin de notre drame familial.

Alison avala sa salive et se frotta les bras pour réprimer un frisson. Jamais elle n'avait vu son frère si remonté. Effrayée par ce qui risquait de suivre, elle tenta une nouvelle fois de calmer les esprits.

— Maman avait l'air très contrarié : on devrait peut-être aller la voir, suggéra-t-elle à son frère.

— Vas-y, si tu veux, je te rejoins dans une minute, répondit Mitch sans quitter sa grand-mère des yeux. Etant donné que tout le monde dans cette famille, moi y compris, s'est toujours mis en quatre pour plaire à Olivia, je ne vais pas déroger à la règle. Je ne voudrais surtout pas la décevoir.

— Tss, tss, tss, fit Olivia. Si tu t'étais soucié un tant soit peu de me faire plaisir, tu aurais pris la direction du Princess, il y a quatre ans, comme je le souhaitais, au lieu de monter cette entreprise de surveillance.

— Vous me connaissez bien mal, grand-mère.

— Là n'est pas la question, répliqua Olivia. Je vois bien que tu as quelque chose sur le cœur, Mitchell. Exprime-toi, je t'en prie : je voudrais bien monter me coucher, moi aussi.

— Très bien.

Mitch fit craquer ses doigts et demeura un instant silencieux, comme s'il cherchait ses mots.

— Il y a longtemps que je me suis fait à l'idée que vous n'étiez pas une grand-mère comme les autres, commença-t-il enfin. Tout petit, j'ai compris qu'il ne fallait attendre de vous ni baisers, ni bonbons, ni consolations lorsque je m'écorchais les genoux. Je me suis fait une raison. C'était comme ça : ma grand-mère ne jouait jamais avec moi, et elle ne venait jamais me raconter des histoires avant que je m'endorme, comme le faisaient les grands-mères de mes copains. J'ai également renoncé à votre affection et à vos compliments. Et, pour être honnête, tout cela ne m'a guère manqué. Je me disais même que j'avais de la chance, car lorsque vous daigniez m'accorder un peu d'attention, vous me traitiez d'égal à égal, et non pas comme un enfant. Vous m'avez énormément appris sur le métier d'hôtelier, sur les gens, sur les responsabilités familiales et professionnelles. Vous m'avez appris à me fixer des objectifs et à me donner les moyens de les atteindre. Vous m'avez inculqué des valeurs, et notamment le sens de l'honneur.

Alison porta une main à sa poitrine dans l'espoir de faire taire les battements de son cœur. Son frère décrivait parfaitement les relations qu'ils avaient tous eues avec leur grand-mère. Olivia n'avait effectivement jamais été une mamie-gâteau qui câlinait et chouchoutait ses petits-enfants. Tout au long de son enfance, Alison l'avait plutôt considérée comme un sergent qui aurait exigé le meilleur de ses troupes dans le but de faire d'eux des hôteliers modèles.

— Nous n'avons jamais été proches, poursuivit Mitchell, et j'ai conscience d'être en grande partie responsable de cet état de fait. J'ai conscience de vous avoir déçue en empruntant un autre chemin que celui que vous m'aviez tracé.

— Franchement, Mitchell, je ne vois pas pourquoi tu as refusé de prendre la direction du Princess.

— Laissez-moi terminer, s'il vous plaît, grand-mère.

— Je t'en prie.

— Malgré tout cela, j'ai beaucoup de tendresse pour vous. De même que je vous ai toujours admirée et respectée. Mais ce soir, pour la première fois de ma vie, j'ai honte de vous.

Alison retint sa respiration et se tourna vers sa grand-mère qui, à sa grande surprise, demeurait de marbre, la tête haute et le visage autoritaire. Toutefois, la jeune femme crut déceler dans son regard une ombre de vulnérabilité qui ne lui était pas habituelle.

— J'ignore ce qui s'est passé entre mon père et la mère de Laura, continua Mitch. Et quand bien même je le saurais, je ne suis pas sûr que je comprendrais mon père et que je serais prêt à lui pardonner pour le peu de cas qu'il a fait de la vie d'autrui. Mais là n'est pas mon propos. Ce qui me chagrine, aujourd'hui, c'est la façon dont vous nous avez jeté à la figure ses agissements, plutôt méprisable. Vous auriez pu nous épargner beaucoup de peine, et aussi de gêne, tout simplement en nous parlant de Laura avant de l'inviter à notre table. Or, vous avez préféré ce coup de théâtre. Pourquoi, grand-mère ? Pourquoi avoir agi de cette façon ? Pour nous rendre Laura détestable ? Pour nous monter les uns contre les autres ?

Olivia ne répondit pas.

— Malheureusement, votre machination s'est retournée contre vous, reprit Mitchell, car, manifestement, Laura n'est pas disposée à accepter la direction du Princess. Et je vous promets que je ferai tout ce qui est en mon pouvoir pour dissuader Katie et Alison de prendre quelque responsabilité que ce soit dans cet hôtel.

— Ça y est, tu as fini ? demanda Olivia d'une voix égale, avec une expression insondable.

Mitchell avait parfaitement analysé la situation, songea Alison. Leur grand-mère avait commis une erreur de jugement.

— Pas tout à fait, répondit-il. J'aimerais encore savoir si vous mesurez l'ampleur des dégâts que vous avez causés ce soir. Non seulement vous avez offensé Laura, et je ne doute pas que vous en ayez pleinement conscience, mais vous n'avez pas manifesté le moindre signe de considération pour ma mère. Voilà près de trente ans qu'elle est votre belle-fille, ainsi que la mère de vos petits-enfants. Or, vous lui avez assené comme un coup de massue que son mari avait fauté.

— La liste de mes péchés est-elle terminée ?

— Non. Vous avez délibérément sali la mémoire de notre père et vous avez tenté de nous manipuler. Est-ce de la cruauté, grand-mère ?

— Je n'ai pas à m'expliquer, répondit Olivia, ses yeux bleus brillant de fureur.

— De toute façon, rien de ce que vous diriez pour votre défense ne pourrait vous racheter.

Olivia saisit sa canne et fit claquer le pommeau sur la table.

— Tu oses me parler sur ce ton ? Me juger ?

— Je ne vous juge pas, grand-mère. Je me permets seulement de vous signaler que vous avez fait beaucoup de mal, aujourd'hui. Vous n'avez pas le droit de nous sacrifier sur l'autel de… de cette obsession qu'est pour vous le Princess.

— Ne te pose pas en victime, et ne me condamne pas alors que tu ne sais rien de moi ! rétorqua Olivia sur un ton aussi enflammé que l'était son regard. Ne parle pas de sacrifices, veux-tu, alors que tu ignores ceux que j'ai faits pour cet hôtel.

Pétrifiée, Alison ne pouvait détacher son regard de sa grand-mère. Elle l'avait vue plus d'une fois dans des colères noires. Elle l'avait vue au fond du gouffre lorsque son fils unique était mort. Mais jamais elle ne l'avait vue réagir de façon aussi passionnée, jamais elle ne lui avait vu cette expression farouche. D'habitude, elle faisait preuve d'un peu plus de retenue.

— Je me demande, ajouta Olivia, si tant d'indignation te serait d'un grand réconfort au cas où je déciderais de te rayer de mon testament.

— Faites comme il vous plaira, répliqua Mitch. Les biens matériels n'ont pas tout à fait la même valeur pour vous et pour moi.

— Tu voudrais me faire croire que tu te fiches de ton héritage ?

Mitchell haussa les épaules.

— Royalement, affirma-t-il. Ce n'est pas de l'argent que j'attends de vous.

— Et qu'attends-tu donc ?

— Votre approbation. Que vous soyez fière de moi. Que vous *m'aimiez*.

Un sourire triste étira les lèvres de Mitchell.

— Mais je suppose que c'est trop vous demander, ajouta-t-il.

Et, sur ces mots, il repoussa sa chaise et se leva.

— Excusez-moi, dit-il, je vais voir maman, maintenant.

— Mitchell, attends ! lui intima Olivia. Mitchell, reviens immédiatement ! Je n'ai pas terminé.

Mais il se dirigea vers la porte sans se retourner.

— Je vais lui parler, proposa Alison.

— Non, laisse-moi, répliqua Olivia en se levant péniblement, comme vidée de toute force. Je l'ai blessé, je dois m'excuser.

Quand Laura se réveilla en sursaut, la matinée était déjà bien avancée. Désorientée, elle promena longuement son regard autour d'elle avant de se rappeler qu'elle était chez les Jardine, à La Nouvelle-Orléans. Et aussitôt la soirée de la veille lui revint à la mémoire. En réprimant un grognement, elle se laissa tomber contre les oreillers et referma les yeux. Trop énervée pour trouver le sommeil, elle ne s'était endormie qu'au petit matin. Résultat : elle n'avait pas pu se lever aussi tôt qu'elle l'aurait souhaité. Les Jardine allaient croire qu'elle se terrait dans sa chambre... En étouffant un bâillement, elle rejeta les couvertures.

A peine avait-elle enfilé son peignoir que des petits coups retentirent contre la porte.

— Une minute ! cria-t-elle en nouant sa ceinture et en allant ouvrir.

— Bonjour, mademoiselle Harte, lui dit la servante chargée d'un plateau d'où montaient de délicieux arômes. Comme vous avez manqué le petit déjeuner, Mme Olivia m'a priée de vous le monter.

— C'est très gentil, Ellen, répondit Laura en s'écartant de la porte pour laisser passer la jeune femme.

Puis Ellen alla ouvrir les rideaux, et le soleil se déversa à flots dans la pièce.

— Je crois que je vais me régaler, dit Laura en découvrant des œufs brouillés, des saucisses, une assiette de fruits frais et une corbeille remplie de croissants chauds, de toasts beurrés, de petits pains à la cannelle et de biscuits.

L'eau à la bouche, elle prit un biscuit. Moelleux à souhait.

Ellen lui versa une tasse de café et, sans rien demander, elle y ajouta du lait.

— Voilà, mademoiselle. Café au lait. Il y a du sucre et des édulcorants, si vous voulez.

— Parfait.

Laura porta la tasse à ses lèvres et ferma les yeux pour savourer le breuvage. Un délice.

— Avez-vous besoin d'autre chose, mademoiselle Harte ?

— Juste d'une armée pour m'aider à manger tout ça. C'est beaucoup trop !

Une fossette se creusa dans la joue d'Ellen.

— Mme Jardine ne savait pas ce que vous aimiez. C'est pour ça qu'elle vous a fait préparer un peu de tout. Prenez ce qui vous plaira.

— Je vous remercie, Ellen. Et remerciez Mme Jardine de ma part. Je voulais descendre de bonne heure, mais je ne me suis pas réveillée. Le décalage horaire, sans doute… En tout cas, c'est très aimable de m'avoir fait monter le petit déjeuner.

— Je le dirai à Mme Jardine. Quand vous aurez terminé, laissez le plateau sur la table. Je viendrai le chercher. Et si vous avez besoin de quoi que ce soit, appuyez sur le bouton de l'intercom. Vous tomberez sur Mme McNalty.

— D'accord, acquiesça Laura en buvant une gorgée de café.

Heureusement qu'elle n'était là que pour peu de temps, songea-t-elle en goûtant aux œufs brouillés. Elle aurait vite pris des goûts de luxe.

*
* *

— Andrew était quelqu'un de bien, un bon fils et un bon père, affirma Olivia.

— Dans ce cas, comment expliquez-vous qu'il nous ait abandonnées, ma mère et moi ? riposta Laura en se maudissant de ne pouvoir dissimuler le léger tremblement de sa voix.

— Mon fils ne vous a pas abandonnées. C'est votre mère qui l'a quitté, sans juger utile de lui dire qu'elle attendait un enfant.

La vieille dame s'exprimait avec une telle conviction, un tel aplomb que si Laura n'avait pas découvert le chèque, elle l'aurait peut-être crue. Mais cette tentative de manipulation afin de faire passer son fils pour une victime la rendait furieuse.

— Vous mentez ! répliqua-t-elle. Ma mère était éperdument amoureuse de lui. Elle voulait l'épouser.

— En tout cas, elle lui a brisé le cœur, déclara Olivia. Dès l'instant où je l'ai vue, j'ai senti qu'elle allait le faire souffrir. Je ne me suis pas trompée. Elle est partie comme une voleuse, en pleine nuit, sans un mot d'explication. Il a essayé de la rattraper, mais il ne l'a pas trouvée. Il était comme fou. Si Adrienne n'avait pas été là, je ne sais pas ce qu'il serait devenu. Il n'a plus jamais été le même, après cette histoire.

— Vous détestiez ma mère, n'est-ce pas ? demanda Laura.

Elle n'avait aucun mal à imaginer Juliet, douce et réservée, aux prises avec une femme aussi autoritaire qu'Olivia Jardine.

— Je ne l'appréciais pas, reconnut Olivia. Elle n'aurait pas fait une bonne épouse pour Andrew.

— Contrairement à Adrienne.

— Parfaitement. Adrienne est une femme futile et égoïste, mais elle aimait mon fils et lui était dévouée.

— Vous voulez dire qu'elle était exactement le genre de belle-fille dont vous rêviez, rétorqua Laura sur un ton acerbe, en songeant aux lettres de son père, dans lesquelles il faisait part à sa mère des réticences d'Olivia face à leur projet de mariage.

Elle ignorait ce qui s'était passé, mais elle était convaincue qu'Andrew Jardine avait été, un temps au moins, profondément amoureux de sa mère.

— C'est vrai, concéda Olivia. Andrew et Adrienne formaient un couple bien assorti. Ils étaient issus du même milieu, ils se connaissaient depuis l'enfance, ils partageaient les mêmes centres d'intérêt. Ils étaient faits l'un pour l'autre, en somme, et Andrew ne doutait pas qu'il serait heureux avec Adrienne — jusqu'à ce qu'il rencontre votre mère.

— Un chien dans un jeu de quilles…, murmura Laura.

Et, fugitivement, elle crut voir passer une ombre de culpabilité sur le visage de la vieille dame, mais celle-ci reprit aussitôt son expression sévère et hautaine.

— Si vous pensez que j'ai obligé Andrew à rompre avec votre mère, vous vous trompez, dit-elle. Il n'était pas du genre à renoncer à ses projets. C'était une tête de lard, vous savez — un trait de caractère dont vous avez manifestement hérité.

Laura sentit son estomac se nouer. Après avoir découvert qu'elle avait les yeux de son père, voilà maintenant qu'elle apprenait qu'il lui avait aussi transmis certains aspects de sa personnalité…

— En dépit de toutes mes objections, poursuivit Olivia, Andrew était résolu à faire sa vie avec Juliet. Si elle ne l'avait pas quitté, je suis sûre qu'ils se seraient mariés.

— Comment expliquez-vous qu'elle soit partie, dans ce cas ?

— A l'époque, j'ai supposé qu'elle ne se sentait pas prête à devenir l'épouse d'un homme de la trempe d'Andrew. J'ai cru qu'elle avait fait ça par égard pour lui. Par altruisme, en quelque sorte.

Laura inclina la tête et observa Olivia.

— Votre opinion a changé, depuis ? lui demanda-t-elle.

La vieille dame repoussa sa tasse de thé et soutint le regard de Laura.

— Aujourd'hui, répondit-elle, je me demande si Juliet a jamais aimé Andrew. Si elle avait eu des sentiments pour lui, elle ne lui aurait pas caché qu'elle était enceinte.

— Elle avait peut-être l'impression de ne pas avoir le choix, avança Laura en pensant au chèque et à ce que Paul lui avait raconté.

— On a toujours le choix. Votre mère vous a délibérément privée de père, ce qui est inexcusable.

— Non ! protesta Laura avec véhémence, décontenancée par l'interprétation qu'Olivia faisait de la situation, et se sentant coupable de la colère qu'elle éprouvait contre sa mère. Vous n'avez pas le droit de la juger. Vous ignorez ce qui l'a poussée à prendre de telles décisions.

Olivia soupira. Elle paraissait lasse, soudain.

— C'est vrai, acquiesça-t-elle sur un ton beaucoup moins virulent. Je n'ai pas le droit de juger votre mère ni personne d'autre — on m'a déjà fait cette remarque, il y a peu de temps. J'ignore pour quelles raisons Juliet a caché sa grossesse à mon fils. Mais vous non plus, vous ne savez pas pourquoi elle a agi ainsi. A quoi bon se perdre en conjectures ? Tournons-nous plutôt vers l'avenir !

La vieille dame s'interrompit, comme si elle pesait ses mots.

— Quelles que soient les circonstances de votre naissance, reprit-elle, vous êtes ma petite-fille et j'aimerais que vous ressentiez pleinement votre appartenance à notre famille.

— Je ne suis pas sûre que ce soit possible, répondit Laura en toute honnêteté.

— Je comprends, mais je voudrais que vous fassiez un effort, de votre côté, pour imaginer ce que peut ressentir une vieille femme qui, pendant vingt-huit ans, a ignoré l'existence de l'un de ses petits-enfants.

Laura desserra les poings et se frotta les paumes contre son pantalon.

— Comme vous l'avez très justement souligné, dit-elle, nous ne pouvons pas revenir en arrière. Nous sommes peut-être parentes, mais nous sommes des étrangères l'une pour l'autre.

— Nous allons faire connaissance puisque vous êtes là pour trois semaines.

— Je ne suis venue ici que pour trouver des réponses aux questions que je me pose, déclara Laura, tout en songeant que ces réponses étaient sans doute enfouies à tout jamais dans le passé.

— Je le conçois, mais rien ne nous empêche d'apprendre à nous connaître.

Laura plissa les yeux, réticente à prendre pour argent comptant la soudaine amabilité de sa grand-mère.

— Si vous espérez me convaincre de prendre la direction du Princess, vous vous trompez, dit-elle.

Un sourire se dessina sur les lèvres d'Olivia, le premier depuis l'arrivée de Laura.

— Joshua m'a dit que vous n'étiez pas du genre à vous laisser influencer.

— En effet, répondit la jeune femme en s'efforçant d'ignorer l'accélération de son pouls provoquée par la seule évocation de Josh.

— Hmm, fit Olivia. Je suppose donc que j'ai tort d'essayer de vous forcer la main, comme l'affirme Joshua.

La gorge soudain sèche à la pensée que Josh l'avait si bien cernée, Laura hocha la tête.

— Bon, je n'aurais pas dû monter sur mes grands chevaux quand il a insisté pour que je lui promette de ne plus aborder le sujet du Princess durant votre séjour parmi nous.

La question du Princess constituant pour Laura une complication dont elle se serait volontiers passée, elle était reconnaissante envers Josh d'avoir tenté de l'en libérer. Elle se promit de le lui dire dès qu'elle aurait réussi à surmonter cette attirance qu'il exerçait sur elle.

Olivia jeta un coup d'œil à sa montre.

— Il devrait déjà être là ! maugréa-t-elle. Je me demande ce qu'il fabrique.

— Vous attendez quelqu'un ? demanda Laura.

— Oui, Joshua, répondit la vieille dame. Toujours en retard, celui-là !

— Quand on parle du loup…

La voix râpeuse de Josh fit frissonner Laura.

— Ah, enfin ! grommela Olivia.

— Excusez-moi, j'ai été retenu au bureau.

Josh embrassa Olivia sur la joue, puis adressa un clin d'œil à Laura.

— Je suis à vous pour les quatre jours à venir, lui dit-il.

La jeune femme avala sa salive en s'exhortant à ne pas penser à leur baiser, au désir qu'elle avait éprouvé dans ses bras. Non, ce serait trop idiot de craquer de nouveau.

— Pardon ? dit-elle sans parvenir à paraître indifférente, comme elle l'aurait souhaité.

— Je suis à vous pour les quatre jours à venir, répéta Josh en plongeant son regard dans le sien.

Laura n'aurait pas cru cela possible, mais, par son seul sourire, cet homme l'excitait. Son cœur battait à cent à l'heure.

— Vous êtes à moi ? bredouilla-t-elle. Mais je n'ai pas besoin de vous !

— Vous ne lui avez pas dit, Duchesse ?

— Quoi donc ? demanda Laura.

— Joshua va vous faire visiter la ville, répondit Olivia.

Puis, se tournant vers Josh, elle ajouta :

— J'attendais que tu sois là pour l'en informer.

— Je suis touchée par vos attentions, mais je suis sûre que Josh a des choses beaucoup plus importantes à faire que de jouer au guide touristique.

— Tout dépend de ce que l'on entend par « important », répliqua Josh. Pour le moment, vous faire découvrir La Nouvelle-Orléans figure en tête de mes priorités.

En prononçant ces mots, il s'était approché de Laura, et, avant qu'elle n'ait compris ce qu'il allait faire, il lui prit les mains et l'encouragea à se lever.

— Vous êtes prête ?

Prête ? Elle pouvait à peine respirer tellement son contact la troublait. Elle se passa la langue sur les lèvres et détourna le regard de ces yeux verts qui la faisaient chavirer. Puis elle dégagea ses mains d'entre les siennes et recula. Ses jambes heurtèrent le fauteuil et elle faillit perdre l'équilibre.

— Ça va ? lui demanda Josh en la rattrapant par le bras.

— Oui, oui, répondit-elle vivement. Je ne voudrais pas vous faire perdre votre temps. Je prendrai un bus pour visiter la ville.

— Voyons, ce serait stupide ! dit-il en glissant son bras sous le sien. La visite sera bien plus intéressante avec un natif de La Nouvelle-Orléans qui vous fera sortir des sentiers battus. Je vous emmènerai dans les meilleurs restaurants et les clubs de jazz les plus branchés.

Sur le pas de la porte, Laura le défia du regard.

— Je ne tiens pas à visiter la ville avec vous, déclara-t-elle.

— Je crains que ni vous ni moi n'ayons le choix, répliqua Josh. J'ai reçu des ordres de la Duchesse.

— Lesquels ?

Il lui décocha l'un de ses sourires ravageurs.

— Laura, ma chère, répondit-il, je suis censé faire en sorte que vous tombiez amoureuse de La Nouvelle-Orléans.

15

Il était vain de résister, songeait Laura, attablée à la terrasse du Café du Monde, en sirotant le café au lait qui faisait la renommée de l'établissement et en regardant les passants. Elle était persuadée qu'elle détesterait cette ville, et pourtant elle était tombée sous le charme.

Quand était-ce arrivé ? Elle n'aurait su le dire, mais entre le moment où elle avait fait cette balade en calèche avec Josh dans le quartier français et celui où elle avait vu le soleil se lever sur le Mississippi tandis que les cloches de la cathédrale sonnaient, elle s'était laissé envoûter par l'atmosphère qui régnait sur la ville. La Nouvelle-Orléans était un lieu magique, elle devait bien l'avouer. Elle adorait le Vieux Carré avec ses balcons en fer forgé, ses patios cachés, ses musiciens et ses danseurs de claquettes à chaque coin de rue. Elle adorait l'ambiance bohème de Jackson Square, les peintres qui croquaient les touristes tout en philosophant et les diseurs de bonne aventure.

Elle adorait la cuisine épicée, les petits commerces vieillots, et les élégantes demeures qui bordaient St. Charles Avenue lui rappelaient Tara, la propriété des

O'Hara dans *Autant en emporte le vent*. Elle adorait le folklore et les superstitions, les vieux salons de thé et les boutiques d'articles de vaudou où l'on cherchait à tout prix à vous vendre un gri-gri. Elle commençait même à aimer le climat humide. Certes, il lui était impossible de se coiffer correctement, mais elle avait retrouvé un teint de pêche. Et, surtout, elle adorait les habitants de La Nouvelle-Orléans, leurs sourires amicaux et leur accent du Sud. Jamais elle n'avait rencontré des gens aussi chaleureux.

— Vous désirez encore du café, p'tite dame ? lui demanda la serveuse.

— Non, je vous remercie, mais auriez-vous un gobelet à emporter, s'il vous plaît ?

Après avoir vidé le contenu de sa tasse dans le gobelet en polystyrène, elle laissa quelques pièces sur la table, puis hésita avant de se lever. Non, elle ne pouvait pas laisser ces beignets, l'une des nombreuses spécialités de La Nouvelle-Orléans auxquelles elle était rapidement devenue accro. Elle les enveloppa dans une serviette en papier, et, son petit paquet en poche, son café à la main, elle se dirigea vers Jackson Square.

— Bonjour, m'dame ! lui lança un cocher en soulevant son chapeau. Une petite balade en calèche avec ma vieille Bessie ?

— Non, merci, pas aujourd'hui, répondit-elle en poussant l'un des portillons ouvragés de Jackson Square.

Josh lui avait fait une brève leçon d'histoire, le premier jour. Jackson Square, ainsi baptisé en hommage à Andrew

Jackson, héros de la bataille de La Nouvelle-Orléans, en 1815, était à l'origine un champ de manœuvres militaires, l'ancienne place d'armes. La statue équestre du général se dressait au centre de la place, qui devait son aménagement actuel à la baronne de Pontalba.

Un sourire vint flotter sur les lèvres de Laura tandis que les commentaires de Josh lui revenaient à l'esprit : aujourd'hui, ce n'étaient pas les Anglais que la ville tentait de repousser, mais les pigeons qui avaient envahi la place.

C'étaient eux qu'elle était venue voir. Les pigeons de Jackson Square n'étaient pas le moins du monde effarouchés par les humains qui flânaient le long des allées. Il fallait même regarder où l'on mettait les pieds si l'on ne voulait pas leur marcher dessus.

Laura termina son café, jeta le gobelet dans une poubelle et sortit les beignets de sa poche.

— Petits, petits ! appela-t-elle.

En roucoulant, les pigeons vinrent s'attrouper autour d'elle. Amusée, elle émietta les pâtisseries, puis se frotta les mains.

— Désolée, les gars, vous avez tout mangé, leur dit-elle en les regardant chercher avidement dans les pelouses.

La corne d'un bateau à vapeur retentit. Elle tourna la tête vers le Mississippi en pensant qu'il lui restait moins de deux semaines avant son retour à San Francisco.

« Et dire que je voulais repartir sitôt arrivée ! »

songea-t-elle en enfonçant les mains dans ses poches et en prenant le chemin de la rivière.

Tout à coup, elle n'avait plus envie de s'en aller. Pourtant, elle ne se sentait pas chez elle à La Nouvelle-Orléans.

Elle repassa devant le Café du Monde et les magasins de souvenirs, puis grimpa les marches du Moonwalk et suivit la promenade le long du fleuve. Au bout du sentier, elle s'appuya contre le garde-fou pour contempler la rivière. Le vent faisait voler ses cheveux. Le soleil était déjà haut mais l'air était vif. Elle boutonna sa veste et se félicita de s'être mise en jean.

Au milieu des péniches de croisière et des barges, un bateau à aubes remontait lentement le fleuve. Elle trouvait charmant que ces vestiges d'un autre temps continuent à naviguer au milieu des navires plus modernes. Elle aimait aussi les vieux hôtels qui refusaient de se laisser absorber par les grandes chaînes.

— Excusez-moi, mademoiselle, pourriez-vous nous dire où se trouve le quartier français ? lui demanda une femme au délicieux accent britannique, accompagnée d'un homme vêtu d'un élégant manteau de tweed.

— Tout près d'ici, répondit-elle, amusée d'avoir été prise pour une autochtone et contente de pouvoir fournir le renseignement qu'on lui demandait.

Elle indiqua au couple comment se rendre au Vieux Carré, et se replongea dans la contemplation du fleuve. Le bateau à aubes avait disparu. En quelques minutes, elle l'avait perdu de vue.

Comme elle avait perdu de vue, en à peine plus d'une semaine, les raisons qui l'avaient amenée à La Nouvelle-Orléans — découvrir ce qui s'était passé, vingt-neuf ans auparavant, lorsque sa mère était venue ici, et qui lui avait envoyé de l'argent pour qu'elle se débarrasse de son bébé. Andrew lui-même ou bien sa mère ? A présent qu'elle avait longuement discuté avec Olivia, elle n'était plus sûre de rien. La vieille dame avait des défauts, mais on ne pouvait pas lui enlever sa franchise.

Laura écarta une mèche de son visage, observant le fleuve sans le voir, plongée dans ses pensées. La colère et le chagrin causés par la brutale découverte du passé de ses parents s'étaient quelque peu atténués, mais la douleur était toujours là, pareille à celle provoquée par une écharde dans un doigt, sourde parfois, mais se réveillant régulièrement. La vérité était cruelle, mais elle l'aurait plus facilement acceptée si elle avait pu en rejeter la responsabilité sur Drew Jardine. Or, il lui était impossible de le diaboliser. Les lettres si tendres et si belles qu'elle avait découvertes dans les affaires de sa mère ne pouvaient avoir été écrites que par un homme profondément amoureux, déchiré entre son amour et le sens du devoir familial. Par ailleurs, Josh aussi bien qu'Olivia et ses petits-enfants dépeignaient Andrew Jardine comme quelqu'un de sensible, d'une grande loyauté et d'une grande valeur morale. Il semblait improbable qu'il eût délaissé Juliet alors qu'elle était enceinte et qu'il lui eût envoyé de l'argent pour qu'elle se fasse avorter.

Dans ce cas, qui avait bien pu faire ce geste ? Ni Drew ni Olivia, Laura en était presque sûre. Ni Adrienne puisque, apparemment, elle ne savait même pas que Juliet était venue à La Nouvelle-Orléans. La réaction qu'elle avait eue lorsque Laura avait mentionné cet épisode était sincère. De cela aussi, Laura était quasiment certaine.

Qui restait-il, alors ? s'interrogea-t-elle en remontant le col de sa veste pour se protéger des embruns soulevés par le vent. Personne. Il ne restait personne d'autre. Ce qui signifiait que quelqu'un avait menti.

Qui ? Qui avait envoyé cinquante mille dollars à sa mère pour qu'elle « remédie à la situation » et redémarre une autre vie ?

De plus en plus, Laura redoutait que cette question demeure à jamais sans réponse. Il lui faudrait alors se résigner à vivre avec cette zone d'ombre, une idée à laquelle elle s'habituait peu à peu.

Déjà, elle n'était plus la même qu'à son arrivée à La Nouvelle-Orléans. Elle n'avait pas encore tourné une page, mais elle savait maintenant qu'elle en serait bientôt capable. Et ce, en grande partie grâce à Alison, avec qui des liens commençaient à se tisser. Le seul fait que cette jeune femme fût sa sœur lui réchauffait le cœur ; elle se sentait désormais moins seule.

Avec Katie, en revanche, c'était une autre paire de manches. Autant Alison était attentionnée, autant sa sœur se montrait désagréable. Chaque jour, Laura se demandait comment des jumelles pouvaient être aussi différentes que le jour et la nuit.

Quant à Mitchell, elle n'éprouvait pour lui ni l'animosité que lui inspirait Katie — animosité réciproque, au demeurant —, ni l'affection qu'elle portait à Alison. Vis-à-vis de lui, elle se sentait comme un chat adopté par une famille où le chien avait toujours régné en maître. L'un et l'autre se jaugeaient sans s'approcher, en se demandant s'ils devaient être amis ou ennemis.

Et puis, il y avait Josh, qu'elle s'efforçait de considérer comme une maladie infantile, que l'on n'attrape jamais deux fois. N'empêche qu'elle n'était toujours pas immunisée contre son charme. Au cours de la semaine qui venait de s'écouler, ses sentiments pour lui avaient été aussi changeants que le temps. Il savait se montrer tour à tour le plus charmant et le plus horripilant des hommes, mais, en tout cas, elle ne pouvait nier qu'il l'attirait. Malgré elle, son pouls s'accélérait quand il lui souriait, et une vague de chaleur l'envahissait chaque fois qu'il la frôlait. Et elle aurait volontiers envoyé au diable cette petite voix dans sa tête qui ne cessait de lui chuchoter : *Et pourquoi pas ?*

Elle soupira. Elle ne savait plus qui elle était ni où elle allait. Elle se sentait perdue, et terriblement effrayée à l'idée que, sans les réponses qu'elle cherchait, elle risquait de ne jamais se retrouver.

*
* *

Quand Josh la rejoignit, elle était appuyée contre la rambarde du Moonwalk. Le soleil de novembre s'était caché derrière un amoncellement de nuages. Le vent s'était levé, faisant chuter la température d'une bonne dizaine de degrés, bien au-dessous des 15 °C annoncés par les bulletins météorologiques du matin. Les touristes venus admirer le Mississippi se hâtaient tous de redescendre vers la ville, sans doute avec l'intention d'aller se réchauffer dans un café.

Seule Laura demeurait immobile.

Josh l'avait vue s'engager sur la promenade en bordure du fleuve, silhouette élancée et dynamique, vêtue d'un jean et d'une veste bleu marine, ses cheveux auburn flottant dans le vent.

Le regard plongé dans les eaux de la rivière, elle ne semblait pas s'être aperçue qu'il n'y avait plus personne autour d'elle. Elle paraissait perdue dans ses pensées, des pensées sombres à en juger par l'affaissement de ses épaules et la tristesse qui se lisait sur son visage.

Le cœur de Josh se gonfla de tendresse. Il avait beau se répéter qu'entre eux toute relation était vouée à l'échec, il n'y avait rien à faire : elle l'attirait comme un aimant. Par ailleurs, il voyait qu'il ne la laissait pas indifférente, malgré les efforts qu'elle déployait pour ne pas être entraînée dans le jeu de la séduction qu'il ne pouvait s'empêcher d'engager chaque fois qu'ils se retrouvaient seuls tous les deux. Elle éveillait en lui des sentiments contre lesquels il avait renoncé à lutter.

Dans moins de deux semaines, pensa-t-il en la regardant, elle repartirait pour San Francisco. Ils avaient déjà perdu plus d'une semaine à feindre d'ignorer leur attraction réciproque. N'y tenant plus, Josh avait décidé de passer à l'action. Il aurait été trop bête de continuer à perdre du temps alors qu'ils pouvaient vivre ensemble un moment merveilleux.

Qui sait ? songea-t-il en se dirigeant vers elle. Si elle s'attachait à lui, elle déciderait peut-être de rester à La Nouvelle-Orléans. Et, avec un peu de chance, elle accepterait peut-être même de prendre la direction du Princess. Et il ferait alors d'une pierre deux coups. Car le cœur de Laura n'était-il pas la voie royale pour accéder au Princess ?

— A quoi pensez-vous ? chuchota-t-il en se penchant vers elle.

— Josh ! s'exclama-t-elle en tressaillant. Que faites-vous ici ?

— Je vous cherchais.

— Moi ? Pourquoi ? Que se passe-t-il ?

— Rien. J'avais juste envie de vous voir.

Il ramena ses cheveux agités par le vent derrière ses oreilles, puis saisit les revers de son col et l'attira à lui.

— Et de vous embrasser, ajouta-t-il en joignant le geste à la parole.

De ses poings, elle tenta d'abord de le repousser, les lèvres scellées, froides et dures comme la pierre, mais, peu à peu, elles s'entrouvrirent. Craignant de la braquer, Josh l'embrassa avec toute la douceur dont il était capable, mais, rapidement, le désir prit le pas sur la raison.

A grand-peine, il s'arracha à leur baiser et enfouit son visage dans les cheveux de Laura, s'emplissant les poumons d'air glacial dans l'espoir d'éteindre le feu qui le consumait.

Laura desserra les poings et posa les paumes contre sa poitrine. Puis elle lui souleva le visage et le força à lui faire face. Ses joues étaient rouges, ses lèvres humides, irrésistible appel auquel Josh se somma de résister. Lorsqu'elle baissa son regard bleu sur sa bouche, un frisson le parcourut et il ferma les yeux.

— Josh ?

Il dut se faire violence pour ne pas la presser contre son corps.

Elle approcha son visage du sien et plaqua ses lèvres contre les siennes, rallumant le désir qu'il avait le plus grand mal à contrôler. En grognant de plaisir, il enfouit ses doigts dans ses longs cheveux roux et mêla sa langue à la sienne.

Leur baiser était avide, sauvage presque. Quand Laura se mit à lui mordiller la lèvre, il songea à la porter jusqu'à sa voiture et à lui faire l'amour sur le parking.

Une corne de brume insistante, suivie de cris et de sifflements, le ramena toutefois à la réalité. Les bras noués autour de la taille de Laura, il jeta un coup d'œil vers le fleuve, où les passagers d'un casino flottant l'applaudirent et l'acclamèrent.

Laura leva la tête.

— Je… Je n'ai pas bien compris ce qui vient de se passer, bredouilla-t-elle.

— Je peux recommencer, si tu veux, répondit Josh avec une étincelle dans les yeux.

Elle plissa le front.

— Je crois que ce ne serait pas très sage.

— Sage, sûrement pas, acquiesça-t-il en songeant qu'il avait bien failli offrir aux passagers du bateau un spectacle beaucoup plus torride que quelques baisers langoureux. Mais ce serait marrant, ajouta-t-il.

— « Marrant » n'est pas le mot que j'aurais employé.

— Tu n'as pas envie de t'amuser ?

— Dans les circonstances actuelles, pas vraiment, répliqua Laura en repoussant son compagnon à bout de bras. Pour le moment, je suis frigorifiée et je n'ai qu'une envie : me mettre au chaud.

— Je peux te réchauffer, tu sais ? dit Josh en la reprenant dans ses bras.

— Je m'en doute, mais ce ne sera pas nécessaire, répliqua-t-elle en s'engageant sur le chemin de la descente.

Il lui emboîta le pas.

— Quelque chose me dit que tu n'as pas envie de parler de ce qui vient de se passer entre nous, lui dit-il en la rattrapant.

— Nous nous sommes embrassés, nous n'aurions pas dû, fin de l'histoire. Je ne vois pas ce que je pourrais en dire de plus.

Oh ! non, songea Josh. L'histoire ne faisait que commencer…

— Peux-tu me dire où nous allons, d'un pas si décidé ?

Laura s'arrêta au coin d'une rue, attendant que le feu passe au rouge.

— Je vais récupérer la voiture que Mme Jardine m'a prêtée et je rentre chez elle.

— Ça tombe bien ! déclara Josh. Je vais chez la Duchesse, moi aussi. Faisons la route ensemble !

— Tu n'as pas d'autre occupation ?

Ils traversèrent.

— Non. Pendant les vacances, je m'accorde le droit de ne faire que ce qui me plaît.

Laura fronça les sourcils.

— Ah oui, c'est Thanksgiving, jeudi ! J'avais presque oublié.

Josh se serait giflé pour sa maladresse. Laura devait redouter le cap de la fin de l'année. Les fêtes allaient être un moment difficile, sans sa mère.

— Excuse-moi, dit-il. J'imagine que tu n'attends pas les fêtes avec impatience, cette année. Je veux dire… sans ta mère, ça va être dur.

— J'avoue que je ne m'étais pas encore posé la question, mais tu as raison. Maman adorait Noël, et, pour elle, la saison des réjouissances commençait à Thanksgiving.

Josh lui prit la main et entrecroisa leurs doigts. Elle ne réagit pas.

— Elle passait des journées entières à préparer le repas de Thanksgiving, poursuivit-elle. Il y avait toujours des quantités astronomiques de nourriture. On mangeait les restes pendant une semaine.

Un sourire triste se dessina sur ses lèvres.

— C'était exactement pareil chez moi, déclara Josh. Sauf qu'avec cinq gamins il ne restait rien au fond des plats.

— Je m'en doute, répondit Laura. Ça doit être chouette, une grande famille.

— Ça a des bons côtés, convint Josh. Et aujourd'hui, avec tous mes neveux et nièces, je ne te raconte pas les repas de famille ! Ce qui m'amuse le plus, c'est de voir mes sœurs faire des bonds quand leurs petits monstres se mettent à courir partout.

Laura haussa les sourcils.

— J'imagine que leur tonton Josh est le premier à les encourager à faire des bêtises.

Il se tourna vers elle en souriant.

— Je ne fais que rendre à mes frangines la monnaie de leur pièce pour le calvaire qu'elles m'ont fait vivre quand on était gamins.

Laura éclata de rire.

— Les pauvres ! C'est un miracle qu'elles n'aient jamais eu envie de te tuer.

— Oh, je me méfie quand elles ont un couteau à la main. Celle qui m'inquiète le plus, c'est Rachel. Elle n'est pas mariée et elle n'a pas d'enfant. Elle travaille dans la police : elle a un flingue et elle connaît quelques prises d'autodéfense plutôt impressionnantes.

— Hmm, fit Laura en riant. Voilà quelqu'un qu'il faudrait me présenter.

— Excellente idée ! s'exclama Josh. Comment n'y ai-je pas pensé tout seul ?

— Pensé à quoi ?

— A t'inviter chez mes parents.

— Je plaisantais, Josh.

Il s'immobilisa et se tourna vers elle.

— Pas moi. Viens passer Thanksgiving à la maison, Laura, s'il te plaît. Mes parents et mes sœurs seront enchantés de faire ta connaissance.

Laura dégagea sa main de celle de Josh et la glissa dans sa poche.

— Tes parents ne m'ont jamais vue, Josh. Je ne peux pas m'imposer chez eux un jour de fête.

— Ils savent que nous avons sympathisé.

— Et que je suis la fille cachée d'Andrew Jardine ?

Ne pouvant supporter que Laura se déprécie ainsi, Josh l'empoigna par le revers de son col et approcha son visage à quelques centimètres du sien.

— Ils savent que tu es la fille d'Andrew, dit-il sans dissimuler son mécontentement. Mes parents nous ont appris qu'un enfant, prévu ou non, est un cadeau de Dieu. Personnellement, Laura Harte, je suis reconnaissant envers ton père et ta mère de t'avoir mise au monde. Et tu devrais l'être, toi aussi.

— Tu as raison, murmura-t-elle. Je suis désolée. Mais

la vérité est tellement difficile à accepter. Parfois, j'ai l'impression d'avoir perdu mon identité. C'est terrible de ne plus se sentir sûre de rien, de ne plus savoir qui l'on est.

Bouleversé par les larmes qui brillaient dans ses yeux, Josh la serra dans ses bras et lui caressa les cheveux.

— Moi, je sais qui tu es. Tu es Laura Harte. Tu es belle, intelligente, et ça me ferait vraiment très plaisir de célébrer Thanksgiving avec toi… Tu viendras ? lui demanda-t-il avec douceur, en l'écartant un peu de lui afin de voir son visage.

— Je… D'accord. A condition qu'Olivia n'ait rien prévu.

— Josh veut vous présenter à sa famille ? s'écria Katie.

— Je trouve ça très gentil de sa part, répondit Laura en poussant Tori sur la balançoire.

— Ouais…, marmonna Katie sans dissimuler son scepticisme. Josh est toujours très gentil avec les jolies femmes.

Et elle passa devant Laura pour donner de l'élan à sa nièce.

— Katie, je t'en prie, intervint Alison qui regardait sa sœur et sa demi-sœur se disputer la place de choix auprès de Tori, laquelle, évidemment, était ravie d'avoir deux tantes qui la comblaient de toutes leurs attentions.

Devançant Katie, Laura saisit les cordes de la balançoire.

— Tu peux parler ! lança Katie à sa sœur. Tu étais la première, quand on était ados, à faire des paris sur la blonde dont Josh allait s'enticher au bal des débutantes.

— Il a changé, en dix ans, protesta Ali. Tu le fais passer pour un coureur de jupons alors qu'il n'en est pas un. Et crois-moi, je sais de quoi je parle.

— C'est vrai, admit Katie en regrettant d'avoir ravivé de mauvais souvenirs pour sa sœur. Josh est un mec super. Je suis juste étonnée qu'il ait invité Laura pour Thanksgiving. C'est tout.

— Pourquoi ? demanda l'intéressée.

Katie haussa les épaules et Laura fit monter Tori dans les airs.

— Je connais Josh depuis toujours et je suis presque certaine que c'est la première fois qu'il invite une fille à un repas de famille.

— C'est juste pour être aimable avec moi, affirma Laura. On s'entend bien, tous les deux.

— Ça, je m'en étais aperçue ! répliqua Katie. Je vous ai vus vous dire au revoir, hier soir, sous le porche. C'est sûr que vous aviez l'air de vous entendre à merveille…

Les joues de Laura s'empourprèrent.

— Vous m'épiez ? lança-t-elle.

— Bon, ça suffit pour aujourd'hui, ma puce, dit Alison en arrêtant la balançoire et en s'interposant entre Katie et Laura. Si vous avez envie de passer Thanksgiving chez les Logan, Laura, je suis sûre que grand-mère n'y verra aucun inconvénient.

— Tout compte fait, je crois que je n'ai plus envie d'y aller. Je ne voudrais pas que la famille de Josh ou que quiconque se fasse des idées.

— Vous savez, Laura, l'expérience m'a appris à ne pas me soucier de ce que pensent les autres.

Depuis plus d'un an qu'elle était divorcée, Alison devait en effet se boucher les oreilles pour ne pas entendre les ragots que l'on colportait à son sujet. Derek, son ex-mari, l'avait fait passer pour une enfant gâtée qui n'était pas prête à assumer le rôle d'épouse et de mère, et les mauvaises langues s'étaient bien sûr empressées non seulement de le croire mais de crier sur tous les toits qu'elle était une irresponsable et que sa fille était insupportable.

Elle prit Tori dans ses bras et alla s'asseoir sur l'une des balancelles de la gloriette.

Katie prit place en face d'elle, sur la seconde balancelle.

— Les autres, on les emmerde ! déclara-t-elle.

— Tu ne pourrais pas t'exprimer correctement ? lui lança Alison, qui se réjouissait néanmoins de voir que Katie et Laura étaient enfin capables de se parler sans s'envoyer des piques.

En quelques jours, elles semblaient avoir réussi à surmonter leur hostilité. Certes, elles se tenaient toujours sur leurs gardes, mais il était évident que des liens commençaient à se nouer entre elles.

— Qu'en pensez-vous, Ali ? demanda Laura en regardant Tori qui s'endormait sur les genoux de sa mère. Dois-je accepter l'invitation de Josh ? Ou préféreriez-vous que je passe Thanksgiving avec vous ?

— Vous êtes très perspicace, répondit Alison en souriant.

Depuis le début, elle soupçonnait Josh d'avoir une attirance pour Laura. S'il lui consacrait autant de temps, ça ne pouvait pas être uniquement pour faire plaisir à Olivia. Et, en vérité, elle voyait plutôt ça d'un bon œil. Elle espérait même que Josh parviendrait à convaincre sa demi-sœur de rester à La Nouvelle-Orléans.

— C'est vrai que je serais déçue si vous n'étiez pas des nôtres, avoua-t-elle. C'est la première fête que nous aurions pu célébrer ensemble…

En outre, bien qu'elle n'osât pas aborder ce sujet, elle avait conscience que Laura était en mal de repères, depuis le décès de sa mère, et elle ne demandait qu'à l'inclure dans la famille, car, pour elle, il n'y avait rien de tel qu'une famille pour guérir les blessures les plus douloureuses.

— Bon, je dirai à Josh que je ne peux pas venir, déclara Laura.

— Pourquoi est-ce que tu la culpabilises, Ali ? intervint Katie. Laura, si vous voulez aller chez les Logan, pas de problème. Ça ne nous dérange absolument pas.

— Dois-je te rappeler, ma chère sœur, répliqua Alison, que grand-mère a donné un jour de congé à tout le personnel et que c'est moi qui vais devoir me mettre aux fourneaux ?

— Je sais, et j'ai hâte de déguster tes plats.

— Tu m'aideras à préparer le repas ?

— Pardon ? dit Katie.

— Je te rappelle que, depuis un mois, je remplace ton chef pâtissier, au Regent ! Je n'ai même pas encore eu le temps de réfléchir au menu. Je comptais demander à Laura de m'aider, mais si elle va chez les Logan, c'est toi qui devras mettre la main à la pâte.

— Tu sais que je suis plus encombrante qu'autre chose, dans une cuisine !

— Certes, mais je n'ai pas le choix. Je ne peux pas tout faire seule.

— Demande à maman ou à Mitchell de te donner un coup de main.

Alison ne put s'empêcher de sourire. Si sa sœur était compétente dans de multiples domaines, elle avait une sainte horreur des casseroles, et elle aurait trouvé n'importe quel prétexte pour échapper aux corvées ménagères.

— Mitch est débordé, en ce moment, avec le chantier du nouveau centre des congrès. Et tu sais comme moi que maman n'a pas mis les pieds dans une cuisine depuis des lustres. La dernière fois, nous n'avions pas plus de six ans. Elle a failli mettre le feu à la maison en essayant de faire un gâteau.

— Seigneur ! gémit Katie. Le cuisinier était en vacances… J'avais presque oublié cette histoire.

— Votre mère est nulle en cuisine ? demanda Laura en prenant place dans un fauteuil de jardin entre ses demi-sœurs.

— Oh ! oui, répondit Katie en riant. Je revois encore la tête qu'elle faisait, son moule carbonisé entre les mains, quand les pompiers sont arrivés.

— Elle avait vraiment mis le feu ? Non, vous plaisantez…

— Pas du tout ! assura Alison, enchantée par le ton convivial que prenait la conversation. Et vous, Laura, votre mère cuisinait bien ?

— Pas aussi bien que vous, mais elle était un peu plus douée que votre mère, tout de même. Disons qu'elle maîtrisait les bases, ou tout du moins les plats qui plaisent aux gamins : les macaronis au fromage, la pizza, les hamburgers. Et les cookies aux flocons d'avoine et aux raisins secs. Ça, c'était quelque chose qu'on faisait toujours ensemble.

En dépit de son sourire, une infinie tristesse se peignit sur le visage de Laura.

— Parfois, oncle Paul venait manger chez nous, pour les grandes occasions. C'était un ami de mon… de votre père. Mais, la plupart du temps, nous n'étions que toutes les deux, maman et moi. Ce qui ne me gênait pas. On s'amusait beaucoup. On faisait énormément de choses ensemble avant… avant qu'elle parte.

— Grand-mère nous a dit qu'elle s'était tuée dans un accident de voiture, intervint Katie.

— Oui, il y a trois mois. Nous allions ensemble à une

soirée où l'on devait me remettre un trophée pour ma promotion au poste de directrice adjointe de l'Ambassador, expliqua Laura d'une voix nouée. Il tombait des cordes, la route était glissante. Un camion s'est déporté sur notre voie et nous a percutées de plein fouet. Maman n'avait pas attaché sa ceinture parce qu'elle ne voulait pas froisser sa robe. Elle a été éjectée de la voiture. On n'a même pas eu le temps de la conduire à l'hôpital. Elle est morte dans mes bras.

— Je suis désolée, murmura Katie.

— Je sais que vous avez du mal à vous faire à l'idée que nous sommes sœurs, dit Alison, mais vous pouvez compter sur nous, vous savez ? Pour l'instant, bien sûr, nous ne partageons que le lien du sang, mais, avec le temps, j'espère que nous tisserons le lien du cœur. J'aimerais tant que nous devenions de vraies sœurs ! Je sais que c'est ce que papa aurait souhaité.

— Je ne peux rien vous promettre, Ali.

— Bon, alors, qu'est-ce qu'on fait pour Thanksgiving ? demanda Katie, changeant brusquement de sujet de conversation.

— Je peux compter sur toi pour m'aider ? lui lança Alison.

— Puisqu'elle est notre sœur, répondit Katie en désignant Laura du menton, je ne vois pas pourquoi tu ne l'embaucherais pas, elle aussi.

Alison jeta à Katie un regard reconnaissant.

— Qu'est-ce que tu suggères ? lui demanda-t-elle.

— Je suggère que Laura décline l'invitation de Josh et que nous t'aidions toutes les deux à préparer le repas.

— Je pourrai goûter la pâte à gâteau, offrit Laura en souriant. Ça, je sais le faire.

— Moi aussi. Et est-ce que vous savez hacher les oignons et faire la vaisselle ? lui demanda Katie.

— Sûrement aussi bien que toi, répliqua Alison.

— Ben quoi ? Je sais utiliser le lave-vaisselle !

Alison poussa un soupir désespéré.

— J'espère que tu ne mettras pas la porcelaine et les verres en cristal de grand-mère dans ce fichu lave-vaisselle…

16

En regardant ses sœurs se comporter avec Laura comme si leur mariage était imminent, Josh regrettait presque d'avoir insisté pour que la jeune femme vienne prendre au moins le dessert chez ses parents. Heureusement, elles n'étaient que trois : Rachel était d'astreinte et elle avait été appelée au beau milieu du repas.

Quel imbécile il faisait ! Il aurait dû prévoir la réaction de ces chipies. La dernière fois qu'il avait amené une fille à la maison, quand il était en deuxième année de fac, elles s'étaient comportées exactement de la même manière, si bien qu'il n'avait jamais renouvelé l'expérience.

— Dites-moi, Laura, demanda Hope, que pensez-vous des familles nombreuses ?

— Eh bien, je, euh… Je trouve ça formidable.

— Vous envisagez d'avoir plusieurs enfants ? enchaîna Meredith avec un manque de subtilité qui incita Josh à lever les yeux au ciel.

— A vrai dire, je ne me suis pas encore posé la question, répondit Laura. Mais une chose est sûre : si je fonde un jour un foyer, j'aimerais avoir au moins deux enfants, pour qu'ils puissent jouer ensemble… et qu'ils ne soient pas seuls.

Comme elle, songea Josh, qui n'avait pas de peine à concevoir que les enfants uniques devaient se sentir terriblement désemparés lorsque leurs parents disparaissaient. D'ailleurs, s'il avait absolument tenu à inviter Laura pour Thanksgiving, ce n'était pas seulement parce qu'il avait envie d'être avec elle. C'était aussi parce qu'il avait conscience du désarroi dans lequel l'avait laissée la mort de sa mère, même si, de toute évidence, elle commençait à s'intégrer dans la famille Jardine.

— Vous allez être ma tante ? demanda Megan, la fille de Faith, qui avait presque six ans.

— Megan, tu sais qu'il ne faut pas poser de questions embarrassantes aux adultes, la réprimanda sa mère en la prenant sur ses genoux. Pardonnez-lui, Laura. Je me demande où elle est allée chercher une idée pareille.

— Tatie Meredith a dit à mamie, tout à l'heure, que tonton Josh allait se marier avec Laura, déclara la blondinette innocemment. S'il se marie avec elle, elle sera bien ma tante, hein ?

— Tout à fait, ma chérie, répondit Faith en rougissant jusqu'à la racine des cheveux. La dame qu'oncle Josh épousera deviendra ta tante.

— Et vous seriez toutes sympas de laisser tonton Josh faire lui-même sa demande en mariage ! intervint Josh.

A sa grande satisfaction, Faith eut la décence de baisser

les yeux. Ses deux sœurs, en revanche, ne paraissaient pas le moins du monde gênées.

— Voilà le dessert ! annonça Lenna Logan, la maîtresse de maison, en revenant dans la salle à manger avec le gâteau à la crème que Laura avait apporté.

— Et voici le café ! claironna son mari, Thomas, en posant sur la table un plateau chargé de tasses fumantes.

Puis il passa un bras autour des épaules de sa femme et lui coula un regard énamouré.

— Alison devrait ouvrir un restaurant, ajouta-t-il en contemplant le gâteau. Votre sœur est une cuisinière hors pair, Laura. Je me tue à le répéter à Olivia.

— Vous avez raison, monsieur Logan, approuva Laura. Ali est un vrai cordon-bleu. Heureusement que je rentre à San Francisco la semaine prochaine. Ma ligne commence à sérieusement pâtir de mon séjour chez les Jardine.

A l'idée que Laura serait bientôt à des milliers de kilomètres, Josh éprouva un douloureux pincement au cœur.

— Josh nous a dit que vous étiez adjointe de direction dans un grand hôtel, enchaîna sa mère. Il aimerait que nous achetions un établissement à San Francisco, mais il n'a encore rien trouvé qui lui plaise.

— Oh ! si, répliqua-t-il. L'Ambassador Grand, où Laura travaille, est un petit bijou. Malheureusement, Nick n'a pas l'intention de le vendre.

— Nick ? répéta Faith en levant brusquement la tête.

Josh se tourna vers sa jeune sœur. Elle se remettait tout juste de son divorce, et il ne voulait surtout pas raviver dans sa mémoire les souvenirs cuisants de sa première déception amoureuse.

— Nick Baldwin, précisa Laura.

— Vous travaillez pour Nick Baldwin ? s'enquit Faith avec un imperceptible tremblement dans la voix.

— Oui, il est propriétaire de l'Ambassador Grand. C'est un patron fantastique et un ami merveilleux.

Laura marqua une pause, comme si elle avait remarqué le trouble de la jeune femme.

— Je crois que vous le connaissez, ajouta-t-elle. Il m'a raconté qu'il avait travaillé avec vous et Josh, quand il était jeune.

— Tout à fait, répondit Faith évasivement.

Mais l'application qu'elle mettait à ramasser les miettes que Megan avait fait tomber trahissait son trouble. Exactement la même réaction que Nick, songea Josh.

— Allons, Faith, dit-il, tu ne vas pas nous faire croire que tu as oublié Nick !

— Pas du tout. C'est lui qui m'a encadrée pendant mon stage de réceptionniste, avant que je rentre en première année de fac. C'était un excellent pédagogue.

— Un bosseur, ce gars, dit Thomas Logan. Intelligent, ambitieux. J'aurais bien aimé le garder, mais quand je lui ai proposé un poste de directeur adjoint, il m'a présenté sa démission. Il ne voulait pas travailler pour les autres. Je ne suis pas étonné d'apprendre qu'il a fait son chemin. Il voulait absolument rattraper les pertes de son père. Je suis content qu'il ait réussi. Vous lui transmettrez mes amitiés, Laura.

— Je n'y manquerai pas. Je suis sûre que ça lui fera plaisir de savoir que vous vous souvenez de lui.

Pourquoi diable fallait-il que tout le monde à cette table lui rappelle que Laura allait bientôt repartir ? songea Josh en réalisant que, curieusement, depuis quelques jours, il se souciait beaucoup moins de la promesse faite à son grand-père que de l'imminent départ de la jeune femme.

— Joshua ne vous a pas laissé une minute de répit, constata Olivia, quelques jours plus tard, pendant le petit déjeuner, après que Laura eut énuméré, en réponse à une question de Mitch, tous les endroits qu'elle avait visités.

— Josh est un excellent guide, dit la jeune femme. Vous avez eu une excellente idée, Olivia, en lui suggérant de me faire découvrir la ville. Je vous remercie.

Olivia inclina la tête dans une posture altière.

— Je ne pensais pas qu'il vous accaparerait à ce point.

Laura se raidit. Le ton réprobateur de la vieille dame ne lui avait pas échappé.

— La façon dont j'occupe mon temps vous pose-t-elle un problème ? répliqua-t-elle sèchement.

— Ce n'est pas ce que grand-mère voulait dire…, intervint Alison, toujours soucieuse d'arrondir les angles.

Olivia lui jeta un regard agacé.

— Je n'ai pas besoin d'interprète ! lança-t-elle. Je suis parfaitement capable d'expliquer moi-même ce que je veux dire. Et, en l'occurrence, il me semble que mes propos étaient clairs. Je trouve que Laura a passé énormément de temps avec Joshua.

— Vous avez raison, grand-mère, approuva Katie en adressant un clin d'œil à sa demi-sœur. J'ai moi-même fait remarquer à Laura, il y a à peine quelques jours, qu'elle avait une chance inouïe d'avoir un chevalier servant tel que Josh. Je ne l'ai jamais vu aussi prévenant.

Laura foudroya la jeune femme du regard.

— Et alors ? riposta-t-elle. Je vous ai déjà dit que je m'entendais bien avec lui. Je le trouve très généreux d'avoir pris sur son temps pour me montrer La Nouvelle-Orléans.

Derrière sa tasse de café, Katie étouffa un petit rire.

— Je ne sais pas pourquoi, mais, à mon avis, se balader avec vous n'a pas dû être trop pénible pour ce bon vieux Josh.

— Evidemment qu'il y a plus pénible ! répliqua Olivia qui visiblement ne saisissait pas les sous-entendus de sa petite-fille. Je suis juste surprise qu'il ait trouvé autant de musées et de sites touristiques à lui faire visiter.

Laura sentit le rouge lui monter aux joues. Effectivement,

Josh et elle n'avaient guère passé de temps dans les musées.

— Il n'y a pas que des musées et des sites touristiques dans une ville, dit-elle.

— Que vous a-t-il montré d'autre ? demanda Katie, tout innocence.

— Nous sommes allés plusieurs fois dans le quartier français. Il faudrait des semaines pour explorer à fond l'architecture et l'aspect historique du Vieux Carré. Et je ne parle pas du Mississippi, des bayous, des plantations…

— Et la vie nocturne de la ville ? demanda Katie.

— Nous sommes allés dans plusieurs clubs de jazz.

Katie était maligne, songea Laura qui avait bien conscience que ce n'était pas seulement de l'amitié qu'il y avait entre elle et Josh. Elle craignait même sérieusement qu'ils ne soient en train de tomber amoureux l'un de l'autre.

Elle aurait tant aimé que leur relation aille plus loin… Chaque fois qu'il l'embrassait, elle devait lutter de toutes ses forces pour ne pas le supplier de lui faire l'amour.

« Mon Dieu, que m'arrive-t-il ? » se demanda-t-elle en laissant échapper un soupir. Penser à des effusions torrides dès le petit déjeuner… Sans doute était-ce à cause de l'atmosphère moite qui régnait sur la ville. Une fois rentrée à San Francisco, elle oublierait Josh Logan et ses baisers qui lui faisaient bouillir le sang et lui laissaient les jambes en coton.

— Laura ?

La voix de Mitch la fit tressaillir.

— Excusez-moi. Vous me parliez ?

Il lui lança un regard perplexe.

— Oui, je disais que vous sembliez aimer La Nouvelle-Orléans.

— Oh ! oui. C'est une ville fabuleuse, fascinante, d'une richesse insoupçonnée.

— A vous entendre, on croirait que vous avez été embauchée par l'office du tourisme ! lança Mitch en riant.

Et Laura ne put s'empêcher de ressentir une certaine satisfaction : avec Mitch aussi, la glace commençait enfin à se rompre.

— Katie vous a-t-elle présenté ses amies ? demanda-t-il.

— J'aurais peut-être dû, en effet, répondit l'intéressée.

Olivia émit un petit son méprisant.

— Il me semble que Joshua lui a déjà fait perdre assez de temps en la trimbalant dans tous les pièges à touristes. Il aurait mieux fait de lui montrer nos hôtels.

— Il me les a montrés, dit Laura. Nous sommes passés devant en voiture.

— *Passés devant en voiture*…, répéta la vieille dame en secouant la tête. Il aurait dû vous y faire entrer, vous présenter aux employés. Je voulais qu'il vous fasse visiter le Princess. Où donc a-t-il la tête ? Vous montrer nos hôtels de loin, comme si vous n'étiez qu'une étrangère... Ce garçon me rend folle.

Le silence s'installa soudain. Manifestement, Olivia avait oublié qu'elle avait promis de ne pas faire pression sur Laura.

— En fait, il m'a proposé de me faire visiter le Princess, précisa Laura. C'est moi qui n'ai pas voulu. Je vous l'ai déjà dit : je ne resterai pas à La Nouvelle-Orléans.

— Cet hôtel fait partie de votre héritage. Vous pourriez au moins...

— Grand-mère, coupa Mitchell, il me semble que Laura s'est exprimée clairement. Permettez-moi de vous dire que vous ne devriez pas insister.

Et, l'espace d'un instant, Laura se plut à penser que Mitch avait pris sa défense comme il aurait pris celle de Katie ou d'Alison.

Olivia garda le silence. Laura regardait tour à tour la vieille dame et son petit-fils, en se demandant ce qui s'était passé entre eux. Car il s'était passé quelque chose, elle en aurait mis sa tête à couper. Les rares fois où Mitchell était venu chez sa grand-mère, pour Thanksgiving notamment, elle avait senti que leurs relations n'étaient plus les mêmes. En tout cas, elle était reconnaissante envers Mitch pour son intervention.

— Puisque grand-mère veut que vous voyiez le Princess, allons y déjeuner aujourd'hui, suggéra Alison. Je dois y passer dans la matinée, de toute façon, pour discuter avec le service restauration de certains points concernant le buffet du bal masqué. Vous pourriez me rejoindre là-bas vers 11 h 30. Je vous ferai visiter l'hôtel, et, ensuite, nous déjeunerons au restaurant.

— C'est entendu.

— Super ! s'exclama Alison. Il y a une petite boutique que j'adore, tout près de l'hôtel. On y passera ensuite pour regarder les robes de bal.

— D'accord pour la visite de l'hôtel et le déjeuner, mais je ne crois pas que je vous accompagnerai à la boutique, dit Laura. Je ne suis pas sûre du tout de pouvoir revenir pour mardi gras.

— Comment ça ? se récria Olivia. D'une manière ou d'une autre, il faudra vous débrouiller, ma chère. Si les Jardine donnent un bal, il serait malséant de votre part de ne pas être là pour accueillir les invités de la famille.

Ne voulant pas faire de peine à Alison, Laura s'abstint de faire remarquer à la vieille dame qu'elle n'était pas une Jardine et ne se considérait pas comme un membre de la famille. Ce qui, du reste, commençait à devenir de moins en moins vrai…

— S'il vous plaît, Laura, dites que vous viendrez au bal ! l'implora Ali.

— Je m'y efforcerai, mais, pour l'instant, je ne peux rien vous garantir. Il faudra que je voie avec mon patron si je peux me libérer quelques jours. En tout cas, je vous accompagnerai pour choisir votre robe.

— D'accord, acquiesça Ali en se tournant vers sa sœur jumelle. Tu viens avec nous, Katie ?

— Impossible. J'ai une tonne de rendez-vous, aujourd'hui.

Elle s'interrompit, parut réfléchir et, soudain, son visage s'illumina.

— Attendez, j'ai une meilleure idée ! s'exclama-t-elle. Si vous veniez plutôt au Regent, aujourd'hui, Laura ? Quand Alison aura fini ce qu'elle a à faire, elle nous rejoindra là-bas, nous déjeunerons ensemble, et, ensuite, vous irez toutes les deux au Princess. Ali vous le fera visiter, et, après, vous pourrez faire du shopping. Qu'en pensez-vous ?

— Ça me va, répondit Alison.

— Et vous, Laura ? Ça vous dit de venir jeter un coup d'œil au Regent ?

— Pourquoi pas ? répondit Laura, à la fois étonnée et ravie de la proposition de Katie.

— On fait comme ça, alors, déclara Alison avec un grand sourire. Mais tu es sûre que tu ne peux vraiment pas venir faire les magasins avec nous, Katie ?

— Hors de question ! Un bon conseil, Laura : mettez des chaussures confortables. Notre sœur va vous faire courir dans toute la ville.

— Mais je croyais que nous devions juste aller voir les tenues de bal…

— Bien sûr, mais quand vous aurez choisi vos robes, il faudra aller acheter des chaussures, un sac, des bijoux et tout le tralala, expliqua Katie avec une grimace de souffrance.

— Toi aussi, il te faudra une robe ! lui fit remarquer Alison.

— Je te laisse le soin de me l'acheter.

— Et si elle ne te plaît pas ?

— Elle me plaira, ne t'inquiète pas. Je te fais confiance, tu as toujours eu des goûts plus sûrs que les miens. Et puis c'est ça, l'avantage d'avoir une sœur jumelle. Ce qui te va à toi me va aussi à moi, dit Katie fièrement.

— Excusez-moi, il est l'heure de mon injection, déclara Olivia. Non, non, restez assis, terminez votre petit déjeuner tranquillement, les enfants. Nous nous verrons ce soir.

La vieille dame se leva, puis s'arrêta auprès de Laura.

— J'ai hâte de savoir ce que vous aurez pensé du Princess, lui dit-elle.

— Je vous accompagne, grand-mère, proposa Mitch. Il faut que je parte, de toute façon.

— Moi aussi, déclara Alison. Je dois emmener Tori à la crèche. Rendez-vous à midi, les filles ?

— OK, acquiesça Laura en se demandant si elle devait elle aussi quitter la table ou terminer son petit déjeuner.

En fait, elle redoutait de se retrouver tête à tête avec Katie, dont l'attitude envers sa sœur jumelle l'avait quelque peu choquée.

Comme si elle devinait ses pensées, Katie leva les yeux du toast qu'elle était en train de beurrer.

— Quelque chose vous tracasse ?

— Oui. Vous n'avez pas le droit de traiter Ali comme… comme si elle était votre bonniche. Elle remplace déjà votre chef pâtissier, c'est elle qui va organiser le bal costumé et vous l'obligez encore à aller vous acheter une robe. Vous ne trouvez pas que vous exagérez ?

— Ouh ! là, là ! s'écria Katie en léchant le beurre qu'elle avait sur les doigts. Ce n'est pas la première fois que vous prenez sa défense, il me semble… Cela dit, je suis contente de voir que vous vous souciez d'elle.

— Bien sûr que je me soucie d'elle. Elle est… C'est ma sœur, après tout. Et je n'aime pas la façon dont vous profitez d'elle.

— C'est aussi ma sœur à moi, répliqua calmement Katie. Et je ne profite pas d'elle, comme vous dites. Vous vous méprenez, Laura. Je déteste faire les magasins et Ali adore ça. Cet arrangement nous convient à toutes les deux. D'autant plus que ma sœur a besoin de se sentir indispensable.

Laura se cala contre le dossier de sa chaise et observa Katie.

— C'est vrai qu'elle est indispensable. Il suffit de passer dix minutes parmi vous pour se rendre compte que c'est Ali qui fait tourner la maison.

— En effet, mais elle n'en a pas conscience. Elle n'est pas comme nous, Laura. Vous savez, je ressemble plus à ma grand-mère que je ne veux bien l'admettre. Je l'ai accusée d'être obsédée par le Princess, mais moi aussi, je suis obsédée par le Regent. Je savais depuis toute petite que j'étais destinée à en prendre la direction, alors forcément… Mitch ressemble davantage à notre père. Il a su très tôt qu'il ne voulait pas faire carrière dans l'hôtellerie. Dès qu'il est revenu de son service militaire dans la marine, il a monté sa boîte de surveillance.

— Et Ali voulait fonder une famille, dit Laura. Je suppose que c'est pour ça qu'elle s'est mariée si jeune.

Katie hocha la tête.

— Le malheur, c'est qu'elle a épousé le pire des connards, si vous voulez bien me passer l'expression. La seule chose qui intéressait ce cancrelat, c'était qu'elle soit la petite-fille d'Olivia Jardine. Dieu merci, elle a fini par se débarrasser de lui, mais son erreur lui a coûté cher, affectivement et financièrement. Heureusement, l'argent n'est pas un problème chez nous, mais l'amour-propre d'Ali en a pris un coup.

Le regard de Katie s'était soudain voilé.

— C'est pour ça que vous lui confiez toutes ces responsabilités, conclut Laura.

— Vous avez tout compris.

— Je vous dois des excuses, murmura Laura, mal à l'aise.

— Ça vous a arraché la langue, hein ? dit Katie en riant.

— Je n'aime pas me tromper sur les gens, et je dois vous avouer que je n'avais pas une très haute opinion de vous.

— Eh bien, nous avons au moins un point commun. Je ne suis pas sûre moi non plus de vous trouver sympathique. Mais puisque c'est tellement important pour Ali, je suis prête à faire un effort.

Katie jeta un coup d'œil à sa montre, et se leva comme un ressort en poussant un petit cri.

— Je suis en retard ! Il faut que je me dépêche. Je vous attends à 11 h 30 au Regent ?

— J'y serai.

— L'hôtel est somptueux et, apparemment, il tourne bien, dit Laura, tandis qu'elles sirotaient un thé glacé en attendant Alison.

— Il tourne bien, en effet, confirma Katie. Pourtant, le Regent n'est qu'un petit établissement, et ce n'est pas évident de rester compétitif, tant au niveau des prix que pour les services. Avec les bâtisses historiques reconverties en palaces et les nouveaux hôtels qui se montent sans arrêt, la concurrence est beaucoup plus rude qu'il y a quelques années.

— Je sais, répondit Laura. Je connais le problème des petits hôtels.

— Je travaille comme une dingue, et je suis hyper-exigeante avec mon équipe, poursuivit Katie. Sans ça, nous aurions coulé depuis belle lurette.

— Apparemment, la modestie ne fait pas partie des vertus que l'on vous a enseignées dans votre école pour jeunes filles de bonne famille, rétorqua Laura, agacée par les airs supérieurs de la jeune femme.

— Oh, ne prenez pas ce ton cassant ! lança Katie en

ajoutant une rondelle de citron dans son thé. Vous êtes impressionnée, reconnaissez-le.

— Vous lisez aussi dans les pensées ? Chapeau !

Un sourire vint jouer sur les lèvres de Katie.

— Pas besoin. Vous m'observiez, tout à l'heure, pendant que je discutais avec cette pimbêche. Avouez-le, vous avez été impressionnée.

— C'est vrai, admit Laura en esquissant à son tour un sourire. Vous l'avez jouée fine. Surtout qu'il s'agissait d'un cas hors du commun. Je n'en reviens pas que cette femme ait essayé de vous faire endosser la responsabilité de l'homosexualité de son fils. Ce n'est tout de même pas la faute de l'hôtel s'il a disparu dans les toilettes avec un serveur, le soir de la répétition générale de ses noces.

— J'ai cru comprendre que la famille de la mariée menace de lui intenter un procès pour le motif qu'elle aurait pu choisir un hôtel plus regardant sur les penchants sexuels de ses employés.

— En tout cas, c'était une excellente idée de lui proposer un communiqué de presse destiné à l'absoudre de toute responsabilité dans l'affaire.

— C'est vrai, j'ai eu de l'inspiration. Ça lui a vite cloué le bec, n'est-ce pas ?

— Tout à fait.

Elles pouffèrent toutes deux de rire.

— Je suis contente que nous ayons passé un moment ensemble, Laura, déclara Katie quand elles eurent retrouvé leur calme.

— Vous semblez étonnée d'avoir accompli cet exploit.

— Je le suis. Franchement, Laura, au cas où vous ne vous en seriez pas aperçue, je n'étais pas emballée, au début, par le fait que vous soyez ma sœur.

— Sincèrement, je n'étais pas transportée de joie, moi non plus. Et je vous avoue que je ne sais toujours pas que penser de vous. J'ai toujours eu une affection et une admiration sans bornes pour mon père, même si je ne l'ai pas connu. Ou plutôt j'ai toujours eu de l'affection et de l'admiration pour la photo de l'homme dont ma mère me disait qu'il était mon père. J'ai cru tout ce qu'elle me racontait à son sujet : combien il était gentil, combien ils s'aimaient. Et il m'a terriblement manqué. Quand j'étais confrontée à un problème ou que je devais prendre une décision importante, j'essayais de deviner ce qu'il m'aurait conseillé de faire.

La gorge nouée, Laura inspira profondément avant de continuer :

— Quand j'ai découvert la vérité... Quand j'ai découvert qu'il n'était pas mort, qu'il avait vécu pendant toutes ces années ici, avec une autre femme, avec vous, Ali et Mitch... j'en ai voulu à la terre entière. J'étais furieuse, contre lui, contre ma mère, et même contre vous, parce qu'il était votre père alors qu'il n'a jamais été le mien.

— Je suis désolée, murmura Katie. Je ne peux pas vous dire que je comprends ce que vous ressentez, ce serait mentir. Je ne peux pas vous dire non plus comment j'aurais réagi à votre place parce que je ne peux même pas m'imaginer à votre place. Je sais seulement que notre père était quelqu'un de bien, pas du genre à tromper sa femme. Il plaisait beaucoup, vous savez, mais les femmes qui lui faisaient la cour le laissaient complètement indifférent. Cependant... J'ai du mal à l'admettre, mais mes parents n'ont jamais été un couple heureux, quoi qu'en dise ma mère.

— Comment cela ?

— Vous avez vu Lenna et Thomas Logan : ils n'arrêtent pas de s'embrasser, ils se tiennent par la main.

Laura hocha la tête. Effectivement, elle avait remarqué que les parents de Josh se comportaient comme des tourtereaux.

— Au bout de trente-cinq ans de mariage, poursuivit Katie, ils sont encore amoureux comme au premier jour. Ce n'était pas le cas de mes parents. Ils avaient de la tendresse l'un pour l'autre, mais il n'y a jamais eu de véritable amour entre eux, et je crois que c'est parce que papa aimait toujours votre mère.

— Comment savoir..., murmura Laura.

— C'est vrai, nous ne saurons jamais, acquiesça Katie en repoussant son verre vide. Mais ce que je peux affirmer sans crainte de me tromper, c'est que, si mon père avait été au courant de votre existence, il n'en aurait pas fait un secret. Il aimait ses enfants, et il nous a toujours fait sentir qu'il n'avait rien de plus cher au monde que nous... Vous êtes sa fille, Laura. Et quoi qu'il se soit passé entre lui et votre mère, il vous aurait aimée. Je suis sûre et certaine qu'il ne vous aurait pas reniée, et qu'il n'aurait pas toléré de vivre loin de vous.

Les larmes aux yeux, Laura détourna le regard. Katie venait de semer un trouble monstre dans ses sentiments.

— Ali devrait être là depuis vingt minutes, dit-elle en regardant sa montre. Vous croyez qu'elle a eu un problème ?

Katie fronça les sourcils.

— Ça ne lui ressemble pas d'être en retard.

— Vous devriez peut-être l'appeler.

— Encore faudrait-il qu'elle ait son portable sur elle. Elle croit que c'est un jouet pour Tori, bougonna Katie en composant le numéro de sa sœur. C'est bien ce que je pensais : elle ne répond pas. Je vais appeler l'hôtel.

— Alors ? lui demanda Laura lorsqu'elle eut raccroché.

— Tori avait mal au ventre : elle est allée la chercher à la crèche. Rien de grave, apparemment, mais elle ne peut pas venir déjeuner avec nous.

— Dommage ! dit Laura, déçue.

— Bon, puisque nous avons réussi à passer presque une heure ensemble sans nous crêper le chignon, croyez-vous que nous pouvons tenter de déjeuner en tête à tête sans prendre trop de risques ?

— Je veux bien tenter l'expérience, répondit Laura en souriant et en ouvrant son menu.

A la vue des prix, elle écarquilla les yeux.

— Et on dit que la vie est chère en Californie ! dit-elle.

— Ne vous inquiétez pas, sœurette : choisissez ce qui vous plaît.

— Oh, je ne m'inquiète pas ! répliqua Laura en parcourant la carte, hésitant entre les scampi et le crabe. C'est vous qui m'avez invitée, de toute façon.

17

— Excusez-moi, mademoiselle Jardine, chuchota le maître d'hôtel en se penchant vers Katie. J'ai un appel urgent pour vous. Voulez-vous le prendre ici ou dans votre bureau ?

— Passez-le-moi, Raul, répondit Katie avec une expression alarmée, redoutant qu'il ne fût arrivé quelque chose à sa grand-mère. Katherine Jardine, j'écoute, dit-elle en s'emparant du combiné.

— Mademoiselle Jardine, Seymour Winston, du Princess. Excusez-moi de vous déranger, mais vous m'aviez dit de vous appeler, plutôt que votre grand-mère, en cas de problème.

— Tout à fait, Seymour. Que se passe-t-il ?

— Eh bien… il s'est produit un… un incident.

— Quoi donc ?

— Un incendie s'est déclaré dans la suite Anastasia. Les occupants n'étaient pas là mais toutes leurs affaires ont brûlé et…

— Et quoi ? s'impatienta Katie. Ces clients seront dédommagés. Il y a beaucoup de dégâts dans l'hôtel ?

— Les pompiers ont rapidement circonscrit l'incendie,

mais le dégât des eaux est assez important. Tout l'étage a été évacué. Nous n'avons pas de chambres libres pour reloger les clients, le séminaire des chirurgiens-dentistes débute demain et nous avons un mariage ce week-end. Ah ! et puis... la presse est au courant de l'incident...

Les choses auraient pu être pires, songea Katie. Au moins, il n'y avait pas de dommages corporels, et l'hôtel n'avait pas été complètement ravagé par les flammes.

— Ne vous affolez pas, Seymour. Je vous rappelle dans un instant.

— Mais, mademoiselle Jardine, que dois-je dire aux journalistes ?

— Rien. Et s'ils ne sont pas contents, donnez-leur mon numéro de portable, répliqua Katie en coupant la communication et en se renversant contre le dossier de sa chaise, les yeux fermés.

« Réfléchissons, réfléchissons », se dit-elle. Pour ce soir, le Regent pouvait certainement accueillir quelques personnes. En insistant, on devait également pouvoir en caser quelques autres chez les Logan. Mais que faire des chirurgiens-dentistes qui allaient arriver le lendemain et du mariage prévu pour le week-end ? Et comment cacher la catastrophe à Olivia ? Si elle apprenait ce qui s'était passé, elle ferait fi des recommandations de son médecin et filerait illico au Princess. Non, il ne fallait surtout pas lui en parler. « Je dois régler la situation toute seule », décida Katie. Mais comment ? Comment ?

— Que se passe-t-il ? lui demanda Laura.

Sa demi-sœur rouvrit les yeux et ramena ses cheveux en arrière.

— Pour l'amour du ciel, Katie, que se passe-t-il ? répéta Laura.

Katie inspira profondément. Elle allait trouver une solution. Pour commencer, il fallait annuler ce rendez-vous avec la commission du Tourisme. Puis elle se rendrait au Princess pour évaluer les dégâts par elle-même. Ensuite, elle aviserait.

— Bon sang, Katherine Elizabeth, dites-moi ce qui se passe !

La voix de Laura lui parvint enfin.

— Excusez-moi, il faut que je vous laisse. Il y a eu un incendie au Princess et de sérieux dégâts des eaux. Apparemment, le hall d'entrée grouille de journalistes, de pompiers et de clients en colère. Il faut que j'y aille et que je trouve un moyen de remédier à la panique avant que l'incident ne parvienne aux oreilles de ma grand-mère.

— Le directeur général n'est pas capable de prendre les choses en main ?

— C'est le réceptionniste en chef qui fait fonction de directeur général, en ce moment, pour décharger un peu grand-mère. Malheureusement, ce pauvre Seymour Winston perd les pédales dès qu'il lui manque quelques serviettes de toilette. Il ne peut pas gérer une telle situation.

— Et vos rendez-vous ? Vous ne m'avez pas dit que

vous deviez recevoir la commission du Tourisme, cet après-midi ?

— Si, répondit Katie en faisant signe au serveur de lui apporter l'addition. Ça fait des mois que je les serine pour qu'ils viennent visiter le Regent. Mais tant pis, je vais annuler, je n'ai pas le choix : je ne peux pas me faire remplacer pour une entrevue aussi importante, et je ne peux pas non plus être à deux endroits à la fois.

— N'annulez pas : je vais aller au Princess.

— Non, je ne peux pas vous demander une chose pareille, protesta Katie en signant la note que lui présentait le garçon.

— Vous ne m'avez rien demandé. C'est moi qui me suis portée volontaire. Occupez-vous de la commission du Tourisme, je m'occupe du Princess.

— Si j'étais aussi gentille qu'Ali, je vous dirais que vous ne savez pas où vous mettez les pieds et je refuserais de vous laisser aller au casse-pipe.

— Mais ce n'est un secret pour personne : vous n'êtes pas aussi gentille qu'Ali, répliqua Laura avec un sourire.

— Exactement. C'est pourquoi j'accepte votre offre. Je vais passer un coup de fil à Winston et le prévenir que ma sœur aînée est en route pour le Princess.

— OK, acquiesça Laura. Vous pouvez me remercier.

*
* *

Katie pouvait la remercier, en effet, songea Laura en raccrochant le téléphone dans le bureau de la direction du Princess. Epuisée mais satisfaite d'avoir résolu les problèmes les plus urgents découlant de l'incendie, elle se renversa contre le dossier du fauteuil et étendit les jambes sur le bureau. En soupirant, elle ferma les yeux et s'efforça de se détendre.

En dépit de la fatigue, elle était survoltée. Gérer une situation de crise dans un palace n'était jamais une mince affaire, a fortiori quand on ne connaissait pas les lieux et que l'on n'avait pas de supérieur auquel se référer. L'expérience avait été éprouvante mais excitante, et Laura ne regrettait en rien d'avoir relevé le défi. Josh allait être sidéré quand elle lui raconterait cette aventure, pensa-t-elle. Puis elle se rappela qu'il était en déplacement pour la journée. Tant mieux. Etait-il normal qu'il fût la première personne qu'elle eût envie d'appeler pour se vanter de ses exploits ? Non. Il prenait dans sa vie une place beaucoup trop importante. Bientôt, des milliers de kilomètres les sépareraient. La sagesse imposait de prendre d'ores et déjà des distances.

— Eh bien, quelle surprise !

Le pouls de Laura s'accéléra.

— Salut, Logan, dit-elle en souriant, sans ouvrir les yeux.

— Salut, chérie.

Un gémissement échappa à Laura tandis que Josh posait ses lèvres sur les siennes et en traçait le contour de la pointe de la langue. Elle noua les bras autour de son cou et lui donna un baiser avide, empreint d'un désir presque animal.

Puis elle lui prit les mains et les plaça contre sa poitrine. Les prunelles de Josh s'embrasèrent.

— J'ai envie de toi, murmura-t-elle.

— Tu veux me rendre fou ? grogna-t-il.

Elle agrippa sa cravate et l'attira à elle.

— Non, chuchota-t-elle. C'est moi qui vais devenir folle si tu continues à parler au lieu de me faire l'amour.

Il la plaqua contre lui et l'embrassa sauvagement, jusqu'à en perdre le souffle.

— Qu'y a-t-il ? lui demanda-t-elle lorsqu'il s'écarta d'elle pour reprendre sa respiration. Tu n'as pas envie de moi ?

— Oh ! si... Mais je ne crois pas que ta grand-mère apprécierait de nous trouver en pleine partie de jambes en l'air dans son bureau.

— Il n'y a pas de risque, déclara Laura, persuadée que Katie avait tout mis en œuvre pour qu'Olivia ne sache rien de ce qui s'était passé au Princess.

— Vous croyez ? retentit une voix distinguée, tandis qu'Olivia pénétrait dans le bureau.

— Je... Je..., bégaya Laura en se levant.

— Rasseyez-vous, lui ordonna la vieille dame. Vous êtes parfaite, dans le fauteuil de la directrice du Princess. Vous devriez juste rajuster votre veste.

Le rouge aux joues, Laura s'empressa de lisser ses vêtements.

— Katie sait que vous êtes là ? demanda-t-elle, soudain alarmée.

— Je n'ai pas besoin de la permission de Katie pour venir dans mon hôtel, que je sache !

Olivia tendit un mouchoir à Josh.

— Essuie donc ce rouge à lèvres que tu as sur la figure, lui dit-elle.

Il s'exécuta docilement. En d'autres circonstances, Laura aurait sans doute jugé la situation comique, mais elle n'avait qu'une chose en tête : trouver un moyen d'éloigner Olivia du Princess avant que celle-ci ne découvre qu'un étage entier de son hôtel chéri se trouvait dans un état effroyable.

— Je m'apprêtais à partir, dit-elle. Voulez-vous que je vous reconduise chez vous ?

— Quelle drôle d'idée, mon petit ! Alfred m'attend dans la Rolls, rétorqua Olivia en s'asseyant en face de sa petite-fille.

— Vous vouliez me dire quelque chose ? bredouilla Laura.

— Je voulais vous remercier.

— Vous... vous êtes au courant ?

Olivia éclata de rire, et Laura songea que c'était la première fois qu'elle l'entendait rire.

— Mais comment avez-vous su ?

— Vous oubliez, ma chère Laura, que j'ai dirigé cet hôtel pendant plus de cinquante ans. Aussi incroyable que cela puisse vous paraître, figurez-vous que je me suis attiré la sympathie d'un certain nombre de mes employés. Les plus anciens notamment sont les plus loyaux.

— En d'autres termes, vous avez un mouchard.

— Plusieurs, même, déclara fièrement Olivia. Et je suis contente de voir que je ne m'étais pas trompée à votre sujet. Ne t'avais-je pas dit, Joshua, qu'elle avait le profil idéal pour prendre les rênes du Princess ?

— Si, Duchesse.

— Attendez ! protesta Laura. Ce n'est pas parce que j'ai dépanné Katie aujourd'hui que je compte prendre la direction du Princess. J'ai une place en or, à San Francisco, que je ne quitterais pour rien au monde.

— Vous savez comme moi que vous n'êtes pas faite pour rester adjointe toute votre vie. Vous n'avez donc pas envie de faire tourner un hôtel ?

— Si, mais je ne suis pas sûre d'être à la hauteur.

— Vous *êtes* à la hauteur, Laura.

— Vous n'en savez rien.

— Je suis absolument certaine que vous ne me décevrez pas. Mais puisque vous semblez douter de vous, Joshua pourra vous seconder, en tant que consultant.

Laura jeta un coup d'œil à Josh dont l'expression demeurait insondable.

— Non, c'est hors de question, déclara-t-elle. Ma vie est à San Francisco.

— Votre famille et votre héritage sont ici, répliqua Olivia fermement. Allez-vous laisser passer une opportunité comme celle-ci parce que vous avez peur ?

Laura redressa le menton.

— Je n'ai pas peur.

— Prouvez-le ! Acceptez au moins de faire un essai, et, si vous réussissez à redresser la barre, je vous signe un contrat pour dix ans, avec une rémunération conséquente.

— Et si je n'y arrive pas ?

— Je vous trouverai un autre poste dans l'un des établissements de la famille. Ou bien je vous recommanderai chaudement auprès d'un confrère, si vous préférez. De toute façon, après avoir assumé les fonctions de directrice générale du Princess, vous n'aurez aucun mal à trouver une place. Vous verrez, on viendra même frapper à votre porte.

Laura savait que le Princess constituait effectivement une référence extrêmement prisée dans l'univers de l'hôtellerie de luxe.

— Combien de temps durerait la période d'essai ? demanda-t-elle.

— Un an.

— Je ne peux pas m'engager pour une période aussi longue. Quatre mois.

— Huit.

— Six, avec Josh comme consultant.

— D'accord, acquiesça Olivia avec un regard triomphant.

Et Laura ne put s'empêcher de penser qu'elle venait de se faire manipuler par quelqu'un de beaucoup plus rusé qu'elle.

— Bien, je dois rentrer, à présent, déclara la vieille

dame en se levant. Joshua, veux-tu m'accompagner jusqu'à ma voiture ? J'ai à te parler.

— Eh bien, mon grand, notre plan marche comme sur des roulettes ! lança Olivia en montant dans l'ascenseur.

— Quel plan ? demanda Josh, qui n'en revenait toujours pas du brusque revirement de Laura.

— Notre petit pari, nigaud ! Dans six mois, si vous avez réussi à faire du chiffre, je lègue l'hôtel à celui de vous deux qui tirera la carte la plus forte. Comme je te l'ai promis.

— Je ne joue plus, dit Josh. Vous ne me devez rien, Duchesse, à part des honoraires pour les services de consultant que je rendrai à Laura.

L'ascenseur s'arrêta.

— Nous avions conclu un marché, lui rappela Olivia en franchissant les portes de la cabine. Il n'est pas question que tu te rétractes maintenant.

Josh lui prit le bras et régla son pas sur le sien tandis qu'ils traversaient le hall d'entrée.

— Pourquoi avoir caché les règles du jeu à Laura ? demanda-t-il.

— Elle aura suffisamment de stress comme ça. Elle n'a pas besoin de savoir que le titre de propriété du Princess est en jeu.

Un groom tira la porte. Dehors, la nuit était tombée. L'air était froid et humide. Ils se dirigèrent vers la Rolls garée devant l'hôtel. Quand Alfred en sortit pour ouvrir la portière, Josh retint la vieille dame.

— Je ne suis pas d'accord, Duchesse. Vous êtes la première à dire que le stress n'est que simagrées. Je veux savoir pourquoi vous n'avez pas tout dit à Laura.

— A cause d'Adrienne, répondit Olivia en faisant signe à son majordome de reprendre sa place derrière le volant. Je crains qu'elle ne prenne mes intentions comme un affront personnel.

— Adrienne ? répéta Josh.

— Oui, je la trouve bizarre depuis que Laura est ici. Elle ne m'a rien dit, mais je vois bien que ça ne lui plaît pas que Laura se rapproche de ses sœurs et de Mitch. Elle connaît mes intentions concernant la direction du Princess et, même si elle désapprouve ma décision, elle ne pourra que l'accepter. Seulement, je ne sais pas comment elle réagira quand elle apprendra que je vais donner le Princess à Laura... ou à toi.

— Elle s'inquiétera probablement pour l'héritage de ses enfants, ce qui est compréhensible.

La vieille dame secoua la tête.

— Ils ne seront pas lésés. De plus, je ne crois pas qu'Adrienne se soucie de questions aussi bassement matérielles. Non, il y a autre chose. En rapport avec Andrew. Et le fait que Juliet soit la mère de Laura. Il faut que je sache de quoi il s'agit.

— Dans tous les cas, laissons tomber notre pari, Duchesse. Dans six mois, nous ferons le bilan de la situation. S'il est positif, vous léguez l'hôtel à Laura et moi, je le lui rachète.

— Je pensais que tu saisirais cette chance d'honorer la promesse que tu as faite à Simon. Tu me déçois, Joshua.

— Mon grand-père vous a parlé de ça ? s'étonna Josh.

— Simon et moi étions très proches, répondit doucement Olivia. Il t'aimait beaucoup.

— Moi aussi, je l'aimais beaucoup, murmura Josh, lui-même surpris de l'émotion qu'il éprouvait à parler de son grand-père avec Olivia.

— Avant de mourir, il m'a dit qu'un jour la bannière des Hôtels Logan flotterait de nouveau au-dessus du Princess. Il a ajouté que tu le lui avais promis et qu'il avait foi en toi.

— Je tiendrai ma promesse, affirma Josh. Mais plutôt que jouer à ces jeux stupides, je préfère que vous me vendiez le Princess. Je vous en donne ce que vous voudrez, Duchesse. Votre prix sera le mien, vous le savez.

Olivia secoua la tête.

— Le Princess n'a pas de prix, déclara-t-elle farouchement, une étincelle dans ses yeux bleu clair. Si tu veux tenir ta promesse, il faut que tu le gagnes, comme je l'ai gagné à Simon.

Une bourrasque de vent leur cingla le visage. La vieille dame serra son manteau autour d'elle.

— Mettez-vous à l'abri, lui dit Josh en l'aidant à monter dans la voiture.

Avec une souplesse étonnante pour ses quatre-vingt-un ans, elle s'installa sur la banquette arrière et claqua la portière.

— Donne-moi ta parole, Joshua, dit-elle en baissant sa vitre, de ne pas divulguer notre pacte tant que je n'aurai pas éclairci la situation avec Adrienne.

— Vous avez ma parole, Duchesse, à condition que vous disiez à Laura ce que vous avez derrière la tête. Sinon, c'est moi qui le ferai.

18

— Bonsoir, madame la directrice générale.

— Nick ! Quelle surprise !

Laura repoussa les comptes qu'elle était en train de vérifier et se cala confortablement contre le dossier de son fauteuil.

— Ça fait plaisir de t'entendre. Comment vas-tu ? Ma remplaçante bosse bien ?

— Ça va. Personne ne pourra te remplacer, mais Abby est quelqu'un de compétent et de sérieux. D'ici quelque temps, je pense qu'elle sera au top.

— Et Jen, ça va ? Elle a accouché ?

— Oui, hier. D'un petit garçon de quatre kilos trois : Michael James. C'est pour ça que je t'appelle.

— C'est sympa. Je lui enverrai un petit mot et un cadeau de naissance.

Tout à coup, Laura se sentait émue. Au bout de trois semaines, ses amis de San Francisco lui manquaient déjà.

— Et toi, comment vas-tu ? lui demanda Nick, comme s'il avait perçu sa mélancolie.

— Ça va, répondit-elle en se tamponnant les yeux

avec un mouchoir en papier. J'ai un peu le blues, parfois, mais ça va.

— Tu peux toujours revenir, tu sais ?

— Je sais. Tu as été clair sur ce point et je t'en suis reconnaissante, d'autant plus que je t'ai mis dans le pétrin en quittant l'Ambassador de façon aussi précipitée. Si on m'avait dit que je resterais à La Nouvelle-Orléans, il y a deux mois…

— Ne t'inquiète pas pour moi. Tu as pris la bonne décision. A ta place, j'aurais fait exactement la même chose. Dis-moi plutôt comment se passe le boulot.

— Bien, bien. Je bosse au moins douze heures par jour, mais je commence à m'y faire. Dans l'ensemble, le personnel est assez sympa, et mes sœurs…

Elle s'interrompit un instant, elle-même stupéfaite d'avoir employé ce terme aussi naturellement.

— Mes sœurs m'aident beaucoup, reprit-elle. Josh aussi. C'est très stimulant de travailler avec lui. Il a une approche de la gestion hôtelière très intéressante.

— C'est un garçon intelligent. Cela dit, je suis surpris qu'il ait accepté d'offrir ses services à un concurrent.

— Les Logan et les Jardine ont toujours été en bons termes. Il fait ça pour rendre service à Olivia Jardine.

— Si tu veux mon avis, c'est plutôt parce que tu lui as tapé dans l'œil. Ça se voyait comme le nez au milieu de la figure, quand il est venu à San Francisco.

— Peut-être… En tout cas, je m'entends très bien avec lui.

Ce n'était pas vraiment un mensonge, songea-t-elle,

en se sentant tout de même un peu coupable de cacher à Nick la véritable nature de sa relation avec Josh. Mais était-elle capable de définir exactement cette relation ?

— Laura, tu m'entends ?

— Hein ? Pardon, qu'est-ce que tu disais ?

— Je disais que j'avais rencontré Paul, hier.

Paul n'avait pas approuvé sa décision de rester à La Nouvelle-Orléans et, depuis trois semaines, elle n'avait eu aucune nouvelle de lui, si bien qu'elle commençait à craindre qu'il ne fût réellement fâché.

— Comment va-t-il ?

— Bien. Un peu triste, peut-être. Je suppose que tu lui manques. Il m'a dit que tu ne lui avais pas téléphoné depuis un petit bout de temps. Tu devrais lui passer un coup de fil.

— Je l'appellerai, tu fais bien de me le dire.

— Bon. Puisque tu es débordée, je ne te retiens pas plus longtemps. Je voulais juste t'annoncer la naissance du fils de Jen et te souhaiter un joyeux Noël. Tu me manques, à moi aussi, tu sais ? Je pense beaucoup à toi.

— Joyeux Noël, Nick. A bientôt. Moi aussi, je pense à toi.

Ce n'est qu'en raccrochant que Laura aperçut Josh, appuyé à la porte de son bureau. Tout de noir vêtu — pull noir, jean noir, chaussures noires —, il avait une classe folle. Laura esquissa un sourire, puis fronça les sourcils en remarquant son expression fermée.

— Salut ! Je ne t'avais pas vu.

— Je m'en suis aperçu, répliqua-t-il sèchement. A qui parlais-tu ?

— C'était Nick. Pourquoi ?

Josh s'avança vers le bureau et y posa les mains à plat.

— Heureux de savoir que tu penses à lui ! lança-t-il, ses yeux verts embrasés de colère.

A la fois surprise et outrée par sa jalousie, Laura redressa le menton.

— Ecoute, Josh, riposta-t-elle froidement, ce n'est pas parce que nous avons échangé quelques baisers que je te dois des explications. Maintenant, si tu veux bien m'excuser, j'ai du travail.

Et elle feignit de se concentrer sur les documents comptables qu'elle était en train d'étudier lorsque le téléphone avait sonné.

Josh contourna le bureau et fit brusquement pivoter le fauteuil de la jeune femme.

— « Nous avons échangé quelques baisers », répéta-t-il en la singeant, les mains plaquées contre le dossier de son siège, l'emprisonnant entre ses bras, son visage à quelques centimètres du sien. C'est donc tout ce qu'il y a entre nous ? Quelques baisers ?

— Absolument.

— Menteuse ! aboya-t-il.

Il se pencha vers elle et l'embrassa à pleine bouche, presque avec violence. Un baiser possessif auquel elle répondit avec la même rage, pressant son corps contre le sien, en proie à un puissant désir, comme chaque fois qu'ils se touchaient. Un gémissement s'échappa de ses lèvres lorsqu'il s'arracha à leur étreinte.

— Laura, regarde-moi ! murmura-t-il d'une voix rauque.

Elle ouvrit les yeux et plongea son regard dans le sien.

— Vas-tu encore prétendre qu'il n'y a rien entre nous, après ça ? Que je n'ai pas le droit d'être furieux quand je t'entends dire à un autre que tu penses à lui ?

— Mais ce n'était que Nick ! protesta Laura. Nick est juste un ami.

— Et moi, qui suis-je, pour toi ?

— Un ami un peu spécial.

— Je ne veux pas être ton ami. Je veux être autre chose, répliqua Josh en encadrant son visage de ses mains pour l'embrasser de nouveau, cette fois avec plus de douceur.

— Que veux-tu être ? chuchota-t-elle.

— Ton amant, répondit-il contre ses lèvres en glissant les mains sous son chemisier.

— Oh ! oui, souffla-t-elle en lui caressant les épaules, le dos, le ventre.

Quand elle parvint à la ceinture de son pantalon, il lui saisit les poignets.

— Doucement, mon amour, murmura-t-il. Nous n'allons tout de même pas faire l'amour dans ton bureau. Viens.

— Où ça ?

— Chez moi. Si je parviens à t'y conduire sans te violer sur la banquette arrière.

— Où est la chambre ? demanda Laura en arrivant chez Josh, réveillant le désir qu'il avait eu bien du mal à juguler durant le bref trajet depuis le Princess jusqu'à son appartement.

Il la plaqua contre la porte d'entrée et lui enleva son manteau tout en l'embrassant.

— Viens ! gémit-elle en s'agrippant à son pull.

L'espace d'un instant, Josh se vit en train de lui faire l'amour sur le plancher du vestibule, mais il parvint à se maîtriser et la souleva dans ses bras pour la porter jusqu'à l'étage, où il la déposa sur son lit, en s'efforçant de respirer calmement, de ne pas s'emporter, au risque de tout gâcher.

Laura lui prit les mains et l'attira à elle.

— Nous sommes dans le Sud, ma chérie, lui dit-il en lui embrassant les doigts. Nous prenons notre temps, ici, c'est mieux…

Il s'agenouilla, lui ôta ses talons hauts et caressa ses chevilles, ses mollets, chaque centimètre de ses longues jambes dont le galbe était souligné par un fin collant de soie, tout en se délectant de chaque frémissement que le mouvement de ses mains provoquait.

Puis il remonta sous sa jupe, le long de ses hanches. Il fit descendre lentement son collant, en promenant ses lèvres sur la peau satinée qu'il découvrait peu à peu.

Quand il la délivra de sa jupe et de son chemisier, la sueur perlait à son front. Néanmoins, il refusa de céder aux pulsions qui lui contractaient le bas-ventre. Les soupirs de Laura étaient divins. C'eût été un péché de les sacrifier sur l'autel de la précipitation.

— Tu es belle, chuchota-t-il en admirant son corps vêtu seulement de dessous en dentelle.

Puis il dégrafa son soutien-gorge, posa ses lèvres sur l'un de ses seins et en lécha la pointe tout en agaçant l'autre du pouce.

— Josh, je t'en supplie ! cria-t-elle tandis que ses reins se creusaient.

Il se débarrassa de son pull, déboutonna sa chemise ; elle défit fiévreusement sa ceinture et lui enleva à la hâte pantalon et caleçon.

La vision de Josh se brouilla lorsque leurs peaux entrèrent en contact et que Laura plaqua son bassin contre le sien.

— Attends…, grogna-t-il.

— Je ne peux pas. Viens. Vite.

Il glissa une main entre ses cuisses ; elle s'arc-bouta et pressa son sexe contre ses doigts, qu'il introduisit doucement en elle. Elle hurla son prénom.

Il lui redressa le buste. Ses yeux bleus à peine entrouverts étaient noyés de volupté. D'une main, il attrapa le préservatif qu'il avait eu la sagesse de prévoir, déchira l'emballage d'un coup de dents et protégea son membre érigé au zénith.

— Ouvre les yeux, Laura, chuchota-t-il. Je veux voir tes yeux, et je veux que tu voies les miens.

Les paupières de Laura palpitèrent et se soulevèrent. Il la pénétra lentement, en étouffant un grognement de plaisir. Son sexe était chaud, doux, humide, serré autour du sien.

Se maîtrisant comme il ne s'était jamais maîtrisé, il commença à bouger doucement, allant et venant chaque fois un peu plus loin, un peu plus fort, un peu plus vite.

— Josh..., haleta-t-elle en lui labourant le dos de ses ongles. Je ne peux pas...

— Oh ! si, murmura-t-il en s'abreuvant à ses lèvres et en accélérant la cadence.

L'orgasme arracha un cri à Josh. Le corps de Laura se cambra contre le sien.

Il demeura longtemps immobile, les bras et les jambes de Laura noués autour de lui, repu, submergé de langueur. Puis, reprenant conscience de son poids, il roula sur le dos et entraîna Laura au-dessus de lui.

Il lui caressa les cheveux, laissa ses mains courir jusqu'au bas de son dos. Le corps de Laura fut parcouru d'un frisson. Elle guida son membre de nouveau tendu entre ses cuisses, et, cette fois, il la laisser aller à son rythme, qui les emmena tous deux vers des sommets vertigineux.

*
* *

Elle le trouva dans le salon, pieds nus, torse nu, accroupi devant la cheminée. Les muscles de ses épaules et de son dos roulaient sous sa peau tandis qu'il ajoutait des bûches dans le feu, dont la bonne odeur emplissait la pièce.

— Salut, toi ! lui lança-t-il en se tournant vers elle.

— Salut ! répondit-elle.

— Mon peignoir te va très bien, dit-il en tirant sur la ceinture, mais je préfère te voir nue.

— Je... euh..., bredouilla-t-elle. Ce qui s'est passé... Contrairement aux apparences, je n'ai pas l'habitude de... euh... Enfin, je veux dire que je ne suis pas une fille facile.

Il s'approcha d'elle et lui souleva doucement le menton.

— Je n'ai jamais pensé cela. Tu n'as rien à te reprocher, mon amour. Et surtout ne crois pas que tu n'es pour moi qu'une aventure sans lendemain. Je suis tombé amoureux de toi dès l'instant où Olivia m'a montré ta photo.

— C'est pour ça que tu es venu à San Francisco ?

— Oui, en grande partie. Mais, à la fin de mon séjour, j'étais persuadé qu'il n'y avait aucun espoir. Par contre, quand je suis venu te chercher à l'aéroport de La Nouvelle-Orléans, j'ai su que nous étions faits l'un pour l'autre.

— Tu as *su* ? répéta Laura, ne sachant si elle devait se sentir flattée ou insultée. Tu étais bien sûr de toi, ajouta-t-elle. Et de moi.

— Je n'étais sûr de rien, ma chérie. J'ai même lutté de toutes mes forces contre l'attirance que tu exerçais sur moi. Comme je sais que tu as lutté contre tes sentiments. Or, nous ne pouvons rien contre notre amour. Comme je ne peux rien contre ma jalousie.

— Je ne t'en veux pas, répliqua Laura, mais Nick n'est qu'un ami, tu sais ?

— Tant mieux. Parce que maintenant il y a quelque chose de fort et de beau entre nous. Je t'aime, Laura.

— Je ne sais pas quoi dire..., murmura-t-elle, bouleversée et effrayée par la déclaration de Josh. Moi aussi, j'ai des sentiments pour toi, mais tout est tellement confus dans ma vie, en ce moment... Je suis venue ici en quête de réponses, à la recherche d'une part de moi-même... Je n'envisageais pas, loin de là, d'accepter l'offre d'Olivia ni de m'engager dans une relation avec toi. Et je ne suis pas certaine d'avoir pris les bonnes décisions.

— As-tu toujours besoin d'être certaine de tout ? Dois-tu forcément savoir comment les choses vont se terminer alors qu'elles ont à peine commencé ?

— En règle générale, oui. Je n'aime pas les surprises.

— Il y a de bonnes surprises. Comme le fait que je sois tombé amoureux de toi, par exemple. Tu sais que tu n'es pas du tout mon genre ? N'empêche que je suis fou de toi.

En prononçant ces mots, il se laissa tomber à ses genoux et dénoua la ceinture de son peignoir.

*
* *

Lorsque Laura se réveilla, le feu brûlait encore dans la cheminée, dispensant dans la pièce une douce et chaude lueur orangée. Elle se redressa et regarda autour d'elle le luxueux salon auquel elle n'avait guère prêté attention en arrivant chez Josh.

Deux canapés de cuir, couverts de tissus afghans aux couleurs vives, se faisaient face de part et d'autre d'une table basse de bois et de verre, sur laquelle des livres étaient éparpillés. Une bibliothèque occupait un mur entier. De nombreuses photos de la famille de Josh étaient disposées sur les rayonnages.

Dans un coin se dressait un immense épicéa bleu aux branches parées de minuscules ampoules blanches, de boules scintillantes et de décorations de Noël. Au sommet, un chérubin tendait les ailes vers le plafond voûté. Des dizaines de cadeaux étaient empilés au pied de l'arbre.

Incapable de résister, Laura s'approcha du sapin et effleura une pendeloque en forme d'étoile. Une clochette dorée se mit à tinter.

— Mon sapin de Noël te plaît ? lui demanda Josh en entrant dans la pièce avec un plateau chargé de deux bols de chocolat chaud et de deux brochettes de marshmallows.

— Il est très beau, répondit-elle en jetant un coup d'œil au plateau.

— J'ai pensé que nous pourrions faire griller quelques marshmallows, dit-il en déposant le plateau sur la table basse. Mais, d'abord, il faut que je t'offre ton cadeau.

— Mon cadeau ?

— Ton cadeau de Noël.

Josh s'accroupit au pied du sapin et s'empara d'un paquet doré orné d'un ruban rouge.

— Je suis un peu en avance, mais tu vas passer Noël dans ta famille et moi dans la mienne, alors…

— Il ne fallait pas, bredouilla-t-elle en prenant le paquet et en le regardant.

— Il ne fallait pas, non, mais j'en avais envie. Vas-y, ouvre-le.

Laura déchira le papier, arracha le couvercle d'une boîte en carton et jeta autour d'elle plusieurs feuilles de papier de soie, pour découvrir enfin un magnifique œuf dans le style des œufs de Fabergé, incrusté de pierres blanches, rouges, vertes. Délicatement, elle le sortit de la boîte et l'éleva devant les lumières de l'arbre de Noël.

— Il est magnifique, murmura-t-elle.

— Il s'ouvre, lui dit Josh en lui montrant un petit fermoir. Il y a une surprise, dedans.

Elle souleva la partie supérieure de l'œuf. Une mélodie s'éleva tandis que deux petits patineurs tournaient sur eux-mêmes.

— Une boîte à musique ! s'écria-t-elle, émerveillée.

— Elle joue *La Chanson de Lara*. Je sais, Lara, ce n'est

pas tout à fait Laura, mais quand je l'ai vue, j'ai pensé à toi. J'espère qu'elle te plaît.

— Oh, oui ! murmura la jeune femme, les larmes aux yeux. Mais mon plus beau cadeau de Noël, c'est toi.

19

Réveillée par des petites mains qui tiraient sur sa couverture, Laura quitta à contrecœur un rêve merveilleux où elle faisait l'amour avec Josh dans une prairie.

— Tante Laura. Réveille-toi, tante Laura !

Encore à moitié endormie, la jeune femme se redressa et jeta un coup d'œil à son réveil. Il n'était même pas 7 heures.

— Qu'est-ce qu'il y a, Tori ? demanda-t-elle dans un bâillement, tandis que sa nièce grimpait sur son lit.

— Il faut que tu te lèves. Viens !

— Mais il est encore tôt, mon ange, et nous sommes samedi.

— Le Père Noël est passé et il a apporté plein de cadeaux, déclara la fillette. Dépêche-toi. Allez, vite !

— J'arrive, ma chérie. Je vais d'abord faire un petit tour dans la salle de bains.

A peine était-elle ressortie que sa nièce la prit par la main et l'entraîna dans l'escalier.

Lorsqu'elle arriva dans le salon en peignoir et pantoufles, Adrienne lui adressa un regard désapprobateur, mais il lui en aurait fallu davantage pour gâcher la joie qu'elle éprouva, deux heures durant, à se laisser happer dans le tourbillon magique de Noël vu à travers les yeux d'un enfant. Et elle attendit que Tori eût terminé de déballer ses cadeaux pour remonter faire sa toilette et s'habiller.

Ce fut ensuite l'heure du départ pour l'église. Laura n'était pas surprise de découvrir que les Jardine étaient catholiques : Juliet l'avait fait baptiser afin qu'elle ait la même religion que son père, lui avait-elle expliqué.

Pendant la messe, moment propice à l'introspection, la jeune femme fit le bilan des mois qui venaient de s'écouler. La colère qu'elle avait éprouvée contre sa mère s'était enfin apaisée. Et si elle n'avait pas trouvé les réponses qu'elle était venue chercher à La Nouvelle-Orléans, elle s'était résignée au fait qu'elle ne les trouverait probablement jamais. Certes, elle ne comprenait toujours pas pourquoi sa mère lui avait caché la vérité, mais, au moins, elle lui avait pardonné.

En écoutant le sermon du prêtre sur la naissance de l'Enfant Jésus, elle essuya discrètement ses larmes. Que de sacrifices sa mère avait dû faire pour l'élever ! songea-t-elle en priant silencieusement.

Tu me manques, maman, je t'aime.

Le temps aidant, son chagrin s'était quelque peu atténué, mais, en ce jour de fête, l'absence de l'être qui lui était le plus cher au monde lui paraissait cruelle, injuste. Néanmoins, elle constata qu'elle était maintenant capable de se remémorer les Noëls passés sans qu'une douleur insupportable lui déchire le cœur.

En sortant de l'église, elle prit conscience qu'elle avait accompli un grand pas dans son travail de deuil.

Sur le chemin du retour, elle eut également une pensée pour oncle Paul. Avait-elle eu tort de ne pas aller passer les fêtes avec lui, comme il le lui avait demandé ? s'interrogea-t-elle avec un sentiment de culpabilité. Elle avait pris son travail comme prétexte pour ne pas se rendre à San Francisco, mais, en réalité, elle était restée à La Nouvelle-Orléans parce qu'elle avait envie d'être là. Avec Josh. Avec Ali, Katie et Mitch, qu'elle considérait désormais comme sa famille. Et peut-être parce que c'était l'époque des fêtes, elle commençait même à éprouver une certaine tendresse pour Olivia.

La voiture s'était à peine immobilisée devant la maison que Tori se tortillait déjà pour se libérer de sa ceinture de sécurité. Laura la lui détacha.

— Tu voudras jouer à la dînette avec moi ? lui demanda la fillette tandis qu'elles remontaient l'allée ensemble, main dans la main.

Incapable de résister, Laura s'installa sur le tapis du salon avec sa nièce et s'évada dans le monde imaginaire de l'enfance.

— Oh ! merci, minauda-t-elle en faisant semblant de boire la tasse de thé que Tori lui avait servie. Votre thé est exquis, madame. Pourrais-je en avoir encore quelques gouttes ?

Radieuse, la petite fille inclina sa théière au-dessus de sa tasse.

— Grand-mère, voulez-vous une goutte de thé ? demanda-t-elle à Olivia.

— Volontiers, ma chère, répondit la vieille dame en se prêtant au jeu.

— Et moi ? J'en veux aussi ! réclama Katie en entrant dans la pièce comme une tornade, les bras chargés de cadeaux.

— Eh bien, il était temps ! s'exclama Alison en la déchargeant de ses paquets. J'ai cru que tu n'arriverais jamais. Je t'attendais pour offrir son cadeau à Laura.

Sur ces mots, elle alla chercher une grande boîte sous le sapin et la remit à sa demi-sœur.

— De la part de Katie et de moi, dit-elle. Ouvre vite. J'ai hâte de savoir si nous avons fait le bon choix.

Connaissant les goûts raffinés d'Alison, Laura n'en doutait pas.

— Tu veux bien m'aider à ouvrir ce gros cadeau ? demanda-t-elle à sa nièce.

La fillette accourut en bondissant de joie, et toutes deux firent voler papier et rubans. A la vue d'une somptueuse robe espagnole en satin rouge et dentelle noire, au bustier cintré et à la jupe à volants, Laura retint un petit cri d'admiration.

— Il y a autre chose dans la boîte, lui dit Ali.

Du papier de soie, Laura retira une mantille en dentelle noire.

— Ali… Katie… je ne sais pas quoi dire.

— Tu as compris que c'est ta tenue de bal, j'espère ? lui lança Katie avec un clin d'œil.

— Evidemment ! répondit Laura.

Chaque jour, elle repoussait le moment d'aller acheter son costume, en se disant qu'elle n'avait pas le temps — tout en sachant pertinemment qu'elle redoutait de ne plus être là pour mardi gras.

— Quand Katherine et Alison m'ont dit ce qu'elles allaient vous offrir, intervint Olivia, ça m'a donné une idée.

La vieille dame tendit une petite boîte à Laura, qui déchira fébrilement le papier. Epinglé sur un ruban de satin noir, un camée en ivoire était niché dans un écrin de velours.

— C'est magnifique, murmura-t-elle en traçant du bout du doigt le contour d'un visage féminin finement ciselé. Mais c'est vous ! s'exclama-t-elle en se tournant vers sa grand-mère.

— Oui, moi aussi j'ai été une *señorita* espagnole à mon premier bal masqué. Ma robe ressemblait beaucoup à la vôtre. Cette broche m'a été offerte par quelqu'un qui m'était très cher. Il l'avait fait faire spécialement pour moi. Je ne l'ai portée qu'une seule fois.

Un homme dont elle était éprise, certainement, songea Laura en essayant de se représenter sa grand-mère jeune, amoureuse, faisant son entrée dans le monde. Curieusement, elle n'avait aucun mal à l'imaginer, et Olivia lui apparut soudain sous un jour nouveau, non plus comme un redoutable cerbère mais comme une femme âgée, seule et triste, qui avait eu elle aussi des moments difficiles. Qu'était-il advenu de l'homme qui lui avait offert cette broche ?

— Vous ne voulez pas la garder ?

— Non, elle est à vous maintenant. Mais vous n'êtes pas obligée de la porter, si vous n'en avez pas envie.

— Ce sera un honneur pour moi, déclara Laura. Je vous remercie, Olivia.

En replaçant le bijou dans son écrin, elle ne put s'empêcher de penser à Josh. Serait-elle triste, plus tard, quand elle se souviendrait de lui ? Car leur liaison ne durerait pas toujours, elle n'en avait que trop conscience. Bientôt, sa période d'essai serait terminée et elle devrait alors s'en aller. Certes, la situation financière de l'hôtel s'était quelque peu améliorée, mais le petit palace était toujours en déficit et elle doutait qu'en quatre mois il se produise un miracle.

— Je peux la voir ? lui demanda Adrienne.

— Bien sûr.

Tandis qu'Adrienne examinait la broche, Laura observa celle qui avait été l'épouse de son père. Vêtue d'un tailleur vert à la fois chic et sobre, Adrienne Jardine était aussi élégante que d'habitude. A ses oreilles pendaient des boucles d'émeraude et de diamant. Son maquillage était parfait et pas un de ses cheveux blonds ne dépassait de son brushing.

Cette femme était froide comme la pierre, songea Laura. Elle ne pouvait l'en blâmer, toutefois. Elle comprenait qu'Adrienne ne pût lui manifester autre chose qu'une courtoisie distante. A l'exception du soir de son arrivée, jamais elle ne l'avait entendue exprimer d'objections quant à sa présence dans la famille, ce qu'elle trouvait admirable. Cependant, elle ne se faisait pas d'illusions : si la belle-fille d'Olivia la tolérait, il était évident qu'elle aurait préféré la voir sortir de sa vie. Et qu'elle désapprouvait les relations fraternelles qui s'établissaient peu à peu entre Laura et ses enfants.

— Elle est très belle, dit Adrienne en lui rendant la broche. Vous serez là pour le bal, alors ?

— Je ne manquerais ce grand jour pour rien au monde, répondit Laura.

— Puisque nous parlons du bal, intervint Alison en décrochant les petites mains de sa fille cramponnées à sa jupe, les invitations vont partir la semaine prochaine. Est-ce que tu souhaites inviter du monde, Laura ?

— Deux personnes seulement, répondit la jeune femme en pensant à Nick et à Paul.

— D'accord, tu me donneras leur nom et leur adresse.

Deux mois. Deux mois qu'ils étaient ensemble, songeait Josh. Et il la trouvait toujours aussi fascinante. Et il pensait toujours à elle jour et nuit.

Sur le seuil de son bureau, il l'observait, amusé, tandis qu'elle étudiait les tableaux étalés devant elle. Son front se barra d'un sillon, elle griffonna quelques annotations sur un bloc, puis se replongea dans son document avec autant de sérieux que si sa vie en dépendait.

Elle était incroyable. Ou alors, c'était lui qui était devenu complètement gaga pour prendre un tel plaisir à la regarder travailler. Elle avait quelque chose de terriblement sexy quand elle était concentrée… Comment diable pouvait-il la trouver aussi excitante lorsqu'elle additionnait des chiffres que lorsqu'elle était nue dans son lit ?

Il se passa une main sur le visage. « Tu l'as dans la peau, Logan, il n'y a rien à faire », se dit-il.

Si ses sœurs savaient à quel point il était mordu, nul doute qu'elles se tordraient de rire. Et elles auraient de quoi se moquer de lui, en effet. Comment avait-il fait pour s'amouracher d'une femme qui non seulement s'obstinait à prétendre qu'elle n'était pas amoureuse de lui — alors qu'il était clair qu'elle l'était — mais qui se déclarait, en outre, persuadée que leur relation ne durerait qu'un temps ? Il avait perdu la tête, il n'y avait pas d'autre explication. Bien sûr, chaque fois qu'il abordait le sujet, elle détournait habilement la conversation. Elle refusait même de passer une nuit entière avec lui, sous prétexte qu'elle ne pouvait pas découcher de chez sa grand-mère. Et quand il lui avait suggéré de prendre un appartement, elle avait rétorqué qu'elle ne pouvait pas se permettre de signer un bail de location alors qu'elle n'avait pas d'emploi stable…

Le sourire de Josh s'effaça soudain. Est-ce qu'elle couchait avec lui uniquement pour meubler ses longues soirées d'hiver à La Nouvelle-Orléans ? S'imaginait-elle qu'il la laisserait faire ses valises et reprendre l'avion, dans quatre mois, lorsque sa période d'essai au Princess arriverait à échéance ? Si c'était le cas, c'était compter sans la détermination des Logan. Elle était la femme de sa vie, et il la retiendrait, coûte que coûte… Mais l'heure n'était pas encore à la demande en mariage. Pour l'instant, il était juste venu lui annoncer qu'il devait s'absenter pour deux semaines.

Il frappa à la porte.

— Bonjour, mon cœur ! lança-t-il en s'avançant dans le bureau et en allant déposer un baiser sur ses lèvres.

— Salut ! répondit-elle de sa voix sensuelle.

Et, avec un tiraillement dans le bas-ventre, il songea combien les nuits allaient lui paraître longues, sans elle, pendant les quinze jours à venir.

— C'est déjà l'heure de la réunion ?

— Pas tout à fait, répondit-il en lui encadrant le visage de ses mains et en l'embrassant tendrement.

Pourquoi diable avait-il accepté d'aller négocier cet hôtel à Londres ?

— Je viens juste de vérifier ces rapports financiers avant de les montrer à Olivia. Tu y jettes un coup d'œil ?

— Tout à l'heure. Je voulais te dire que je ne serai pas là la semaine prochaine ni celle d'après. Je pars à Londres signer un compromis de vente.

— D'accord, acquiesça-t-elle. Tu n'es pas parti souvent, ces derniers temps. Je pensais qu'avec ton boulot tu voyageais beaucoup plus.

Josh s'appuya contre son bureau et lui prit les mains.

— J'aurais dû, normalement, répondit-il, mais je me suis arrangé pour rester ici avec toi. Malheureusement, il y a des choses que je ne peux pas déléguer. Je vais te manquer ?

— Oh ! oui, avoua-t-elle en se levant et en se calant entre ses cuisses.

— Tu passes la nuit avec moi, ce soir ? lui demanda-t-il en embrassant la main qu'elle faisait courir sur sa joue.

— Je... Josh, tu sais que je ne peux pas. Qu'est-ce que je dirais à Olivia ? A Ali ou à sa mère ?

— La vérité.

— Quoi ? Que je passe la nuit chez mon amant ?

— Pourquoi pas ? Et d'abord je ne suis pas ton « amant ». C'est sérieux entre nous, Laura.

— Je n'ai pas dit le contraire !

— « Amant », c'est le mot qu'emploient les femmes pour parler des types avec qui elles n'ont que des relations sexuelles. Il n'y a pas que ça entre nous, Laura. Regarde un peu les choses en face.

Le ton de Josh était monté d'un cran. Elle s'écarta de lui. Il la saisit par le poignet.

— Et surtout, ajouta-t-il d'une voix menaçante, n'aie pas le culot de prétendre le contraire ! Je ne te croirais pas, et je me sentirais insulté.

Laura avait soudain pâli. Elle paraissait presque terrifiée. Regrettant de s'être emporté, il tenta de l'attirer à lui. Elle s'esquiva.

— Ne me touche pas ! cria-t-elle. Je ne t'appartiens pas. Et je commence à en avoir marre de ton instinct de propriété.

— Laura…

Elle lui tourna le dos. Furieux, il se dirigea vers la porte.

— Tu m'excuseras auprès d'Olivia ! lança-t-il par-dessus son épaule. Vous pouvez très bien vous passer de moi, pour une fois. Je vais à l'aéroport voir si je peux partir plus tôt.

— Josh, attends !

Il se retourna.

— Quoi ?

— Tu pars pour deux semaines alors que le bal masqué est dans douze jours ? Tu… Tu ne seras pas là ?

— Et alors ? Ça t'ennuie ? rétorqua-t-il, refusant de se laisser attendrir par la détresse que reflétait son regard. J'avais pourtant cru comprendre que je n'étais que ton « amant », le mec avec qui tu couches pour satisfaire ton appétit sexuel pendant ton séjour à La Nouvelle-Orléans ! Tu en trouveras facilement un autre pour me remplacer, je ne me fais aucun souci à ce sujet.

Et, sur ces mots, il disparut dans le couloir.

Il ne viendrait plus, maintenant.

Sous son masque, Laura sentit ses yeux s'emplir de

larmes. Josh était parti depuis presque deux semaines. Au bout de quelques jours, voyant qu'il ne lui téléphonait pas, elle s'était jetée à corps perdu dans le travail, et elle avait ainsi réussi à ne pas trop penser à lui et à ne pas l'appeler. Au milieu de la deuxième semaine, elle avait cependant ravalé son orgueil et lui avait laissé un message à son bureau de Londres. Deux jours s'étaient écoulés depuis, et il ne l'avait toujours pas rappelée.

— Champagne, mademoiselle ?

— Non, je vous remercie, répondit-elle au serveur en continuant à déambuler dans la salle de bal, feignant de s'intéresser aux costumes extravagants des invités.

Des éclats de rire fusaient de toute part. Visiblement, les gens s'amusaient. Grâce à Ali, la soirée était réussie.

Sa sœur avait accompli un travail épatant, songea Laura avec fierté. Dans le grand salon de l'hôtel, elle avait fait réaliser un décor imitant les jardins d'un palais royal. A l'entrée, des gardes étaient postés au pied d'immenses colonnes dorées. Des arbres en pot se dressaient çà et là dans la salle, scintillant de minuscules ampoules. Une tenture bleu sombre, constellée de mille étoiles, avait été tendue au plafond. Il y avait des fleurs partout, des roses, des azalées, des lis exotiques. Des fontaines ruisselaient de champagne. Des cygnes sculptés dans la glace et des nénuphars en sucre coloré flottaient dans un bassin. D'énormes morceaux de viande rôtissaient sur un tournebroche. Des garçons en découpaient des tranches à la demande. D'autres, en uniforme de la garde royale, circulaient entre les tables en proposant des langoustines, des pattes de crabe marinées et d'alléchantes darnes de saumon. Les pâtisseries confectionnées par Ali étaient exposées sur un buffet.

En dépit des masques, Laura reconnaissait certains des invités, des élus locaux : des personnalités de La Nouvelle-Orléans, des journalistes.

Dans leurs tenues identiques, ses sœurs étaient superbes, en grandes dames à la mode coloniale. Olivia avait choisi un déguisement qui lui allait comme un gant : la grande Catherine de Russie. Elle lui ressemblait presque.

En costume de pirate, Mitch avait fière allure ; et l'on pouvait difficilement ignorer Adrienne, en élégante marquise de Pompadour. La famille Logan était là, bien sûr. A l'exception de Josh.

— Tu fais la tête, beauté ?

Laura se força à sourire à Nick, fringant dans un uniforme de confédéré.

— Je suis juste un peu fatiguée, répondit-elle. La journée a été longue... Je t'ai dit que j'étais très contente que tu aies pu venir ?

— Au moins dix fois. C'est vraiment sympa de m'avoir invité. Moi aussi, je suis content d'être là. De te revoir, surtout. Et de retrouver des amis que j'avais perdus de vue.

— Faith Logan, par exemple ?

Laura les avait vus danser ensemble.

Nick plissa les yeux.

— Ne va pas t'imaginer des choses ! Faith et moi, c'est

une vieille histoire, finie depuis très, très longtemps... Tu viens avec moi goûter ces fabuleux desserts ?

— Avec plaisir, monsieur Baldwin. C'est ma sœur Ali qui les a confectionnés.

— Tu plaisantes ? s'exclama Nick. Non seulement elle est belle à croquer, mais, en plus, elle sait faire des gâteaux aussi merveilleux ? Présente-la-moi, que je la demande en mariage !

En riant, Laura glissa son bras sous celui de Nick et l'entraîna vers le buffet.

— Je suis tellement heureuse que tu sois là ! Tu ne peux pas savoir combien ça me fait plaisir de retrouver le visage familier d'un ami.

— Et Paul ? Il n'a pas pu venir ?

— Non, répondit tristement Laura. Il prétend qu'il a trop de travail, en ce moment, mais je ne le crois qu'à moitié... Je pense qu'il m'en veut d'être restée à La Nouvelle-Orléans. C'est drôle... C'est pourtant lui qui m'a encouragée à rencontrer la famille de mon père.

— Il ne pensait sûrement pas que tu t'installerais ici.

— Mais je ne suis pas installée ! répliqua Laura, surprise que Nick ait pu croire une chose pareille. Ma période d'essai au Princess sera bientôt terminée, et je vais rentrer à San Francisco, chez moi, à mon port d'attache.

— En es-tu sûre ? Je serais le premier à me réjouir de ton retour, mais j'ai comme l'impression que tu as aussi des attaches ici, maintenant. Une famille, notamment, qui tient à toi… Et ton cœur, Laura ? Où est ton cœur, hein ? Ici ou à San Francisco ?

Nick déposa une bise sur la joue de Laura.

— Bon, tu diras à ta sœur que ses gâteaux sont succulents. Je vais aller me coucher. Mon vol part de bonne heure, demain matin. Merci encore pour l'invitation.

Où était son cœur, oui ? se demanda Laura après que Nick eut disparu. Très bonne question, songea-t-elle en sirotant une coupe de champagne et en observant un homme en cape noire, bottes noires et loup noir qui semblait la regarder.

Rengainant son épée, il traversa la salle et se dirigea vers elle d'un pas décidé. Josh ? La moustache noire la faisait douter.

— *Buenas noches, señorita*, susurra-t-il en inclinant le buste pour lui baiser la main. M'accorderez-vous cette danse ?

Incapable de formuler la moindre parole, elle acquiesça de la tête et se laissa entraîner au rythme lent des violons. Les chanteurs de l'orchestre entonnèrent une romance larmoyante. Timidement, Laura leva les yeux vers le visage de son partenaire. Seul le regard de Josh était d'un vert aussi pénétrant.

Sans rien dire, il la serra contre lui et la fit valser avec grâce en direction de la sortie.

Dehors, le jardin était baigné par le clair de lune.

— Laura, chuchota-t-il en l'embrassant.

Elle en aurait pleuré de joie tellement il était bon de retrouver sa bouche, sa chaleur, le goût de la passion.

Un gémissement lui échappa lorsqu'il s'écarta de ses lèvres.

— Oh, Josh, tu m'as tellement manqué ! J'ai essayé de t'appeler, mais...

— Laura, tu es là ?

Reconnaissant la voix de Mitch, elle hésita un instant avant de répondre :

— Oui, Mitch ! cria-t-elle en s'arrachant à contrecœur aux bras de Josh.

— Je t'ai cherchée partout. C'est toi, Logan ?

— C'est bien moi. Salut, Jardine.

— Je croyais que tu étais en Angleterre ?

— Mon avion a atterri il n'y a même pas une heure. Je suis passé chez moi en vitesse me changer en Zorro, et me voici !

— Tu voulais me dire quelque chose, Mitch ? s'enquit Laura.

— Juste t'inviter à danser, répondit son demi-frère en coulant vers Josh un regard qu'elle ne sut comment interpréter.

— Tu m'excuses, Josh ? dit-elle en prenant le bras de Mitch car elle redoutait un esclandre.

Et, sans attendre de réponse, elle regagna la piste avec lui.

— C'est gentil de m'avoir invitée à danser, lui dit-elle, mais j'ai l'impression que quelque chose te tracasse. Je me trompe ?

— Tu as du flair, Laura. Je n'avais pas envie de te laisser avec Logan.

Interdite, elle s'arrêta de danser.

— Mitchell Jardine, vous jouez les grands frères avec moi, maintenant ?

— Ça vous dérange, petite sœur ? répliqua-t-il en souriant et en la prenant par la taille.

— Pas du tout, répondit Laura, le cœur gonflé de joie, mais n'oublie pas que je suis ton aînée.

— Peut-être, mais je suis plus grand que toi, ce qui fait quand même de moi ton grand frère. Et le rôle d'un grand frère, c'est de protéger ses petites sœurs quand elles se font attaquer par le grand méchant loup.

— Tu considères Josh comme le grand méchant loup ? demanda Laura en riant.

— Josh est un mec super, et un ami de toujours.

— Mais…

— Mais c'est un homme dangereux. Il a brisé plus d'un cœur, tu sais ? Oh, il te dira que ce n'est pas sa faute ! Et c'est peut-être vrai. Mais tu es ma sœur, Laura, et je ne voudrais pas te voir souffrir.

Emue, Laura se hissa sur la pointe des pieds et déposa un baiser sur la joue de Mitch.

— Merci, murmura-t-il.

— J'ai toujours rêvé d'avoir un grand frère, dit-elle d'une petite voix étranglée. Tu ne peux pas savoir combien je suis heureuse d'en avoir trouvé un. Tu es un frère formidable, Mitch.

— Toi aussi, tu es formidable.

Elle lui caressa la joue.

— C'est gentil de te soucier de moi, poursuivit-elle,

mais ne t'inquiète pas. J'ai des sentiments pour Josh, c'est vrai, mais je ne suis pas aveugle. Je sais ce que je fais.

— Je n'en doute pas, mais promets-moi quand même d'être prudente, d'accord ? Je ne voudrais pas avoir à casser la jolie gueule de Logan. Mes sœurs et ma grand-mère ne me le pardonneraient jamais.

— Promis, acquiesça Laura.

— Bon. Amuse-toi bien. Je vais voir les gars de la sécurité.

— Pourquoi ? Il y a un problème ?

— Non, mais on peut voir dans cette salle autant de diamants que chez Tiffany et Harry Winston réunis. Même si les vigiles sont des gars sérieux, on ne leur répète jamais assez les consignes.

« J'ai un frère », songea Laura en regardant Mitch s'éloigner. A vingt-huit ans, le destin lui avait donné un frère. Un grand frère… Comblée, elle partit en virevoltant à la recherche de Josh.

20

Josh était un véritable charmeur de serpents.

Et le pire, songea Laura, c'est qu'elle se laissait charmer. Il avait commencé par se faire passer pour un inconnu afin de l'inviter à danser. Ensuite, lorsqu'elle était retournée dans le jardin après sa conversation avec Mitch, il l'avait entraînée dans la salle de bal alors qu'elle n'avait qu'une envie : se retrouver seule avec lui et se perdre dans ses bras.

Mais il avait insisté pour qu'ils restent encore un peu au bal, arguant du fait que sa grand-mère ne serait pas contente si elle s'en allait déjà… Alors, ils étaient restés. Et ils étaient toujours là. Depuis trois heures. Et, depuis trois heures, il lui effleurait innocemment les doigts tout en bavardant avec des connaissances ou des amis, il lui chuchotait des choses à l'oreille alors qu'elle discutait avec quelqu'un ; et quand il la faisait valser, sa façon de se mouvoir tenait plus du rituel de l'accouplement que de la danse.

Lorsqu'ils montèrent enfin dans sa voiture, le corps de Laura vibrait de désir contenu, et elle attendit à peine qu'il eût refermé la porte de son appartement pour lui arracher sa cape et son épée et les jeter par terre.

— Ouf ! soupira-t-elle. J'ai cru que ce moment n'arriverait jamais.

— Laura, ma chérie…

Elle se jeta sur lui et l'interrompit d'un fougueux baiser, imaginant déjà la fusion de leurs deux corps ruisselants de sueur, la bouche de Josh sur ses seins, son sexe tendu entre ses cuisses.

— Laura…, haleta-t-il.

Impatiente, elle le plaqua contre le mur du vestibule et chercha de nouveau ses lèvres, tentant d'exprimer par le langage du corps ce qu'elle était incapable de formuler avec des mots : il avait pris dans sa vie une place énorme, à tel point qu'elle en était presque effrayée. Elle regrettait qu'ils se soient disputés, elle regrettait de l'avoir blessé. Elle-même avait été au supplice depuis son départ pour Londres ; il lui avait terriblement manqué, plus qu'elle ne pouvait le dire ; il la comblait, il remplissait tous les vides de son cœur…

Et elle avait envie de lui, plus que jamais.

La flamme qui brillait dans ses yeux verts lui brûlait la peau. Leurs baisers la faisaient frissonner. Lorsqu'elle s'attaqua aux boutons de sa chemise, il lui saisit les doigts.

— Attends, Laura !

— J'ai déjà attendu toute la nuit ! protesta-t-elle en lui mordillant les lèvres et en glissant une main entre ses jambes.

— Laura, je t'en supplie, attends…

A travers son pantalon, elle palpa son sexe gonflé. Il réprima un grognement et l'embrassa avidement.

— Je sais ce que tu veux me dire, chuchota-t-elle. Tu veux me dire qu'il faut qu'on parle.

— Tu ne crois pas que ce serait une bonne idée ?

— Si… Non. Je n'ai pas envie de parler. Parler ne fait que compliquer les choses, et, chaque fois, tu te mets en colère. Je sais que tu crois être amoureux de moi…

— Je ne fais pas que le croire, Laura. Je t'aime.

— Moi aussi j'ai des sentiments pour toi, Josh. Des sentiments très forts que je n'ai jamais éprouvés pour personne d'autre.

— Mais ?

— Mais je n'avais pas prévu ça. Depuis que je suis là, il m'est arrivé tellement de choses que je n'avais pas prévues… J'étais venue ici à la recherche d'une part de moi-même, que je n'ai pas trouvée. Comment pourrais-je te faire des promesses alors que je n'ai pas tenu celle que je m'étais faite à moi-même ?

— Où en sommes-nous, alors ?

— Tu ne peux pas te contenter de savoir que je tiens à toi ?

— Si, si… D'accord, acquiesça-t-il en la soulevant dans ses bras et en s'engageant dans l'escalier. Je vais m'en contenter. Pour l'instant.

— *Pour l'instant*, répéta-t-elle tandis qu'il la déposait sur son lit.

Et tout son corps se mit à palpiter de désir lorsqu'il

commença à la déshabiller. Quand elle essaya fébrilement de descendre la fermeture Eclair de son pantalon, il lui prit les doigts et les embrassa.

— Laura, mon amour, laisse-moi t'apprendre à prendre ton temps.

Ils prirent leur temps. Des heures, peut-être... Lorsque l'orgasme déferla, Laura avait perdu la notion du temps.

Personne, pas même Josh, ne pourrait jamais lui apprendre à marcher doucement, pensait Laura en revenant d'un rendez-vous dans le quartier des affaires. Néanmoins, elle s'efforça de ralentir le pas, s'arrêta auprès d'un massif d'azalées, contempla les magnifiques fleurs d'un rose éclatant. Au carrefour suivant, elle attendit que le feu passe au rouge au lieu de traverser en courant, et leva la tête pour savourer la caresse du doux soleil d'avril.

Elle était d'accord, il n'y avait rien de plus agréable que de prendre son temps. Mais le problème, songea-t-elle en consultant sa montre, c'est que son emploi du temps ne lui laissait pas le temps de prendre son temps !

C'était bien beau de respirer le parfum des fleurs, mais elle allait être en retard, et elle détestait ça.

Arrivée à l'hôtel, elle se rua vers les ascenseurs et les appela tous. Ils étaient dans les étages. En piétinant nerveusement, elle suivit leur lente descente sur l'écran lumineux. La réunion mensuelle avec Olivia et Josh devait débuter dans deux minutes.

Lorsque l'ascenseur sur lequel elle comptait s'arrêta au dixième, elle poussa un soupir de frustration et se résigna au fait qu'elle ne serait pas à l'heure. Certes, quelques minutes de retard n'avaient rien de dramatique ; néanmoins, elles allaient la placer dans une situation désavantageuse vis-à-vis de sa grand-mère. Et cela la contrariait. Car même si elle vivait sous son toit depuis plus de cinq mois, la vieille dame demeurait pour elle une étrangère. Ce qui était en grande partie sa faute, elle en avait parfaitement conscience. Olivia lui avait tendu de nombreuses perches — en lui offrant le camée, notamment, puis au bal masqué, où elle avait tenté à plusieurs reprises d'engager des conversations qui auraient pu les rapprocher —, mais Laura ne les avait pas saisies, parce qu'elle ne pouvait pas s'empêcher, en dépit de sa bonne volonté, de soupçonner sa grand-mère d'avoir agi cruellement envers sa mère.

Un signal sonore retentit et l'un des ascenseurs arriva enfin au rez-de-chaussée. Laura attendit que la cabine se vide. Ce n'était pas le moment de penser aux relations qu'elle entretenait avec Olivia. Pour l'instant, elle devait se concentrer sur ce qu'elle allait dire à la réunion. Malgré le bal de mardi gras et les nombreuses conventions que le Princess avait accueillies depuis le début de l'année, l'hôtel était toujours dans le rouge. Cependant, le déficit s'était considérablement réduit et, si elle parvenait à faire le chiffre de son bilan prévisionnel, il serait même peut-être résorbé d'ici un mois ou deux. En mai, espérait-elle. C'était son objectif, un objectif qu'elle pensait bien atteindre, ne fût-ce que pour se prouver à elle-même qu'elle était capable de relever le challenge d'Olivia. Au demeurant, si elle sortait glorieuse de sa période d'essai, elle ne savait toujours pas ce qu'elle ferait.

Retourner à San Francisco ?

Elle avait la nostalgie de sa ville natale, mais force lui était de s'avouer que ses sœurs, Mitch et la petite Tori allaient lui manquer. Elle les quitterait à regret. Bien sûr, avec les téléphones et les avions, il serait facile de ne pas perdre le contact, mais tout de même, rien que de penser à la séparation, elle en avait le cœur gros.

Et puis il y avait Josh. A l'idée de le quitter, une véritable panique s'emparait d'elle. Si seulement les choses n'étaient pas aussi confuses dans son esprit…

— Bonjour, mademoiselle Harte.

Clifford Sabrion, un petit homme au visage tanné par l'âge et le soleil de Louisiane, comptait parmi les plus anciens employés du Princess. Avec son sourire amical, il souleva le képi rouge et noir de son uniforme de liftier.

— Bonjour, Cliff, vous allez bien ?

— En pleine forme, et vous-même ? Vous allez dans votre bureau ?

— Non. A la salle de réunion. Pouvons-nous y monter directement ? Je suis déjà en retard.

— Bien, mam'zelle.

Dans la cabine de l'ascenseur, une femme toute menue était assise sur le tabouret de Clifford. Vêtue d'une robe à fleurs roses et coiffée d'une toque démodée d'où s'échappaient des boucles blanches, elle tenait son sac à main et des gants blancs sur ses genoux.

— Bonjour, madame, lui dit Laura en se demandant qui elle était et ce qu'elle faisait là.

— Bonjour, mademoiselle, répondit la femme. Elizabeth Sabrion, l'épouse de Clifford.

— Enchantée. Laura Harte.

— Aujourd'hui, c'est notre cinquante et unième anniversaire de mariage, expliqua Cliff. D'habitude, on passe la journée ensemble, mais comme j'étais de service, Elizabeth est venue me tenir compagnie. Ça ne pose pas de problème, j'espère ?

— Pas du tout. Mais vous auriez dû en parler à Seymour, Cliff. Il aurait sûrement pu modifier votre planning.

— Bah, ça ne nous dérange pas d'être ici. En fait, c'est dans cet ascenseur que j'ai rencontré Elizabeth. C'est également là qu'on s'est embrassés pour la première fois, déclara le liftier avec un clin d'œil.

— Clifford ! le sermonna sa femme. Tu crois que tes histoires intéressent Mlle Harte ?

— Oh ! oui, affirma Laura, émue par le vieux couple. Vous séjourniez à l'hôtel ?

— Ça ne risquait pas : j'étais femme de chambre. C'était mon premier jour et on m'avait assigné le neuvième étage. A l'époque, il n'y avait que deux ascenseurs, et personne ne m'avait dit que je devais prendre celui qui n'avait pas de liftier. Donc, je suis montée dans l'ascenseur des clients avec mon chariot de linge, et j'ai signalé à Clifford que j'allais au neuvième. Et lui, vous pensez, il s'est bien gardé de me dire que je n'avais rien à faire dans cet ascenseur !

La vieille dame rougit légèrement.

— Dès l'instant où mes yeux se sont posés sur elle, enchaîna son époux, j'ai su qu'elle était la femme de ma vie. Et quand elle est redescendue, à la fin de sa journée, je n'ai pas pu m'empêcher de l'embrasser.

— C'est une très belle histoire, déclara Laura.

La cabine de l'ascenseur s'immobilisa. Laura jeta un coup d'œil à sa montre. Olivia et Josh devaient l'attendre, mais une idée avait germé dans son esprit : Clifford et sa femme étaient si attendrissants qu'elle avait envie de jouer les bonnes fées et de donner un coup de baguette magique sur leur cinquante et unième anniversaire de mariage. Après tout, maintenant qu'elle était en retard, elle n'était plus à quelques minutes près.

— Cliff, vous pouvez bloquer l'ascenseur et venir rapidement dans mon bureau, tous les deux ? J'aimerais vous faire un cadeau, au nom de l'hôtel.

Un instant et quelques coups de téléphone plus tard, elle leur annonçait joyeusement :

— Et voilà, c'est réglé. Depuis deux minutes, vous êtes officiellement en congé, Cliff. Passez à la réception : on vous remettra la clé de la suite Lune de miel. Et je vous ai réservé une table au restaurant pour 18 h 30.

Et s'apercevant qu'elle était en train de sourire béatement, elle ajouta :

— Joyeux anniversaire !

— Mademoiselle Harte, je ne sais pas quoi dire…, bredouilla Cliff.

— Ça alors ! s'exclama son épouse en prenant Laura dans ses bras. Jamais je n'aurais cru que je dormirais au Princess, un jour. Vous êtes très gentille, mademoiselle. Comme votre maman. Votre papa aurait été fier de vous.

— Je…, commença Laura, interdite. Vous connaissez ma mère ?

— Pas vraiment. J'ai juste un peu parlé avec elle quand elle a séjourné ici.

Les mains de Laura se mirent à trembler. Elle s'appuya au mur.

— Mademoiselle Harte ? Ça va ? Si j'ai dit quelque chose…

— Non… non, bafouilla Laura. Je suis surprise, c'est tout.

Elle s'exhorta à respirer profondément.

— Excusez-la, mademoiselle Harte, intervint Clifford en passant un bras autour des épaules de sa femme. Comme Mme Jardine a dit à tout le monde que vous étiez sa petite-fille, j'ai pensé qu'il n'y avait pas de mal à ce que je le dise à ma femme.

— Bien sûr qu'il n'y a pas de mal, Clifford. Je suis juste étonnée qu'Elizabeth ait connu ma mère. J'ai interrogé presque tous les membres du personnel quand je suis arrivée ici, et personne ne se souvenait d'elle. Comment se fait-il que vous ayez gardé une trace de cette jeune femme dans votre mémoire, Elizabeth ? Elle n'a passé que quelques jours ici, et c'était il y a vingt-neuf ans.

— Elle a une mémoire photocopique, déclara Cliff.

— Une mémoire photographique, le corrigea son épouse. Et laisse-moi parler, tu veux ?

— Vous vous souvenez vraiment d'elle, alors ? demanda Laura, à la fois excitée et effrayée par la perspective d'apprendre quelque chose. Elle s'appelait Juliet Harte. Enfin, je suppose qu'à l'époque c'était Juliet Henderson, son nom de jeune fille.

— Comment aurais-je pu l'oublier ? Elle était jolie comme un cœur. Grande et mince, brune, les yeux noisette, et un sourire adorable. Mais si je m'en souviens si bien, c'est parce qu'elle me parlait normalement, elle. Elle ne me traitait pas comme un chien, contrairement à certaines personnes, si vous voyez ce que je veux dire…

Laura hocha la tête, et Elizabeth reprit :

— M. Andrew voulait que son séjour au Princess soit parfait. Il en a fait des histoires, si vous saviez… Tous les soirs, je devais mettre une rose rouge sur l'oreiller de votre maman. Quand elle est partie, il était dans tous ses états, le pauvre !

Laura sentit son cœur se serrer. Pour la première fois, elle ressentait de l'affection pour son père.

— Savez-vous… pourquoi elle est partie ? demanda-t-elle à tout hasard.

— Je crois qu'elle est partie sans rien dire à personne. Pour ma part, je sais juste qu'elle était venue voir la mère de M. Andrew. Elle était terrifiée. Ce qui se comprend. Tout le monde savait que M. Andrew était fiancé avec Mlle Adrienne. N'empêche que ça se voyait comme le nez au milieu de la figure que M. Andrew était amoureux de votre maman, et qu'elle était folle de lui… En tout cas, votre mère était une femme très courageuse. J'ai été vraiment étonnée quand elle m'a dit qu'elle s'en allait.

— Elle vous a dit qu'elle s'en allait, mais elle ne vous a pas dit pourquoi ? demanda Laura, le cœur battant.

— Non. Il était tard, presque 10 heures, quand je suis montée dans sa suite pour déposer la rose sur son oreiller. Je l'ai trouvée en larmes. Elle essayait de fermer sa valise. Elle n'y arrivait pas. Elle pleurait tellement qu'elle ne voyait pas qu'il y avait une chaussure coincée. Je suis allée lui chercher un gant humide et un verre d'eau dans la salle de bains. Et puis je me suis assise à côté d'elle et je lui ai dit de boire un peu d'eau fraîche pendant que je m'occupais de ses bagages. Elle a fini par se calmer, et elle m'a demandé de lui appeler un taxi pour l'aéroport. Avant de partir, elle m'a donné une lettre pour M. Andrew.

— Elle ne vous a rien dit de particulier ?

— Non.

— A-t-elle parlé à quelqu'un d'autre que vous avant de quitter l'hôtel ? demanda Laura, frustrée et déçue.

Est-ce que quelqu'un, à part mon père, est venu la voir dans sa chambre ?

— Je ne crois pas, murmura Elizabeth en détournant le regard.

— Essayez de vous souvenir, c'est très important pour moi.

Clifford posa une main sur l'épaule de sa femme.

— Dis-lui, Lizzie, souffla-t-il.

— En fait, si, reprit Elizabeth. Vers 9 heures, je suis entrée dans la suite en pensant qu'il n'y avait personne, mais j'ai entendu des voix. J'ai reconnu celles de Mme Jardine et de votre mère.

— Vous avez pu saisir le sens de leurs paroles ?

— Oh, je n'ai pas essayé ! J'ai filé et je suis revenue plus tard.

— Merci, murmura Laura. Merci beaucoup à tous les deux.

Quand le couple fut parti, elle demeura assise à son bureau. Son instinct ne l'avait donc pas trompée. Elle haïssait Olivia Jardine.

Le téléphone sonna. En dépit de la colère qui enflait dans son cœur, elle décrocha avec un calme olympien.

— Laura ? C'est Josh. Qu'est-ce que tu fabriques ? Nous t'attendons depuis un quart d'heure.

— J'arrive.

— Tout va bien ?

— Oui, oui.

*
* *

Il s'était passé quelque chose, Josh en était persuadé. Laura s'exprimait avec aisance ; elle répondait aux questions d'Olivia avec un grand professionnalisme, comme à son habitude, mais ses yeux bleus étaient vides. Etrangement vides. La fougue, la détermination et l'enthousiasme de Laura semblaient s'être éteints. Son visage était fermé, pâle, sans expression. Il s'était passé quelque chose de grave. Plus Josh la regardait, plus il était inquiet.

— Je suis impressionnée, déclara Olivia, assise en bout de table, la comptabilité d'avril étalée devant elle. Depuis cinq mois, nous sommes en progression constante.

— Mais je n'ai pas répondu à vos attentes, dit Laura, d'une voix aussi morne que son regard.

— Je ne dirais pas cela, répliqua Olivia. Certes, j'espérais un profit, si minime soit-il, mais…

— Duchesse, intervint Josh, vous savez comme moi qu'en un semestre il est impossible de sortir une entreprise du marasme dans lequel le Princess avait sombré. Compte tenu des circonstances, personnellement, je trouve que Laura a accompli un travail remarquable.

— Je suis bien d'accord avec toi, Josh, mais si tu as bonne mémoire, j'avais suggéré une période d'essai de un an.

— C'est moi qui ai tenu à la réduire à six mois, déclara Laura, et je l'assume.

Olivia rassembla ses documents, les rangea dans un classeur et appuya la tête contre le dossier de son siège.

— Comme Josh l'a très justement fait remarquer, dit-elle, une période de six mois me paraît un peu courte. Si vous souhaitez plus de temps, je suis disposée à modifier les termes de notre contrat.

— Non, je vous remercie.

— Vous pensez pouvoir remettre le Princess sur les rails d'ici le mois prochain ?

— Je crois que nous avons toutes les chances d'atteindre nos objectifs. Vu le nombre de réservations au mois de mai, il semblerait que notre promo pour le Festival de jazz ait porté ses fruits. Par ailleurs, les tarifs préférentiels que nous accordons aux parents venant rendre visite à leurs enfants étudiants à l'université de La Nouvelle-Orléans nous amènent un nombre de clients non négligeable. Oui, sincèrement, je pense que, le mois prochain, nous devrions dégager un bénéfice.

— Excellent ! approuva Olivia en gratifiant Laura de l'un de ses rares sourires.

— En revanche, si nous avons encore travaillé à perte, je vous donnerai ma démission.

Josh scrutait le visage de Laura. Pour la première fois depuis qu'il la connaissait, il avait l'impression qu'un mur se dressait entre eux. Un mur infranchissable.

— Entendu, mais ce n'est pas encore à l'ordre du jour. Nous en reparlerons le mois prochain, déclara Olivia en se levant.

Sur le pas de la porte, elle se tourna vers Laura.

— Je ne vous ai pas souvent vue à la maison, ces derniers temps, dit-elle. Vous rentrez quand je suis au lit et vous filez presque tous les matins sans même prendre le petit déjeuner avec nous.

— Je suis très occupée.

— Je vois, dit Olivia en pinçant les lèvres. A ce soir pour le dîner ?

— Je ne crois pas.

— Laura travaille toute la journée, et j'occupe ses soirées, intervint Josh en prenant la main de la jeune femme.

Ses doigts étaient glacés. Il les porta à ses lèvres en cherchant son regard. Cette expression impénétrable le rendait fou d'angoisse.

— Duchesse, je suis tombé amoureux de votre petite-fille, déclara-t-il, au risque de déclencher un ouragan.

Toutefois, aux yeux sans vie de Laura, il préférait les foudres de sa colère. A son grand soulagement, elle se contenta d'émettre un sifflement de chat, et tenta de se libérer la main.

— Je… J'ignorais que votre amitié avait évolué, dit Olivia.

— Ce n'est pas vrai ! lança Laura.

— Si, si, affirma Josh.

Et lorsqu'elle ouvrit la bouche pour protester, il lui déposa un baiser sur les lèvres.

— Et alors, que comptes-tu faire ? lui demanda Olivia.

— Je vous tiendrai au courant, répondit-il avec un clin d'œil.

— Puisque Laura ne semble pas disposée à me tenir informée de ses projets, je compte sur toi.

— Vous pouvez, Duchesse.

Dès que la vieille dame eut franchi le seuil de la porte, Josh lâcha la main de Laura.

— Bravo ! lui cria-t-elle.

Il se dirigea vers le bar. Si elle avait quelque chose sur le cœur, qu'elle le dise, songea-t-il en se servant un verre d'eau. Une goutte d'alcool l'aurait sans doute aidé à assumer son coup d'éclat, mais il n'était pas dans ses habitudes de boire dès le matin.

— Pourquoi lui as-tu dit que tu étais amoureux de moi ?

— Parce que c'est la vérité. Je ne vois pas pourquoi j'en ferais un secret. Je te répète chaque jour que tu n'es pas une passade pour moi. Je t'aime. Nous formons un couple, maintenant, Laura. Pourquoi le cacher ?

— J'aimerais que nous formions un couple, murmura-t-elle, mais ce n'est pas possible. Tes racines sont ici, les miennes sont ailleurs. Ta famille est ici, la mienne…

— La tienne aussi ! Rien ne t'empêche de faire ta vie à La Nouvelle-Orléans, avec moi, avec les tiens. Je veux que tu restes, Laura. Et c'est aussi le souhait d'Olivia. Sinon, pourquoi t'aurait-elle proposé de prolonger ton contrat ?

— Je m'en fiche. Je ne veux pas rester ici. Je ne *peux* pas !

Les paroles de Laura frappèrent Josh comme un coup de poing. Furieux, il s'approcha d'elle et la prit par le bras.

— Pourquoi tu ne pourrais pas ?

Comme elle restait silencieuse, il enfonça les doigts dans la chair de son bras.

— Pourquoi ? répéta-t-il. Explique-moi pourquoi, s'il te plaît !

— Laisse tomber. Peu importe.

— Réponds-moi, Laura ! Je veux des explications. Pourquoi tu ne peux pas rester ici ?

— Parce que c'est la faute d'Olivia si je n'ai pas eu de père ! explosa-t-elle en fondant en larmes. J'ai découvert aujourd'hui que c'était elle qui avait chassé ma mère de La Nouvelle-Orléans. C'est elle qui lui a envoyé cette lettre, j'en suis sûre, maintenant.

— Laura, quelle lettre ? Je ne te suis pas…

— La lettre que j'ai trouvée dans les affaires de ma mère, sanglota-t-elle en s'essuyant les yeux. Une lettre accompagnée d'un chèque de cinquante mille dollars pour qu'elle se fasse avorter.

— Quoi ? s'écria Josh, stupéfait. Il doit y avoir un malentendu quelque part.

— Non, cette lettre était écrite sur du papier à en-tête du Princess. Olivia a tenté d'acheter ma mère, de me détruire, pour couvrir les erreurs de son fils.

— Où as-tu trouvé cette lettre ? Quand ?

— Chez ma mère, quand j'ai débarrassé sa maison.

— Il y a six mois, sept mois ? Et tu as gardé ça pour toi pendant tout ce temps, sans m'en parler ?

— Pourquoi t'en aurais-je parlé ? Ce ne sont pas tes affaires.

— Ce ne sont pas mes affaires ? s'offusqua Josh. Tu ne veux donc pas comprendre que je t'aime, que je veux faire ma vie avec toi ? Il fallait m'en parler, Laura. Comment pouvais-je deviner ce qui te faisait souffrir ?

— Ce n'était pas ton problème. Ce *n'est* pas ton problème. C'est le mien, et je vais le régler toute seule.

— Pardonne-moi, répliqua Josh froidement. Tu as raison : cette histoire ne me regarde pas. Et puisqu'il me paraît clair que nous n'attendons pas du tout la même chose l'un de l'autre, je crois que nous ferions mieux de mettre un terme à notre liaison.

— Josh, attends !

— Non, Laura, j'ai suffisamment attendu, déclara-t-il.

Et, sur ces mots, il quitta la salle de réunion.

21

— Bonjour, mademoiselle Laura. Vous rentrez de bonne heure, aujourd'hui…

Aveuglée par ses larmes, Laura franchit la porte sans même saluer le majordome.

— Mademoiselle Laura, ça va ?

Elle s'engagea dans l'escalier comme un automate, avec une seule idée en tête : s'enfermer dans sa chambre pour y soigner ses blessures.

— Oh ! mon Dieu…, murmura-t-elle en se jetant sur son lit et en laissant libre cours à ses sanglots.

Olivia Jardine était bel et bien l'odieux personnage qu'elle soupçonnait, un être sans cœur qui n'avait pas eu de scrupules à briser la vie de son fils et de la femme qu'il aimait. C'était à cause de sa grand-mère que Laura n'avait jamais connu son père, qu'elle s'était construite avec des repères illusoires… Bien sûr, cette révélation n'était pas vraiment une surprise, mais il n'en était pas moins douloureux d'accepter que trois destins aient été marqués par la cruauté de cette femme aigrie.

Le corps secoué de spasmes, Laura pleurait sur tout ce gâchis, et notamment sur sa relation avec Josh. Comment allait-elle se racheter, maintenant ? Jamais il n'avait été aussi dur avec elle... Ses sanglots redoublèrent.

Et c'est ainsi que Katie la trouva, recroquevillée sur son lit, les bras noués autour de ses épaules, le visage presque aussi fripé que ses vêtements.

— Va-t'en ! Laisse-moi seule ! cria-t-elle pour toute réponse aux questions de sa demi-sœur.

— Bon sang, Laura ! Vas-tu me dire ce que tu as ? Tu crois que je n'ai que ça à faire ? Alfred m'a appelée pour me dire que tu avais un problème. Je rapplique à toute allure en abandonnant dans mon bureau un producteur de cinéma prêt à me signer un contrat pour l'hébergement de son équipe de tournage pendant un mois... Alors, mince, arrête de pleurnicher et dis-moi ce qui t'arrive !

— Ça ne te regarde pas.

— Tu es ma sœur : si tu as des ennuis, ça me regarde ! répliqua Katie en prenant Laura par les épaules et en la secouant.

— Katie ! s'écria Alison en se précipitant dans la chambre. Qu'est-ce que tu as fait à cette pauvre Laura ?

— Je n'ai rien fait à cette pauvre Laura, rétorqua Katie. Elle pleurait déjà comme une Madeleine quand je suis arrivée. C'est grand-mère qui va être contente de voir son dessus-de-lit tout taché de mascara...

Ali s'assit sur le bord du lit et passa un bras autour des épaules de Laura.

— Calme-toi, ça va aller, dit-elle en lui tendant un mouchoir en papier. Ça va aller, Laura, ce n'est pas grave.

— Oh ! si, bredouilla la jeune femme en fondant de nouveau en larmes.

Ali lui caressa le dos.

— Chut, ne t'en fais pas ! Quand ça ira mieux, tu nous raconteras ce qui t'arrive, et on verra ensemble ce qu'on peut faire. D'accord ?

Laura hocha la tête.

— Katie, tu vas chercher un verre d'eau fraîche, s'il te plaît ? lança Alison à sa sœur.

— Dis donc, je suis pas ta bonniche !

— Katie, je t'en prie, soupira Ali, ne fais pas ta mauvaise tête ! En tant que « bonniche », comme tu dis, tu serais renvoyée dès le premier jour.

Entre deux sanglots, Laura ne put s'empêcher de rire. D'un pas rageur, Katie se dirigea vers la salle de bains et en ressortit quelques secondes plus tard avec un gant humide et un verre d'eau.

Réconfortée par la présence de ses deux sœurs, Laura se rinça le visage et but quelques gorgées. Puis elle leur relata la découverte du chèque adressé à sa mère, la révélation d'Elizabeth Sabrion et sa dispute avec Josh.

— Il va falloir que tu aies une discussion avec grand-mère, lui dit Alison lorsqu'elle eut terminé. Tout ça m'étonne beaucoup, tu sais ? Elle a ses défauts, mais je ne peux pas croire qu'elle ait suggéré à ta mère de se débarrasser de son bébé. Quand je me suis mariée avec Derek, j'étais enceinte de deux mois. En fait, c'est pour ça que je l'ai épousé. Maman voulait que je me fasse avorter, mais grand-mère s'y est fermement opposée. Elle ne pouvait pas voir Derek en peinture, mais elle disait qu'on n'avait pas le droit de détruire une vie humaine, que mon enfant était l'avenir des Jardine.

— C'est vrai, je m'en souviens, enchaîna Katie. Et quand tu as divorcé, elle a cédé au chantage de cette enflure et lui a versé une coquette somme pour qu'il renonce à réclamer la garde de Tori. Elle était écœurée qu'un mec puisse mettre sa fille en balance avec une poignée de dollars.

Laura n'y comprenait plus rien. Si Olivia était contre l'avortement, qui avait bien pu envoyer ce chèque à sa mère ? Même en supposant qu'Adrienne ait menti, qu'elle ait rencontré Juliet à La Nouvelle-Orléans, Laura voyait mal sa mère confier à cette femme qu'elle attendait un enfant. La seule personne à qui elle aurait pu, à qui elle aurait *dû* en parler était Andrew, le père du bébé. Si c'était lui… Non, Laura ne pouvait même pas envisager l'éventualité que son propre père ait voulu la supprimer.

— Quant à ta dispute avec Josh, poursuivit Katie, si tu veux mon avis, c'est lui qui est en tort. Il n'avait pas à te culpabiliser.

— Il a dû se sentir blessé que Laura ait des secrets pour lui, objecta Alison.

— Toi, ne le défends pas ! rétorqua sa sœur. J'aime beaucoup Josh, mais il faudrait qu'il cesse de se prendre pour le roi du monde. Laura n'a pas de comptes à lui rendre. Ce n'est pas parce qu'il a une belle gueule que toutes les femmes doivent être à ses pieds.

— Elles le sont, pourtant, murmura Laura.

— C'est un macho, reprit Katie. Tu n'es pas obligée d'être toujours d'accord avec lui.

— Laura, est-ce que tu as des sentiments pour lui ? demanda Alison de sa voix douce.

« Oh ! oui », songea Laura. Et elle regrettait tellement de l'avoir blessé.

— Mon Dieu…, soupira-t-elle en se cachant le visage dans les mains.

— Ça y est, elle va se remettre à pleurer ! lança Katie d'un air impatient.

— Non, j'ai fini de me lamenter, déclara Laura en embrassant ses sœurs. Ça m'a fait du bien de me confier à vous. Merci, merci à toutes les deux.

— Où vas-tu ?

— D'abord me remaquiller, et ensuite parler avec Josh… s'il veut bien m'écouter.

Devant la porte de la salle de bains, elle se retourna vers ses sœurs, et se figea en apercevant Adrienne sur le seuil de sa chambre.

Depuis combien de temps était-elle là ? Qu'avait-elle entendu de la conversation ?

— Adrienne, je ne vous avais pas vue. Vous avez besoin de quelque chose ?

— En fait, je cherchais Ali. Ali, je voulais savoir si tu pourras m'aider à organiser un repas, le mois prochain ?

— Encore un de ces raouts qui va demander du boulot à Ali, qui va coûter un fric monstre au Regent, et dont tu vas retirer tous les honneurs ? lança Katie.

Adrienne fusilla sa fille du regard.

— Les profits seront reversés à une œuvre de charité, dit-elle.

— Bien sûr, maman… Mon Dieu ! s'exclama Alison en consultant sa montre, il faut que je file chercher Tori. On en reparle ce soir pendant le dîner ?

— D'accord, merci beaucoup, ma chérie.

— Bon, moi, je retourne bosser, déclara Katie en se levant.

— Tu viens avec nous, maman ? s'enquit Alison.

— Non, je voudrais parler à Laura.

— Ce n'est pas le moment…, commença Katie.

D'un signe de la tête, Laura lui fit comprendre que tout allait bien.

— Allez, à plus ! lança Katie en s'engageant dans le couloir. Et bonne chance, Laura.

Ali lui emboîta le pas.

— Je vous écoute, dit Laura en s'adressant à Adrienne.

— Pardonnez mon indiscrétion, mais je vous ai entendue dire à mes filles que vous aviez une liaison avec Josh Logan…

Laura se mordit la lèvre.

— Vous avez écouté toute notre conversation ?

— La porte était ouverte, et je n'ai pas osé vous interrompre. Ne le prenez pas mal, mais je voudrais juste vous mettre en garde : ne faites pas la même erreur qu'Ali, ne vous laissez pas embobiner par un homme plus intéressé par votre compte en banque que par vos beaux yeux.

Laura émit un petit rire sarcastique.

— Ne vous faites pas de souci pour moi, répondit-elle. Je ne suis pas tombée de la dernière pluie. Et si Josh en voulait à mon compte en banque, il serait bien déçu en voyant ce qu'il y a dessus.

— Peut-être, mais il ne s'agit pas de cela. Je me suis mal exprimée. Pour être plus claire, c'est le Princess qu'il vise à travers vous, Laura. Savez-vous que c'est Simon Logan qui a construit cet hôtel, et qu'il l'a perdu dans un stupide pari avec Olivia ?

— Josh m'a raconté cette histoire. Ce n'est un secret pour personne.

— Josh vous a-t-il aussi raconté qu'il essayait depuis dix ans de racheter le Princess à Olivia ? Et qu'elle lui avait promis de le remettre en jeu s'il parvenait à vous convaincre d'en prendre la direction ?

Laura plissa les yeux.

— Je ne vois pas le rapport entre le Princess et les relations que j'entretiens avec Josh.

— Eh bien, permettez-moi de vous l'expliquer. Olivia et Josh ont conclu un marché. A l'issue de votre période d'essai, si celle-ci s'avère probante, votre grand-mère vous fera tirer une carte, à vous et à Josh, et elle léguera le Princess à celui qui aura tiré la plus forte.

— Mais c'est insensé ! murmura Laura.

— Je suis entièrement d'accord avec vous, mais quand Olivia a quelque chose en tête, rien ne peut la faire changer d'avis. Quant à Josh, vous savez comme moi qu'il est malin et qu'il a de l'ambition. En vous épousant, il est certain de gagner le Princess… Je suis désolée, Laura, mais j'ai estimé qu'il était de mon devoir de vous prévenir.

— Merci, dit Laura d'une voix blanche.

Adrienne venait de lui porter le coup de grâce.

— Josh est dans la bibliothèque, ajouta-t-elle. Il attend Olivia.

Laura redressa la tête. Josh l'avait manipulée. Il ne l'aimait pas. Il s'était seulement servi d'elle pour parvenir à des fins bassement matérielles.

Furieuse, la jeune femme s'élança dans l'escalier.

Les portes de la bibliothèque s'ouvrirent à la volée. Josh se détourna de la fenêtre. Laura marchait droit sur lui, les cheveux en bataille, les yeux gonflés, son tailleur bleu marine complètement froissé.

— Espèce de…

Il lui saisit le poignet avant qu'elle ne le frappe en plein visage.

— Ne t'inquiète pas, lui dit-il, je ne parlerai pas de cette lettre à ta grand-mère. Tu as raison, cette histoire ne me regarde pas. Je suis venu voir Olivia pour affaires.

— Oh, je m'en doute ! cria Laura en se libérant. Je sais ce que tu manigances avec ma grand-mère. Tu t'imaginais sans doute que je ne découvrirais jamais le pot aux roses ?

— Quel pot aux roses, Laura ? De quoi parles-tu ?

— Ne me prends pas pour une imbécile ! hurla-t-elle. Je parle de votre marché véreux, de votre pari débile. Tu te fiches pas mal de moi ! Tout ce qui t'intéresse, c'est le Princess.

Josh garda le silence. L'indignation de Laura était justifiée.

— Tu as au moins la décence de ne pas le nier, reprit-elle. Tu m'as accusée d'avoir des secrets pour toi… Quel culot ! Comment as-tu pu me faire ça ? Comment as-tu pu faire semblant d'être amoureux de moi ?

— C'est vrai, j'aurais dû te parler du pari, admit Josh, mais je le trouvais moi-même tellement idiot, et les chances que le Princess se mette tout à coup à faire des bénéfices me paraissaient si minces que je le croyais perdu d'avance et sans le moindre fondement. En tout cas, une chose est sûre, c'est que je n'ai jamais fait semblant de t'aimer et que je ne me suis pas servi de toi, déclara-t-il fermement. Au contraire, je n'ai accepté de rentrer dans le jeu d'Olivia que pour me rapprocher de toi.

— Continue à mentir, tu as raison : tu fais ça tellement bien ! aboya Laura.

— Que tu me croies ou non, je t'aime, Laura, et j'ai toujours été sincère avec toi. La seule chose que je puisse me reprocher, c'est d'avoir cru bêtement que tu m'aimais, toi aussi, que nous avions commencé à construire quelque chose ensemble, que nous avions un avenir commun. Quelle grossière erreur ! Je n'étais bon que pour les parties de jambes en l'air…

— N'essaye pas de renverser les rôles ! répliqua Laura d'une voix soudain beaucoup moins cassante. C'est toi qui as menti.

— Non, Laura, c'est *toi*.

— Moi ? Je ne t'ai jamais menti, Josh.

— A moi, non. Tu t'es menti à toi-même.

— Tu dis n'importe quoi.

— Ah oui ? Depuis le premier jour, tu essayes de te mettre dans la tête que notre relation n'est que purement charnelle, que tu ne vas pas rester ici indéfiniment, que tu ne t'y sens pas chez toi, que les Jardine ne sont pas ta famille.

— Et alors ? C'est la vérité.

— Mensonges ! lança Josh en venant se camper devant elle. Tu sais comme moi qu'il n'y a pas que le sexe entre nous. Et que tu pourrais très bien bâtir ta vie ici, au côté d'une vraie famille. Mais tu refuses farouchement d'admettre que nous t'aimons, parce que tu as peur. Peur de tes propres sentiments. Peur de prendre des risques. Si tu ouvrais ton cœur, tu ne redouterais pas autant de te brûler les ailes. Mais puisque tu as fait ton choix, je le respecte. Maintenant, si ça ne te dérange pas, j'aimerais que tu sortes d'ici. J'ai besoin d'être seul un moment avant l'arrivée d'Olivia.

— Mon cher ami, vous n'en aurez pas l'occasion…

Josh se tourna vers la porte. Appuyée sur sa canne, Olivia semblait avoir vieilli de dix ans depuis leur réunion du matin.

— Je vous laisse discuter de vos affaires, déclara Laura. Mais quand vous en aurez terminé, j'aimerais vous parler, Olivia.

— Vous pouvez rester. Ce que j'ai à dire à Joshua vous

concerne aussi. Mais tout d'abord, je tiens à vous féliciter pour le geste que vous avez fait à l'intention de Clifford Sabrion et de son épouse. Je reconnais bien là la bonté de votre mère.

Laura ne répondit pas. Péniblement, Olivia se dirigea vers son bureau et s'installa dans son fauteuil. Puis elle renversa la tête contre le dossier et abaissa les paupières.

— Ça va, Duchesse ? lui demanda Josh avec inquiétude.

— Je suis extrêmement fatiguée, aujourd'hui.

— Vous devriez aller vous reposer, suggéra-t-il. Je reviendrai demain.

— Non ! répondit la vieille dame en rouvrant les yeux. J'ai déjà attendu trop longtemps. Après notre réunion, ce matin, j'ai pris conscience que le moment était venu pour moi de confesser mes péchés. En quatre-vingt-un ans, croyez-moi, j'ai eu le temps d'en commettre quelques-uns, et l'erreur que je regrette le plus, c'est d'avoir refusé d'admettre qu'Andrew était profondément épris de votre mère, Laura.

— Ils s'aimaient profondément, en effet, dit la jeune femme, sur la défensive.

— C'est ce que m'a dit Andrew quand il m'a annoncé son intention de rompre ses fiançailles avec Adrienne pour épouser votre mère. Je l'ai menacé de le déshériter. Il m'a tenu tête en affirmant qu'il préférait vivre sans un sou plutôt que sans Juliet. Je ne l'ai pas cru. Même lorsqu'il a fait venir votre mère à La Nouvelle-Orléans pour me la présenter.

— C'est pour ça que vous l'avez fait fuir ?

Une expression affligée se peignit sur le visage d'Olivia.

— Je me doutais qu'Elizabeth Sabrion vous avait rapporté cet épisode, dit-elle. Vous avez raison. Comme Andrew ne voulait pas entendre raison, je suis allée voir Juliet pour la convaincre de le laisser tranquille.

— Ma mère aimait votre fils, répliqua Laura amèrement. Elle ne l'aurait pas quitté sans lui dire qu'elle attendait un enfant de lui si… si vous ne l'aviez pas menacée.

— Je ne l'ai pas menacée. La seule arme que j'ai utilisée contre elle, ce sont ses propres sentiments. Je lui ai dit qu'elle était en train de forcer Andrew à choisir entre elle et sa famille, entre elle et son héritage. Et qu'un tel chantage était indigne.

— Vous saviez quelle importance ma mère attachait aux valeurs familiales, n'est-ce pas ?

Olivia acquiesça de la tête.

— Andrew m'avait raconté que votre maman avait perdu ses parents peu avant son vingtième anniversaire.

— Comment avez-vous pu lui faire ça ? *Leur* faire ça ? Il aurait été si simple d'accepter leur amour !

— Je me trouvais dans une situation critique, à cette époque-là. Si Andrew n'épousait pas Adrienne, je risquais de tout perdre.

— Excusez-moi, je ne suis pas sûre de vous comprendre, répliqua Laura.

Olivia se leva et s'approcha de la fenêtre. Après avoir longuement regardé le jardin, elle finit par se retourner.

— Il y a vingt-neuf ans, dit-elle, l'industrie hôtelière n'était pas ce qu'elle est aujourd'hui. Les affaires étaient dures, il fallait se battre pour garder la tête hors de l'eau. Les Hôtels Jardine se trouvaient au bord de la faillite. Notre seule issue possible était de nous implanter dans le quartier des affaires. Les Dubois, les parents d'Adrienne, étaient propriétaires du Regent. L'hôtel avait besoin d'être rénové, mais il était bien placé. Or, les Dubois n'étaient pas très entreprenants.

— Mais vous, si, intervint Josh.

— Je savais que je pouvais transformer le Regent en véritable mine d'or.

— Pourquoi ne pas l'avoir acheté ? demanda Laura. Pourquoi avoir contraint mon père à épouser une femme qu'il n'aimait pas ?

— Tout simplement parce que je n'avais pas d'argent. Franklin, le père d'Adrienne, avait déjà reçu deux offres d'achat. Je ne pouvais pas débourser autant que ces investisseurs, mais il a accepté de me céder l'hôtel à un bon prix, et à crédit, à condition que nos enfants se marient. Andrew et Adrienne étaient déjà fiancés. Pourquoi aurais-je refusé ?

— Mais lorsque Andrew vous a dit qu'il voulait faire sa vie avec ma mère…

— L'acte de vente était déjà signé. J'avais hypothéqué le Princess, versé des acomptes aux architectes et aux décorateurs qui allaient s'occuper de la transformation du Regent. Au moment où Andrew m'a parlé de Juliet, il était trop tard pour retirer mes billes. Si je m'étais rétractée, j'aurais dû dire adieu non seulement à l'argent que j'avais déjà engagé mais aussi au Princess. J'avais déjà perdu Simon, je ne pouvais pas me permettre de perdre aussi sa Princess…

— Vous étiez amoureuse de mon grand-père ? demanda Josh, interdit.

— Oui, répondit Olivia. C'est le seul homme que j'aie jamais aimé. Et je l'aime encore, bien qu'il ne soit plus de ce monde.

— Pourquoi ne l'avez-vous pas épousé ? Je sais qu'il vous a demandée en mariage et que vous avez refusé : c'est lui qui me l'a dit. Vous lui avez pris son hôtel et vous vous êtes mariée avec un autre.

— Je n'avais pas le choix, répondit Olivia, les yeux embués de larmes. Il y a cinquante-six ans, les jeunes filles ne pouvaient pas s'offrir le luxe d'épouser qui elles voulaient.

— Mon père non plus n'a pas pu s'offrir ce luxe, fit remarquer Laura.

— C'est vrai, et je le déplore plus que vous ne pouvez l'imaginer.

— Vous n'avez pas répondu à ma question, Duchesse, insista Josh. Pourquoi avoir pris l'hôtel de grand-père et vous être mariée avec un autre ?

— J'avais des devoirs envers ma famille, des responsabilités à assumer.

— En épousant un homme que vous n'aimiez pas ? lança Laura.

— Pensez de moi ce que vous voudrez, mais oui,

répondit Olivia. Mon père était un homme instruit, qui avait réussi, mais qui a tout perdu pendant la crise de 1929, si bien qu'il s'est retrouvé comptable chez Henry Jardine. Henry avait à peu près le même âge que lui, il était riche, et c'était un homme généreux. Il s'était soi-disant amouraché de moi. Il a demandé ma main à mon père, en lui promettant que si je devenais sa femme, il veillerait à ce que mes frères et sœurs ne manquent jamais de rien. J'étais l'aînée de six enfants. Et j'aimais mon père. Je voulais lui rendre un peu de sa fierté.

— Connaissiez-vous déjà mon grand-père ?

— Oui, répondit Olivia avec un sourire triste. Simon te ressemblait beaucoup, Joshua. Il était jeune, beau, débordant d'énergie. Il me faisait rire. Il m'apportait la joie de vivre. Je l'aimais à la folie. Mais il débutait juste dans la vie. Il venait de faire construire le Princess, il avait investi tout ce qu'il avait dans ce projet. Il lui restait à peine de quoi se nourrir. Il m'a suppliée de laisser tomber Henry Jardine pour l'épouser, lui. J'ai essayé de lui faire comprendre que c'était impossible, qu'il n'avait pas les moyens de subvenir aux besoins d'un foyer. Mais il était têtu comme une mule.

— Alors, il a joué le Princess.

— Oui, il a fait ce stupide pari avec mon père. Nous devions tirer chacun une carte. S'il tirait la plus forte, je rendais à Henry sa bague de fiançailles et j'épousais Simon. S'il perdait, il me cédait le Princess et disparaissait de ma vie à tout jamais.

— Il a perdu, murmura Josh, et vous lui avez pris le Princess.

— Je n'avais pas le choix. Mon père et Henry auraient insisté pour qu'il honore sa dette de jeu. Il n'a même pas tenté de discuter. Henry est décédé quelques années après notre mariage, mais il était trop tard. Simon avait rencontré ta grand-mère, ils s'étaient mariés et ils avaient déjà deux enfants. Je l'avais perdu pour toujours. La seule chose qu'il me restait de lui, c'était le Princess, mon bien le plus cher.

— Cet hôtel est vraiment aussi important que ça pour vous ? demanda Laura sans dissimuler son mépris. Vous avez sacrifié le bonheur de votre fils, vous l'avez forcé à se marier avec une femme qu'il n'aimait pas et vous avez payé ma mère pour qu'elle se fasse avorter, tout ça dans le seul but de conserver un bien immobilier ?

Olivia devint blême, elle chancela sur ses jambes. Josh se précipita vers elle et l'accompagna jusqu'à un fauteuil.

— Vous ne saviez pas, hein, Duchesse ?

Elle secoua la tête.

— Ce n'est pas vous qui avez envoyé cinquante mille dollars à ma mère pour qu'elle se débarrasse de moi ?

22

— Comment pouvez-vous m'accuser d'une chose pareille ? s'offusqua Olivia.

Décontenancée par l'indignation de sa grand-mère, Laura eut un instant d'hésitation.

— Vous pouvez me jurer que vous n'avez pas envoyé ce chèque à ma mère, avec une lettre l'enjoignant de « remédier à la situation » ?

Les yeux d'Olivia s'embrasèrent.

— Absolument ! Je ne savais même pas que Juliet était enceinte.

La vieille dame disait-elle la vérité ? se demanda Laura en scrutant son visage. Si oui, alors…

— C'est donc Andrew, murmura-t-elle.

— Impossible ! déclara fermement Olivia. Il ignorait lui aussi que Juliet attendait un enfant. Je vous le jure sur sa tombe.

— Comment pouvez-vous en être sûre ?

— Il aimait votre mère. S'il avait su qu'elle portait son enfant, il n'aurait pas cessé de la chercher ; il aurait remué ciel et terre pour vous retrouver toutes les deux.

— Il l'a donc cherchée ? demanda Laura sans pouvoir cacher son émotion.

— Pendant des semaines. Mais Juliet avait disparu sans laisser de traces.

— Alors, qui a bien pu envoyer ce chèque à la mère de Laura ? intervint Josh.

— Comment veux-tu que je le sache ? rétorqua Olivia.

— Adrienne ? Etait-elle au courant que Juliet attendait un bébé ?

— Je ne vois pas comment elle aurait pu le savoir, répondit Olivia. Quand Juliet est venue à La Nouvelle-Orléans, Adrienne était à Londres avec sa mère. Elles ne se sont jamais vues.

— Un proche de ta mère ? suggéra Josh en se tournant vers Laura.

Oncle Paul, songea-t-elle immédiatement. La seule personne vers qui sa mère pouvait se tourner, la seule personne qu'elle considérait comme un véritable ami.

Le monde s'écroulait…

— Depuis tout ce temps, est-ce vraiment important de savoir ? demanda Olivia d'une voix lasse. On ne peut pas revenir sur le passé, de toute façon. Ce qui est fait est fait… Malheureusement, je ne pourrai jamais réparer tout le mal que j'ai fait en empêchant Andrew d'épouser votre mère. Et je ne rattraperai pas non plus les années que j'aurais pu passer avec vous, Laura. Ce qui n'est rien, j'en conviens, à côté du fait que je vous ai privée de votre père, et que je l'ai privé de vous. Si vous me haïssez, Laura, je ne peux pas vous en vouloir. Je ne mérite que votre mépris.

Touchée malgré elle, Laura s'approcha de sa grand-mère et lui posa une main sur le bras. De nouveau, les yeux d'Olivia s'emplirent de larmes, et la jeune femme prit conscience que c'était la première fois qu'elles avaient un contact physique.

— Je ne vous hais pas, dit-elle. Vous avez raison : ce qui est fait est fait.

— Je suis sincèrement navrée, mon petit. J'espère qu'un jour vous parviendrez à me pardonner.

Laura lui avait déjà pardonné. Sa grand-mère avait déjà suffisamment souffert pour ses fautes.

— A toi aussi je te dois des excuses, Joshua, poursuivit la vieille dame. Je regrette d'avoir essayé de te manipuler, de m'être servie de la promesse que tu avais faite à Simon. Je pensais… J'espérais unir les Jardine aux Logan à travers toi et Laura.

Olivia baissa les yeux avant d'ajouter :

— Encore une fois, je suis coupable d'avoir joué avec la vie des autres. Je n'avais pas le droit… Si tu veux toujours m'acheter le Princess, je te le vends.

— Dans ce cas, notre contrat devient caduc et je peux m'en aller, déclara Laura, en espérant toutefois que Josh allait tenter de la retenir en lui disant qu'il l'aimait.

— Comme vous voudrez, répondit Olivia, mais sachez que vous êtes ici chez vous.

— Je vous remercie, mais je crois que le moment est venu pour moi de rentrer à San Francisco.

— Laura, vous…

— N'insistez pas, Duchesse. Laura a été claire : elle ne veut pas rester ici. S'il y a une chose que j'ai apprise au cours des six derniers mois, c'est que l'on peut aimer sans être aimé en retour.

— C'est un expert en amour qui parle ? demanda la jeune femme, blessée par la froideur de Josh.

— Non, ce n'est qu'un homme qui a aimé en croyant naïvement que ses sentiments étaient partagés. Aimer, c'est aimer les bons et les mauvais côtés de l'autre, lui faire confiance, accepter qu'il puisse nous faire de la peine, et être capable de lui pardonner. Si tu refuses de me pardonner, Laura, c'est que tu ne m'aimes pas.

Epuisée émotionnellement, Laura demeura sans voix. Josh avait peut-être raison : elle devait être trop égoïste pour aimer…

— Je vous appellerai, Duchesse, dit-il en embrassant Olivia.

— Josh…, murmura Laura.

Il posa sur elle un regard d'un vert glacial, si bien que les mots se figèrent sur ses lèvres.

— Au revoir, murmura-t-elle.

— Au revoir, Laura. J'espère que tu trouveras ce que tu cherches à San Francisco.

Puis il franchit la porte sans se retourner.

Deux jours plus tard, Laura rendait visite à oncle Paul, le seul capable de lui fournir les clés de son passé.

— Comment as-tu compris ? demanda-t-il, la tête baissée.

— Ça ne pouvait être que toi. Tu étais le meilleur ami de mon père, la seule personne en qui ma mère avait une confiance absolue. Pourquoi as-tu fait ça, Paul ? Je ne comprends pas. Pourquoi ?

— Parce que je l'aimais, répondit-il d'une voix tremblante d'émotion. Juliet était l'amour de ma vie.

— Tu l'as trahie, tu lui as menti. C'est ça ta conception de l'amour ?

Des larmes ruisselèrent le long des joues de Paul. Il enfouit son visage entre ses mains. Il semblait avoir vieilli de dix ans… Laura le laissa pleurer sans dire un mot. Celui qu'elle avait durant toute son enfance considéré comme son oncle, presque comme son père, devait à présent assumer tout le mal qu'il avait fait : à elle, à sa mère et à son père.

— Peux-tu m'expliquer ce qui s'est passé ? lui demanda-t-elle lorsqu'il releva la tête et s'essuya les yeux.

— Quand Juliet est revenue de La Nouvelle-Orléans, elle ne savait pas qu'elle était enceinte. Elle ne m'a jamais raconté ce qui s'était passé entre elle et Olivia Jardine. Elle m'a juste dit qu'elle ne voulait plus se marier avec Drew, parce qu'elle l'aimait trop pour l'obliger à tout quitter. Comme elle était sûre qu'il viendrait la chercher, elle m'a demandé de l'aider à déménager et à changer de nom. C'est comme ça qu'elle est devenue Juliet Harte. Elle voulait commencer une nouvelle vie ailleurs, dans une autre ville, là où Drew ne pourrait pas la retrouver. Comme nous nous y attendions, il est venu à San Diego. Je ne l'avais jamais vu dans un tel état. Il était désespéré, brisé. Mais j'avais juré à Juliet de ne pas lui dire où elle était. J'ai donc menti à Drew.

— Il est reparti pour La Nouvelle-Orléans ?

— Pas tout de suite, non. Il a cherché Juliet pendant des semaines ; il a même engagé un détective privé. Et puis il a fini par baisser les bras. Ça faisait une quinzaine de jours qu'il était reparti quand Juliet s'est rendu compte qu'elle était enceinte. Elle était à la fois contente et terrifiée. Elle ne savait pas quoi faire. D'un côté, elle avait envie d'annoncer la nouvelle à Drew ; de l'autre, elle ne voulait pas qu'il se sente obligé de l'épouser à cause du bébé. Au bout de deux mois d'hésitation, elle a décidé qu'il fallait prévenir Drew.

Le cœur de Laura se serra douloureusement.

— Mon père savait donc que j'existais ?

Les joues de Paul devinrent écarlates.

— Non. Juliet venait de trouver un nouvel emploi. Elle n'osait pas demander un congé pour retourner à La Nouvelle-Orléans. Alors, je lui ai proposé d'y aller à sa place.

— Et ?

— C'est ce que j'ai fait. Drew n'était plus le même homme. Le chagrin l'avait rendu plus dur, plus froid. Il revoyait Adrienne. Elle ne l'avait pas laissé tomber. Au contraire, elle l'avait épaulé tout au long de la période la plus difficile. Ils allaient se marier.

— Tu ne lui as rien dit…, murmura Laura, stupéfaite. Pourquoi, oncle Paul ?

— Parce que j'aimais Juliet. J'espérais qu'elle se tournerait vers moi. Au Princess, j'ai pris quelques feuilles de papier à l'en-tête de l'hôtel et j'ai tapé cette lettre. J'ai dit à Juliet que Drew allait se marier. Je lui ai même rapporté les annonces parues dans la presse. Et je lui ai menti. Je lui ai raconté que j'avais rencontré Olivia, qu'Olivia savait qu'elle était enceinte, que si la rumeur se répandait, Drew et Adrienne seraient déshonorés et devraient quitter La Nouvelle-Orléans. Et je lui ai donné la lettre et le chèque, un chèque de banque, en lui disant que c'était de la part d'Olivia. Je savais qu'après ça elle ferait définitivement une croix sur Drew.

— Et effectivement elle n'a plus jamais cherché à le contacter, n'est-ce pas ?

— Non, mais elle ne l'a jamais oublié non plus, répondit Paul tristement. C'est moi qui lui ai apporté toutes ces coupures de presse, et les faire-part de naissance, pour lui montrer que Drew était heureux sans elle, pour essayer de lui faire comprendre qu'elle devait l'oublier. Je continuais à espérer qu'elle se tournerait vers moi.

— Elle s'est tournée vers toi, oncle Paul.

— Comme vers un ami, oui. Ce bon vieil oncle Paul… Mais elle n'a jamais aimé que Drew, ajouta-t-il avec un petit rire désabusé. Tu ne peux pas savoir le choc que j'ai reçu en découvrant qu'elle avait précieusement conservé tous les articles de journaux et les faire-part.

Drew avait fondé une famille avec une autre, mais elle l'aimait quand même. Elle l'a aimé toute sa vie.

— Elle lui a pardonné. Quand on aime, on pardonne tout.

Paul réprima un sanglot.

— Tu as le droit de me détester, dit-il. Je me déteste moi-même.

Laura le regarda pleurer. Curieusement, elle n'éprouvait pas de rancune envers lui. De la pitié seulement. Inconsciemment, Juliet l'avait puni de ses péchés en ne lui rendant jamais son amour.

— Je ne te déteste pas, oncle Paul, murmura-t-elle en lui touchant l'épaule.

— Pourras-tu me pardonner, Laura ? Pourras-tu jamais me pardonner ?

— Oui, oncle Paul, parce que je t'aime. Aimer, c'est être capable de pardonner.

Trois semaines plus tard, assise dans un taxi qui quittait l'aéroport de La Nouvelle-Orléans, Laura croisait les doigts en espérant que Josh l'aime suffisamment pour lui pardonner d'avoir agi de façon aussi stupide.

— En vacances, madame ? lui demanda le chauffeur en s'engageant sur l'autoroute qui menait à la ville.

— Non, j'habite ici, répondit-elle en souriant.

Elle n'avait plus de doutes, à présent. Sa famille était à La Nouvelle-Orléans. Son cœur était à La Nouvelle-Orléans.

Quinze minutes plus tard, elle franchissait les portes du Princess.

— Bonjour, Cliff, dit-elle en montant dans l'ascenseur.

— Bonjour, mademoiselle Harte, répondit-il en soulevant son képi. Ça fait plaisir de vous revoir.

— Comment va Elizabeth ?

— Bien, très bien. Elle parle encore de sa nuit dans la suite Lune de miel. C'est pour rendre ses sœurs jalouses.

— Vous lui transmettrez mes amitiés, dit Laura en riant.

— Bien sûr, m'dame.

Lorsque l'ascenseur s'immobilisa à l'étage des bureaux, le trac s'empara de Laura. Elle se dirigea néanmoins vers la salle de réunion d'un pas décidé. Katie lui avait dit au téléphone que le Princess avait réalisé un maigre profit au mois de mai, qu'Olivia était moins despotique, depuis quelque temps, et qu'elle arrivait même parfois à sourire. Quant à Josh, selon les termes de Katie, il était plus pitoyable qu'un ours en cage.

Un sourire apparut sur les lèvres de Laura. Avant de frapper à la porte de la salle de réunion, elle vérifia que le jeu de cartes d'Olivia se trouvait bien dans sa serviette. Il y était. Elle inspira profondément, redressa les épaules et entra dans la pièce.

— Bonjour ! lança-t-elle gaiement.

Josh renversa son café sur le devant de sa chemise.

— Et mince…, bougonna-t-il en se levant pour aller

chercher des serviettes en papier. Qu'est-ce qui nous vaut l'honneur de cette visite ?

— C'est bien le jour de notre réunion mensuelle ? répondit Laura en embrassant sa grand-mère.

Olivia ouvrit la bouche, et la referma. Laura se mordit l'intérieur de la joue pour ne pas rire. C'était bien la première fois qu'elle voyait sa grand-mère privée de voix.

— Je suis en retard ?

— Non, non, pas du tout. Nous n'avons pas encore commencé, répondit Olivia en lui faisant signe de s'asseoir.

Elle s'installa en face de Josh et croisa les jambes dans un mouvement délibérément provocateur. Un frisson la parcourut lorsqu'une étincelle de désir s'alluma dans son regard.

— Pourrais-je voir les comptes du mois de mai ?

Il lui tendit une liasse de documents qu'elle parcourut rapidement.

— Eh bien, voilà les bénéfices tant attendus ! dit-elle en levant les yeux.

Olivia émit un petit reniflement.

— Si l'on peut appeler ça des bénéfices. Même pas de quoi se payer une entrecôte…

— Des bénéfices tout de même, répliqua Laura. Le contrat n'en stipulait pas le montant. L'hôtel ne tourne plus à perte : j'ai accompli ma mission.

— Tu n'étais pas là, ces trois dernières semaines, objecta Josh.

— Pas physiquement, mais je n'en ai pas pour autant délaissé mes responsabilités.

— Il n'y a pas de problème, Laura. Vous avez rempli votre contrat. Dois-je comprendre que vous souhaitez diriger le Princess ?

— C'est ce qui était prévu, non ? Mais avant que nous discutions de cela, vous avez des comptes à régler avec Josh.

Olivia fronça les sourcils.

— J'ai versé à Joshua les honoraires que je lui devais. Si vous prenez la direction de l'hôtel, il faudra vous passer de lui. Ses services sont trop onéreux. Je n'ai pas les moyens de vous payer un consultant ad vitam æternam. D'ailleurs, je doute qu'il accepterait. Je me trompe, Josh ?

— Si vous voulez mon avis, Laura n'a pas besoin de moi. Laura, désires-tu que je continue à te seconder ?

— Ce que je désire, dans l'immédiat, c'est que vous alliez jusqu'au bout de votre arrangement, ma grand-mère et toi. Nous devions chacun tirer une carte : je tiens à ce que nous le fassions.

— En êtes-vous sûre, mon petit ? demanda Olivia.

— Sûre et certaine.

— Bien. Dans ce cas, je vais faire monter un jeu de cartes.

— Inutile, répliqua Laura en plongeant la main dans sa serviette sans quitter Josh des yeux.

Et elle posa sur la table un paquet de cartes retenues par un ruban doré.

— Où... Où avez-vous trouvé ça ? bredouilla Olivia.

— Katie me les a envoyées.

Josh plissa les yeux.

— Laura... Qu'est-ce que tu manigances ?

— Nous allons tirer chacun une carte, comme prévu. Mais, pour que le pari soit plus intéressant, il faut mettre en jeu autre chose que le Princess.

— Tu as une suggestion ?

— Veux-tu toujours faire ta vie avec moi ?

— Je croyais que la tienne était à San Francisco...

— L'enjeu sera à peu près le même qu'entre ma grand-mère et ton grand-père, poursuivit Laura, ignorant cette remarque. Si tu tires la carte la plus forte, je me marie avec toi et tu as le Princess. Si tu perds, Olivia me lègue le Princess et tu disparais de ma vie.

— Laura, c'est ridicule...

Comme elle l'aimait !

Mais elle ne lui mènerait pas la vie facile pour autant. Après tout, il aurait dû la mettre au courant de ce pari dès le début. Néanmoins, elle n'avait pas l'intention de commettre la même erreur que leurs grands-parents.

— Tu ne veux plus jouer ? Tu n'as donc pas de parole ? Olivia va être déçue...

Les yeux de Josh s'enflammèrent.

— Allons-y, maugréa-t-il.

— Nous sommes tous d'accord sur les enjeux ?

— D'accord, répondit Josh en avalant sa salive.

— Grand-mère ?

Olivia hocha la tête, battit les cartes et les étala en éventail sur la table. Josh s'approcha et en tira une. Son expression se décomposa.

— Cinq de pique, annonça-t-il.

Laura prit à son tour une carte. C'était la reine de cœur.

— Eh bien, je vais devoir me marier avec toi, dit-elle en la remettant dans le paquet sans la montrer.

Et, avec un grand sourire, elle alla se lover dans les bras de Josh.

— Tu as gagné.

— Faux, dit-il en la serrant contre lui. Nous avons gagné tous les deux.

DANS LA MÊME COLLECTION

Par ordre alphabétique d'auteur

JINA BACARR	*Blonde Geisha*
MARY LYNN BAXTER	*La femme secrète*
MARY LYNN BAXTER	*Un été dans le Mississippi*
JENNIFER BLAKE	*Une liaison scandaleuse*
BARBARA BRETTON	*Le lien brisé*
BENITA BROWN	*Les filles du capitaine*
MEGAN BROWNLEY	*La maison des brumes*
CANDACE CAMP	*Le bal de l'orchidée*
CANDACE CAMP	*Le manoir des secrets*
CANDACE CAMP	*Le château des ombres*
CANDACE CAMP	*La maison des masques*
MARY CANON	*L'honneur des O'Donnell*
ELAINE COFFMAN	*Le seigneur des Highlands*
ELAINE COFFMAN	*La dame des Hautes-Terres*
JACKIE COLLINS	*Le voile des illusions*
JACKIE COLLINS	*Reflets trompeurs*
JACKIE COLLINS	*Le destin des Castelli*
PATRICIA COUGHLIN	*Le secret d'une vie*
MARGOT DALTON	*Une femme sans passé*
EMMA DARCY	*Souviens-toi de cet été*
CHARLES DAVIS	*L'enfant sans mémoire*
SHERRY DEBORDE	*L'héritière de Magnolia*
BARBARA DELINSKY	*La saga de Crosslyn Rise*
BARBARA DELINSKY	*L'enfant du scandale*
WINSLOW ELIOT	*L'innocence du mal*
SALLY FAIRCHILD	*L'héritière sans passé*
MARIE FERRARELLA	*Une promesse sous la neige*****
ELIZABETH FLOCK	*Moi & Emma*
CATHY GILLEN THACKER	*L'héritière secrète*
GINNA GRAY	*Le voile du secret*
GINNA GRAY	*La Fortune des Stanton*
JILLIAN HART	*L'enfant des moissons*
CHRISTIANE HEGGAN	*L'héritière de Calistoga*
METSY HINGLE	*Une vie volée*

… / …

DANS LA MÊME COLLECTION

Par ordre alphabétique d'auteur

FIONA HOOD-STEWART	*Les années volées*
FIONA HOOD-STEWART	*A l'ombre des magnolias*
FIONA HOOD-STEWART	*Le testament des Carstairs*
FIONA HOOD-STEWART	*L'héritière des Highlands*
LISA JACKSON	*Noël à deux***
RONA JAFFE	*Le destin de Rose Smith Carson*
PENNY JORDAN	*Silver*
PENNY JORDAN	*L'amour blessé*
PENNY JORDAN	*L'honneur des Crighton*
PENNY JORDAN	*L'héritage*
PENNY JORDAN	*Le choix d'une vie*
PENNY JORDAN	*Maintenant ou jamais*
PENNY JORDAN	*Les secrets de Brighton House*
PENNY JORDAN	*La femme bafouée*
PENNY JORDAN	*De mémoire de femme*
MARGARET KAINE	*Des roses pour Rebecca*
HELEN KIRKMAN	*Esclave et prince*
ELAINE KNIGHTON	*La citadelle des brumes*
ELIZABETH LANE	*Une passion africaine*
ELIZABETH LANE	*La fiancée du Nouveau Monde*
CATHERINE LANIGAN	*Parfum de jasmin*
RACHEL LEE	*Neige de septembre*
RACHEL LEE	*La brûlure du passé*
LYNN LESLIE	*Le choix de vivre*
MERLINE LOVELACE	*La maîtresse du capitaine*
JULIANNE MACLEAN	*La passagère du destin*
DEBBIE MACOMBER	*Rencontre en Alaska*****
DEBBIE MACOMBER	*Un printemps à Blossom Street*
MARGO MAGUIRE	*Seigneur et maître*
ANN MAJOR	*La brûlure du mensonge*
ANN MAJOR	*Le prix du scandale**
KAT MARTIN	*Lady Mystère*
ANNE MATHER	*L'île aux amants****
CURTISS ANN MATLOCK	*Sur la route de Houston*
CURTISS ANN MATLOCK	*Une nouvelle vie*
CURTISS ANN MATLOCK	*Une femme entre deux rives*

… / …

DANS LA MÊME COLLECTION

Par ordre alphabétique d'auteur

MARY ALICE MONROE	*Le masque des apparences*
CAROLE MORTIMER	*L'ange du réveillon*****
DIANA PALMER	*D'amour et d'orgueil****
DIANA PALMER	*Les chemins du désir*
DIANA PALMER	*Les fiancés de l'hiver*****
DIANA PALMER	*Le seigneur des sables*
DIANA PALMER	*Une liaison interdite*
PATRICIA POTTER	*Noces pourpres*
MARCIA PRESTON	*Sur les rives du destin*
MARCIA PRESTON	*La maison aux papillons*
EMILIE RICHARDS	*Mémoires de Louisiane*
EMILIE RICHARDS	*Le testament des Gerritsen*
EMILIE RICHARDS	*La promesse de Noël***
EMILIE RICHARDS	*L'écho du passé*
EMILIE RICHARDS	*L'écho de la rivière*
EMILIE RICHARDS	*Le refuge irlandais*
NORA ROBERTS	*Retour au Maryland*
NORA ROBERTS	*La saga des Stanislaski*
NORA ROBERTS	*Le destin des Stanislaski*
NORA ROBERTS	*L'héritage des Cordina*
NORA ROBERTS	*Love*
NORA ROBERTS	*La saga des MacGregor*
NORA ROBERTS	*L'orgueil des MacGregor*
NORA ROBERTS	*L'héritage des MacGregor*
NORA ROBERTS	*La vallée des promesses*
NORA ROBERTS	*Le clan des MacGregor*
NORA ROBERTS	*Le secret des émeraudes*
NORA ROBERTS	*Un homme à aimer**
NORA ROBERTS	*Sur les rives de la passion*
NORA ROBERTS	*La saga des O'Hurley*
NORA ROBERTS	*Le destin des O'Hurley*
NORA ROBERTS	*Un cadeau très spécial***
NORA ROBERTS	*Le rivage des brumes*
NORA ROBERTS	*Les ombres du lac*
NORA ROBERTS	*Un château en Irlande*
NORA ROBERTS	*Filles d'Irlande*
NORA ROBERTS	*Pages d'amour*
NORA ROBERTS	*Rencontres*
NORA ROBERTS	*Une famille pour Noël*****
NORA ROBERTS	*Passionnément*
ROSEMARY ROGERS	*Le sabre et la soie*
ROSEMARY ROGERS	*Le masque et l'éventail*
JOANN ROSS	*Magnolia*

... / ...

DANS LA MÊME COLLECTION

Par ordre alphabétique d'auteur

JOANN ROSS	*Cœur d'Irlande*
MALLORY RUSH	*Ce que durent les roses*
EVA RUTLAND	*Tourments d'ébène*
PATRICIA RYAN	*L'escort-girl****
DALLAS SCHULZE	*Un amour interdit*
DALLAS SCHULZE	*Les vendanges du cœur*
KATHRYN SHAY	*L'enfant de l'hiver*
JUNE FLAUM SINGER	*Une mystérieuse passagère*
ERICA SPINDLER	*L'ombre pourpre*
ERICA SPINDLER	*Le fruit défendu*
ERICA SPINDLER	*Trahison*
ERICA SPINDLER	*Parfum de Louisiane*
ERICA SPINDLER	*Un parfum de magnolia*
ERICA SPINDLER	*Les couleurs de l'aube*
LYN STONE	*La dame de Fernstowe*
CHARLOTTE VALE ALLEN	*Le destin d'une autre*
CHARLOTTE VALE ALLEN	*L'enfance volée*
SOPHIE WESTON	*Romance à l'orientale****
SUSAN WIGGS	*Un printemps en Virginie*
SUSAN WIGGS	*Les amants de l'été*
SUSAN WIGGS	*L'inconnu du réveillon***
SUSAN WIGGS	*La promesse d'un été*
SUSAN WIGGS	*Un été à Willow Lake*
SUSAN WIGGS	*Le pavillon d'hiver*
LYNNE WILDING	*L'héritière australienne*
BRONWYN WILLIAMS	*L'île aux tempêtes*
REBECCA WINTERS	*Magie d'hiver***
REBECCA WINTERS	*Un baiser sous le gui*****
SHERRYL WOODS	*Refuge à Trinity*
SHERRYL WOODS	*Le testament du cœur*
LAURA VAN WORMER	*Intimes révélations*
KAREN YOUNG	*Le passé meurtri*
KAREN YOUNG	*Le fils du destin*
KAREN YOUNG	*Un vœu secret***
KAREN YOUNG	*L'innocence bafouée*

* *titres réunis dans un volume double*

** *titres réunis dans le volume intitulé* : Magie d'hiver 2007

*** *titres réunis dans le volume intitulé* : Passions d'été

**** *titres réunis dans le volume intitulé* : Magie d'hiver 2008

8 TITRES À PARAÎTRE EN JUIN 2009

Composé et édité par les
éditions Harlequin

Achevé d'imprimer en Allemagne
par GGP Media GmbH, Pößneck
en mars 2009

Dépôt légal en avril 2009
N° d'éditeur : 14176